그날 엄마는 죽고 싶었다

최 일 옥 지음

이가서
Leegaseo publishing

작가의 말

　읽는 것이 즐겁고 행복해 어디 나도 한 번 써보자는 만용이 39살 늦은 나이에 얼떨결에 소설가란 이름을 달게 했다. 그러나 문학 특히 소설이란 장르가 내게는 너무도 높고 거대한 산봉우리 같아 그 앞에서 주눅이 들어 체념한 듯 쉬엄쉬엄 글을 썼다. 도무지 오르지 못할 산 앞에서, 나는 10년을 출판사와 잡지사를 하며 딴청을 피웠다. 그러나 소설을 잊은 시간이 없으며 힘에 닿는 한 기를 쓰고 썼다. 그러던 어느 날, 날벼락처럼 떨어진 위암 진단을 받고 위 절제수술 과정을 거치며 말 그대로 죽지 않을 정도의 뜨거운 매를 맞았다. 그 매의 아픔 때문이었을까, 그 과정에서 깨달은 것이 있다면 즐기며 글을 쓰자는 생각이었다. 나는 살자고 글을 썼고, 글은 나를 살렸다고 자신 있게 말할 수 있다. 글을 쓰는 시간만은 허약해진 나를 강하게 만들었으며 초연하게 세상을 바라볼 수 있었기 때문이다. 그렇게 또다시 20년 가까운 세월이 흘렀다.

돌아보면 이루어 놓은 것이 아무 것도 없는 것 같다. 그러나 스스로 위로한다. '넌 정말 열심히 썼다고.' 그럼 난 무엇을 썼을까. 나는 수다를 떨고 독백을 하듯 이야기를 만들었으며, 주변에서 자주 접하는 작은 이야기들을 모아 소설을 만들었다. 소설가란 작은 이야기를 만드는 사람이라는 의미에서 보면 나는 분명 소설가임에 틀림없다.

소설 즉 이야기를 만들어 그것을 글로 쓰는 작업은 쉽지 않다. 내가 쓰려고 하는 이야기의 주제는 무엇이며, 내 글을 읽은 사람은 무엇을 느끼고 내가 전해주려는 의미를 얼마나 이해했을까, 하는 의구심이 끊이지 않는다. 어디 그뿐인가. 내가 전하고자 하는 이야기를 보다 잘 형상화하기 위해 어떤 구성을 사용하는 것이 좋을까 하는 고민은 작업에 들어가기 전 가장 고심하는 부분이다. 그리고 또 하나. 내 의도를 가장 잘 전달할 수 있는 첫 문장이 자연스럽게 떠오르기를 기다리는 시간은 마치 마른 우물에서 물을 긷는 것과 같았다. 그러나 어떤 때는 생각지도 않게 첫 문장이 먼저 내 머리 속에 들어 앉아 나를 이야기 속으로 끌고 갈 때도 있다. 이렇게 저렇게 엎치락뒤치락 하는 과정과 고민이 지난 세월 동안 내가 소설을 쓰는 일에서 손을 떼지 못하게 한 동기이며 이유이다.

그리고 나는 언제나 글 앞에서 욕심을 부리지 않았다. 시중에 떠 있는 그 많은 문학상을 향해 기웃거리지 않았으며 그 어떤 물질적 시혜(施惠)에도 눈을 돌리지 않았다. 내 글을 읽어 달라고 평론가들을 찾아다니며 인사조차 드리지 못했다. 다만 나를 위해 내가 위로 받기 위해 그리고 내가 외롭지 않기 위해 글을 썼다. 이제 나이 70을 목전에 두고 이 글쓰기라는 작업이 나를 얼마나 행복하게 만들었는지 알 것 같다.

나이 들수록 혼자 노는 법을 알아야 한다는 데 나는 이미 오래 전부터 컴퓨터 자판과 함께 노는 법을 배웠다. 그리고 작은 실마리에서 이야기를 찾아 그것을 크게 부풀리는 상상력도 터득했다.

지금 내게는 작은 것일수록 또 하찮은 것일수록 큰 상상력과 즐거움을 안겨준다. 지하철 속에서 맘껏 코를 골며 자는 초로(初老)의 남자를 보며 그의 고단한 삶을 상상하고, 여보란 듯 성장(盛裝)한 여인들의 왁자한 모임이 얼마나 공허한 일인지 함께 하지 않았어도 알 수 있다. 친구들과 헤어져 집으로 향하며 자신의 자존심을 건드린 친구를 용서할 수 없어 분노하고, 남편의 승진 소식을 전하던 친구의 꼿꼿한 목이 얼마나 얄미웠을 것이며, 자신의 남편이 얼마나 못나 보였는지 이해할 것 같다. 이런저런 생각을 하면 난, 내 소설 쓰는 작업만 빼고 세상 모든 일과 사람을 내 맘대로 이해하고 위로할 수 있어 행복하다.

이번 소설집에서는 나처럼 늙어가는 사람들의 이야기를 주로 모았다. 내 관심사가 그것이기에 그런 이야기들만 썼는지도 모른다. 늙음은 낡음, 헤짐이 아니다. 늙음은 어느 날 찾아올 죽음을 향해가는 마지막 항해요 긴 등반이다. 여자의 늙음과 남자의 늙음 또한 다르다. 여자의 늙음은 낡음으로 이해되나 남자의 늙음은 상실로 직결된다. 그들의 긴 노고(勞苦) 덕에 함께 늙어가고 있으나 그들은 늙음에 대한 보상을 받지 못한다. 아마도 여자들의 목소리가 커진 때문이리라. 조금은 걸리적거리는 집안의 무용지물이 되어버린 늙은 남자들에 대한 연민이 깊어간다. 그들은 젊은 시절 너무 많은 에너지를 소모하여 이제는 더 이상 무엇을 하고 싶은 의욕이 없다. 아들이 사다 준 스마트 폰인지 하는 것도, 그 흔한 컴퓨터도 사용하기가 버겁다. 그러나 마지막 자존심을 지키기 위해 스마트 폰을 주물럭거리며 스마트해 지기를 염원한다.

여인 아닌 노파(老婆)가 된 여자의 늙음은 어떤가. 그녀들은 그래도 나름 쓸모가 있다. 머리도 행동도 남자보다 굼뜨지 않다. 남편 뒷바라지, 자식 키우기, 시댁 식구에게 잘 보이기 위한 그간의 노력들이 큰 노하우가 되어 자신의 늙음에도 잘 적응한다. 아들 딸네에서도 쓰임새가 있다. 쓰임새가 있는 사람은 남들이 다투듯 찾아 그 능력을 활용하려 한다. 그간 들어 온 귀동냥이 눈치를 말갛게 만들어 뭐든 빨리 이해하고 적응하게 만든다. 다만 몸놀림이 전 같지 않게 조금 굼뜬 것이 흠이지만 쓰임새는 여전하다.

남녀의 이런 늙음의 변화와 차이를 깨닫는 데 나도 시간이 걸렸다. 남편을 향한 답답함이 가슴을 아리게 하고 그래도 그가 있어 내가 당당할 수 있음을 안다. 이제는 Well Dying을 준비할 때라 한다. 그러나 잘 죽는 법을 터득하기 전에 두 늙은이가 오순도순 잘 늙어가는 법을 배우고 싶다. 나는 이것을 Well Ageing이라 불러본다.

이번 단편집이 내가 출간할 수 있는 마지막 책이 아니기를 기원한다. 그러나 마지막이면 또 어떤가. 이 또한 내가 살아온 흔적인 것을. 먼 훗날 두 손녀딸이 이 할미의 소설을 읽으며 무슨 생각을 할까. 곳곳에 숨어 있는 제 아버지와 고모의 엄마이고 저들의 할미인 내 고단하지만 행복했던 삶을 아름답게 상상해 주기를 기대해 본다.

흔쾌히 평론을 맡아준 서울대 장경렬 교수에게 감사한다. 꼼꼼하게 글을 읽고 예리하게 평을 하는 그에게 평론을 부탁할 수 있었던 것을 보면 이제 나도 조금은 뻔뻔해진 것이 아닌가 싶다. 그리고 출판사 이가서의 하태복 사장과 편집진 모두에게 머리 숙여 감사한다. 귀한 그림을 표지화로 사용할 수 있게 도움을 준 고교 동창 조명애 님에게도 감사의 마음을 전한다.

어느 누구에게서도 칭송을 듣지 못하면서도 쉼 없이 소설을 쓰는 병약한 아내의 유일한 조력자요 첫 번째 독자인 남편과 더도 덜도 말고 지금처럼만 살았으면 하는 소망이 내게 남은 유일한 기도이다.

2014년 7월

녹음에 감싸인 향수산 기슭에서

최일옥

차 례

복원(復原)

우리나라 현대 음악의 아버지로 불리는 영음(詠音) 함택수 선생의 생가(生家)가 경기도 수원시 권선동에 복원 되었다는 신문 기사는 내게 하나의 충격이었다. 그 충격의 뿌리는 그분의 생가 복원이라는 역사적 의미에 대한 충격이 아니었다. 영음 선생은 누가 뭐라 해도 현대 음악의 아버지임은 틀림없는 사실이다. 하지만 '생가 복원'이라는 신문 지상에 떠 있는 검은 활자는 나의 뿌리에 대한 혼돈과 아픔으로 몸을 부풀렸다.

영음 선생의 친손(親孫)은 물론 4촌 6촌 8촌들의 항렬은 상서로울 서(瑞)자를 달고 있다. 내 이름은 함서예다. 제일 맏이인 큰 오빠 서인으로부터 서의, 서예로 이어진다. 그것은 인(仁), 의(義), 예(禮), 지(知), 신(信)으로 이어갈 요량으로 지어진 이름이었다. 어머니께서 두 아들을 낳으신 후 후손이 없던 차에 내가 태어나 영예롭게도 서예라는 이름을 얻을 수 있었다. 내 이름 석 자가 그분의 직계로 호적에 버젓이 올라 있는 한 나는 그분의 손녀딸임에 틀림없다.

나는 피난지 부산에서 1952년에 태어났다. 그리고 할아버지 영음 선생은 내가 17살이 되던 해 그러니까 1969년에 돌아가셨다. 나는 할아버지의 친손이었지만 그에 합당한 대접을 받지 못한 자잘한 기억들을 갖고 있다. 그 기억이란 것이 하도 엉뚱하고 시시하여 사실이 아니었다고 부정하고 싶은 것들뿐이다. 그러나 그 기억들은 빛을 받은 사금파리처럼 예상치 못한 순간에 반짝 떠오르며 그 날카로운 단면이 내 머릿속과 가슴을 에어대기 때문에 결코 내 머릿속에서 지워지지를 않았다.

복원된다는 생가에 대한 기억은 내가 초등학교에 들어가기 이전의 일뿐이다. 그 기억을 잊기가 두려웠던 것일까. 아니면 반드시 기억해 두어야 한다는 알 수 없는 압력이 작용한 것일까. 살아가는 굽이굽이 거처를 옮겨 앉은 횟수만도 거의 수십 차례에 가깝건만 언제나 내 짐보따리 한편에 끼어 보관되어 온 누렇게 빛바랜 흑백 사진 한 장이 있다. 그 옛집 돌담에 홀로 기대앉아 해바라기 하고 앉아 있는 단발머리 소녀. 그 모습은 외롭기 한량없다. 소녀는 당시 공작실이라 불렸던 굵은 털실로 뜬 불규칙한 가로 줄무늬로 이어진 스웨터를 입고 있다. 그게 무슨 색인지는 알 수 없다. 다만 줄무늬의 폭을 나름 넓게 혹은 좁게 규칙적으로 넣으려는 노력이 보일 뿐이다. 물자가 풍부하지 않던 시절이니 예서제서 얻은 털실들이 이어졌음을 알 수 있다.

내가 기억하는 어머니는 언제나 뜨개질 바구니를 안고 사셨다. 그 모든 실 뭉치는 누군가의 스웨터를 푼 실이었다. 어머니와 마주앉아 두 팔을 벌려 타래를 짓고, 노란 양은 주전자에서 폴폴 피어나는 김을

쏘여 꼬불꼬불한 짜임새를 펴던 일도 기억난다.

무슨 연유로 복원된다는 수원의 그 집을 떠났는지 나는 모른다. 당시 어린 내게 누가 그 내용을 설명해 주려했을까. 혹여 설명해주었다 해도 내가 지금까지 그 상세한 내용을 기억하고 있기에는 내 삶이 너무 힘겨웠다. 암튼 수원을 떠나 서울로 올라와 성북구에 있는 삼선교 검정다리 건너에 살았으며 돈암 초등학교에 입학했고 졸업했다. 초등학교 졸업 후 학비가 싸다는 이유로 반드시 공립학교에 들어가야 한다는 명령을 받아들여 내가 원하는 중학교로 진학하지 못한 것이 지금까지 떨치지 못하는 가장 큰 안타까움이었다.

영음 선생 그러니까 할아버지와 함께 살던 삼선교 집은 지금 기억으로도 꽤나 큰 집이었다. 검정 무쇠로 된 당초(唐草) 문양과 둥근 문고리가 달린 대문을 젖히고 들어가면 젖빛 유리로 반을 가린 미닫이 중문이 있었다. 마당이 가운데 있고 'ㄴ'자 모양의 한옥이 세벌 댓돌 위에 의젓이 앉아 있었다. 안채의 좌측이 할아버지 할머니가 기거하시던 안방이었으며 아랫목에는 할아버지의 보료가 깔려 있었다. 대청마루에는 오래된 피아노와 책상 하나가 놓여 있었다. 그 책상은 그리 크지 않았으나 작고 노란 열쇠로 비스듬한 앞문에 달린 작은 구멍에 넣고 돌리면, 그 문이 앞으로 턱 떨어져 놓이며 넓은 받침대가 되었고, 그 속에는 아래로 큰 서랍이 두 개 그 위로 작은 서랍이 좌우로 각각 3개가 차곡차곡 쌓여 있는 구조였다. 나이 들어 안 것이지만 그 피아노와 책상은 할아버지께서 일본 유학 중에 구입하신 귀하디귀한 것이라 했다. 할아버지는 한 달에도 서너 번씩 피아노 앞에 앉아 눈을 지그시 감고 건반을 어루만지듯 연주를 하시며 오선지에 악보를 써내려가셨다.

복 원(復原)

11

대청마루를 사이에 둔 건넌방은 나와 일 하는 덕이 언니가 함께 사용했고, 두 개의 방이 나란히 잇달아 있는 아래채는 어머니와 아버지가 사용하셨다. 안채와 아래채 사이에는 널찍한 찬방이 달린 부엌이 있어 어머니와 할머니는 늘 그곳에서 분주히 움직이시며 음식 준비를 하셨다. 덕이 언니는 할아버지의 자잘한 시중을 드느라 안채와 아래채를 분주히 오갔다. 중문 옆으로 광이 있고 그 옆에 측간 그러니까 화장실이 있었다. 마당 가운데 만들어진 동그란 정원에는 채송화, 과꽃, 맨드라미, 붓꽃 등이 철따라 피었으며 두터운 돌로 둘러싸인 장독대에는 당시 내 키보다 큰 항아리에서부터 키 작은 항아리들이 마치 사열식을 하듯 윤기를 반짝이며 키 맞춰 서 있었다. 장독대와 측간을 구분하는 시멘트 블록 담장에는 아버지가 '아사 가와'라 부르던 흰빛 보랏빛 나팔꽃 넝쿨이 측간 지붕 위까지 이어져 올랐다.

이 모든 기억들이 맞는 것일까. 과연 삼선교 집의 모습일까. 아님 지금 복원한다는 수원 집의 기억일까. 내 생생한 기억들의 대부분은 초등학교에 들어간 후의 것들이다. 그 기억이라는 것조차 형태나 실상이 분명하지 않은 조각들로 내 마음과 기억을 아프게 도려내며 떠오른다. 수원 집은 물론이요 삼선교 집에서도 난 큰 오빠와 작은 오빠를 본 기억이 없다. 중학교 2학년이던 둘째 오빠는 6·25 전쟁 중에 고향인 용인에 숨어 계신 할아버지를 내놓으라며 인민군들이 볼모로 잡아갔다는 사실을 귀동냥으로 알 수 있었고, 큰 오빠는 휴전 후 정세가 안정을 찾을 즈음 미국 유학을 떠났다고 했다. 그러고 보면 둘째 오빠와 나는 자그마치 열네 살 내지 열다섯 살 터울인 셈이다.

할아버지 슬하에는 외아들인 아버지가 계시고 위로 고모 한 분 아래로 고모 두 분이 계셨다. 세분 고모는 거의 하루에 한 번 정도는 집에 다녀가셨던 것 같다. 큰 고모를 혜화동 고모, 둘째 고모를 돈암동 고모, 셋째 고모를 명륜동 고모로 불렀던 것을 보면 모두 인접한 곳에 사신 셈이다. 명륜동 고모든 혜화동 고모든 언덕만 넘으면 삼선교 우리 집이었고 돈암동 고모는 동도 극장 맞은편에 사셨으니 그야말로 지척이었다. 혜화동 큰 고모의 자녀들은 워낙 나이차가 많아 설이나 할아버지 생신 때 이외에는 그 얼굴을 볼 기회가 없어 거의 기억에 없다. 세 고모들 중 둘째 돈암동 고모는 삼남매를 두셨는데 제일 큰 오빠는 나와 나이 차이가 많아 이야기를 나눈 기억조차 희미하나 막내 오빠는 나와 두 살 차이였고, 그 위에는 네 살 차이의 언니가 있었다. 명륜동 막내 고모의 큰 아들은 나와 동갑이었고 그 아래 세 살 터울의 남동생이 있었다.

나는 고모들에 대한 기억이 곱지 않다. 마치 '저 아이가 왜 여기에 있지?'하는 듯 한 따가운 눈초리와 '서예가 많이 컸구나?' 하는 닳고 닳은 말만 들었기 때문이었다. 그 뿐인가, 고모들이 할아버지 드시라고 들고 온 간식거리에서 어머니께서 하나라도 집어내어 내게 건네면 '언니, 아버지 어머니 드시라고 가져온 걸…' 하며 차마 빼앗지는 못하고 입을 쌜쭉하니 빼어 물었다. 고모들이 '서예가 그렇게 좋소?' 하고 어머니께 건네는 말은 예사로운 대화였으며 어머니는 그 말을 들을 때마다 '애가 무슨 죄예요.' 하며 내 등을 어루만지며 나가 놀라 일렀다. 고모들은 누군가가 입다 작아진 옷은 모두 들고 와 어머니에게 건넸으며 어머니는 그것들을 곱게 손질하거나 새로 만들어 내게 입혔다.

지금도 기억하는 가장 아픈 기억은 초등학교 6학년 여름방학 때 일이다. 미국에 있던 큰 오빠가 두 아들과 새언니를 앞세우고 우리나라 유명 회사의 사장으로 초빙되어 귀국했던 때이다. 큰 오빠를 본 것도 처음이니 새 언니와 조카들을 만난 것은 더더욱 생소하고 어리벙벙한 일이었다. 그들은 미국에서 온 탓인지 덕이 언니와 동도 극장에서 본 외국영화에 나오는 배우들처럼 입성이나 행동 생김새까지 모두 남달라 보였다. 오빠네 가족은 아이들 신학기 입학에 맞추어 귀국한 것이라며 새 집으로 들어가기 전 일주일만 함께 기거한다고 했다.

나는 처음 보는 오빠와 새언니를 눈이 부시어 마주 바라볼 수가 없었다. 오빠네 부부는 물론 조카들조차 서로 영어로 말을 했기 때문에 나는 그들이 무슨 이야기를 하는지 알 수 없어 그들이 더욱 어렵게 느껴지기만 했다. 그 일주일이란 기간이 내게는 십 년 아니 백 년이라도 될 것 같은 예감이었다. 오빠네 가족이 기거할 공간을 마련하기 위해 나와 덕이 언니가 할아버지 방으로 옮겨 지내기로 했다. 가을 신학기에 맞추어 들어왔다는 말처럼 때는 여름방학 기간이라 나는 학교에도 못가고 집 안팎을 서성이며 그들의 일거수일투족을 영화라도 관람하듯 바라볼 수밖에 없었다. 할아버지는 조카들에게 '고모라 불러야 한다.'는 말을 재차 삼차 일렀으나 나보다 어린 그 아이들은 늘 '서예!' 하고 불렀다.

오빠네 식구들은 물론 어머니 아버지조차 사는 게 사는 것이 아니었다. 더구나 조카들이 '하이, 서예' 하며 물 달라 불러대고, 오빠는 기회만 있으면 나가 놀라 하니 이것저것 지켜보던 할아버지가 오빠를 안방으로 부르셨다. 안방에서 서너 시간 이야기를 나누더니 방도 없고 여러 가지가 불편하니 호텔에서 지내라는 명령인지, 엄포인지 알 수 없는 말을 듣고 삼일 째 되던 날 그들은 우르르 떠나야했다. 할아버지께서는 무슨 느낌이 있으셨던 것일까.

"인이네 식구들 가기 전에 가족사진이라도 박아두자. 고모들도 모두 오시라고 하고."

덕이 언니는 부지런히 전화를 돌려 할아버지의 의중을 알렸다. 고모들이 당도하기 전에 집에 있는 가족들만이라도 먼저 사진을 찍기로 했다. 할아버지 할머니가 가운데 놓인 피아노 의자에 앉고, 뒤로 아버지 어머니가 서시고, 그 곁에 오빠네 부부가 각각 좌우로 나누어 섰다. 할아버지와 할머니께서 두 조카를 당겨 안으셨다. 순간 나는 어디에 서야 할지 알 수 없었다. 나는 오빠의 곁에 서야한다고 생각했다. 그러나 나를 부르는 사람은 없었다. 나는 멀쑥하니 서서 할아버지 할머니만 바라보았다. 할머니가 나를 당겨 당신 옆에 서도록 하신다면 나는 허리를 조금 굽혀 새 언니를 가리지 않도록 할 텐데 하는 생각이 번개처럼 스쳤다. 그러나 아무도 나를 부르지 않았다. 그 때 어머니가 당신 곁에 오라고 손짓해 나를 불렀다. 하지만 어쩐지 그 자리는 내 자리가 아닌 것만 같았다. 어머니 아버지 오빠 내외 모두 어른들이었기 때문이다. 그렇다면 나는 어디에 서야 하나. 그 때 할아버지께서 나를 부르셨다.

"서예야, 뭐하니? 여기 할아버지 할머니 가운데 앉지 않고."

그 음성은 지금 되울려 보아도 단호하지만 다정했다. 할아버지와 할머니는 조금씩 자리를 움직이시어 가운데에 내가 앉을 자리를 만들어 주셨다. 그 때였다.

"할아버지. 그 자리는…, 서예 앉을 자리가 아닌 것 같은 데…."

오빠의 음성은 조심스러웠지만 그 말은 철퇴처럼 내 머리를 내려쳤다. 나는 일어나야만 할 것 같았다. 그러나 지금 이 자리에서 일어난다면 그것은 영영 대문 밖으로 나가는 것과 같다는 생각이 불길처럼 솟아올랐다. 그 생각은 어디에 연유한 것이었을까. 나는 조카들을 다리 사이에 가두고 앉으신 할아버지와 할머니 사이에 앉아 두 분의 무릎 위에 내 손을 각각 나누어 얹었다. 지금 생각해도 그것이 오기였을까 독기였을까. 죽기 살기의 자리다툼 같았다. 미운 오리 새끼가 백조로 탈바꿈하기 전의 안간힘이 이러했을까. 그 후 고모들이 오시어 이리저리 짝을 지어 사진을 찍을 때 나는 텅 빈 학교 운동장 그늘에 앉아 정체를 알 수 없는 생각에 골똘했다. 무슨 생각을 했을까. 분명한 것은 나는 미운 오리 새끼라는 것이었으며 내가 그들에게 미운 오리 새끼로 보이는 이유를 찾아내는 것이었다.

그 후 중학교에 들어간 나는 거간의 자잘한 일들을 모두 한 줄에 꿰어 나만이 이해할 수 있는 소설 같은 이야기를 완성했으나 그것이 사실이 아니기를 바랐다. 미운 오리 새끼가 백조가 되는 길은 무엇보다 공부를 잘 해야 하고 좋은 대학에 들어가야 한다는 일념 하나였다. 그것은 나를 위한 일일 뿐 아니라 나를 어여삐 여기시는 할아버지에 대한 보은이었다.

나는 할아버지의 뒤를 이어 음악을 하고 싶었다. 그러나 어디다 대고 피아노를 배우고 싶다는 말조차 할 수 없었으며 감히 할아버지의 피아노를 만져볼 엄두조차 낼 수 없었다. 귓가에 맴도는 각종 음들, 입 안에서 웅얼거려지는 노래들, 눈앞에 떠오르는 오선지와 음보(音譜)들. 나는 떠오르는 그 소리들을 나름대로 노트에 하나하나 적어가기 시작했다. 귓가에서 살아 숨 쉬는 할아버지의 피아노 연주 소리까지. 음들이 오선지 위에서 생명을 얻어 소리를 낼수록 나는 말수가 적어졌다. 가족들은 내게 사춘기라 했다. 나는 그 말을 빌미 삼아 오빠 네에서 열리는 가족 모임에도 얼굴을 내밀지 않았다. 오빠네 부부는 물론이요 고운 눈길을 주지 않는 조카들은 안 만날수록 좋았다. 그 방법만이 어머니를 편하게 하는 길이요, 할아버지께서 나를 가족으로 품으시려는 고귀한 뜻에 대한 보답이라 믿었다.

큰 오빠 가족이 서울 생활 3년 되던 해에 할머니께서 먼저 돌아가시고 할아버지는 마치 약속이라도 하신 듯 십 개월 후에 돌아가셨다. 덕이 언니는 할아버지께서 돌아가시기 반년 전, 단골로 다니던 돈암 시장 야채가게 총각에게 시집을 간다고 졸라 불 보듯 빤한 고생길을 행복이라 믿으며 떠났다. 그 때 할아버지와 어머니는 마치 딸이라도 시집보내 듯 온 정성을 다해 이불이며 장롱은 물론 살림살이를 두루 다 해주셨다. 고아를 거두어 이십여 년 데리고 있었으니 무엇을 해 준들 아깝겠냐는 말을 잊지 않으시면서.

나는 시집가는 덕이 언니가 부러웠다. 그 부러움은 모든 사람의 축복을 받으며 이 집을 나갈 수 있다는 당당한 이유 때문이었다. 언니가 떠가기 전 날 나는 덕이 언니의 가슴에 얼굴을 묻고 울었다. 언니는 내 울음의 의미를 아는지 어깨를 토닥이며 자장가처럼 읊조렸다.

"서예야. 너 엄마 은혜 잊으면 안 된다. 그리고 할아버지의 그 크신 마음도. 누구도 생각하지 마. 오직 엄마와 할아버지만 생각해. 그리고 공부 열심히 해. 너도 큰 오빠처럼 성공할 수 있어. 대학공부까지 하려면 돈이 문젠데, 참 걱정이다. 나라도 돈 있는 사람 만났으면 조금이라도 도움이 될 수 있으련만. 난 전혀 도움이 안 될 거야. 난 이제 다시 여기 안 올 거다. 내가 잘 살고 아들 딸 잘 키워 당당히 살 수 있을 때 만나자. 그때가 언제쯤일지. 여기 오면 내가 고아였다는 사실을 기억하게 될 거야. 난 그 사실을 기억하기도 싫고, 그 사실을 내 자식들에게 알리고 싶지도 않아. 그러니까, 서예야. 언제 어디서 우리가 만날지 모르지만 우리 서로 잊지 말자. 난 밤마다 하늘을 보며 네 얼굴을 그려 넣을 거야. 너도 힘들 때 하늘을 보며 날 불러."

언니도 나도 출렁이는 어깨를 서로 힘껏 부여안으며 울음을 삼켰다.

"그래, 언니. 난 오빠보다 더 성공할거야. 고모네 언니 오빠들보다도. 날 벌레 보듯 하던 고모들도 모두 놀랄 지경으로. 언니 말처럼 엄마와 할아버지만 생각할래. 그리고 언니도."

덕이 언니가 그렇게 떠난 후 어머니는 더욱 힘겨워지셨다. 할아버지의 수발이며 집안 거두기만도 힘에 벅찼다. 고모들이 간간이 찾아와 일손을 거둔다 해도 도움이라기보다 더 번잡하기만 했다. 나는 늦은 시간까지 학교에서 공부를 했고 틈틈이 음악 선생님에게서 피아노를 배웠다. 레슨 비 한 푼 건네지 못하는 내 처지를 아시는지 모르시는지 선생님은 늘 칭찬 일변도였다.

"서예야, 정말 피는 못 속이나 보다. 누가 영음 선생님 손녀 아니랄까 봐 이렇게 청음이 발달했니. 넌 듣기만 하면 그 음을 외울 수 있는 천재야. 천재. 작곡도 한다며? 그것 좀 보여주렴."

내게 학교는 도피처였으며 조용히 공부할 수 있는 유일한 공간이었다. 할아버지는 어머니의 고생을 알고나 계신 듯 간곡한 유언의 말씀을 남기신 후 홀연히 길을 떠나셨다.

"나 죽은 후 일 크게 벌리지 마라. 예술원이다 뭐다 하며 세상에 알리지도 마라. 인이 너 잘 들어라. 너의 내외가 할 일은 서예 잘 키우는 거다. 서예는 네 동생이다. 잊지 마라. 태어나고 싶어 태어난 사람 없다. 하물며 서예야 말해 뭐하겠니. 네 자식 돌보듯 돌봐라. 그게 이 할아비에게 할 수 있는 마지막 효도다. 약속해라. 내 가는 걸음을 가볍게 해 주렴."

큰 오빠는 무릎을 꿇고 할아버지 손을 잡은 채 어깨를 들썩이며 울음을 참지 못했다. 그러나 끝내 할아버지에게 약속한다는 말씀을 드리지 않았다. 나는 '그게 그렇게 어렵나. 난 아무도 안 도와줘도 잘 살 수 있어요. 할아버지께서 하늘나라에서 저를 지켜주세요.'하며 이를 악물었다.

할아버지는 그렇게 떠나셨다. 장례는 조촐하니 가족장으로 지냈으며 시신은 용인 선산에 모셨다. 장례를 치르고 집에 돌아온 밤이었다. 오빠는 이 넓은 집에서 두 분이 사신다는 것은 어머니 건강에 무리이며 돈 한 푼 받지 않고 이 집을 빌려준 사람에게도 더 이상 폐를 끼칠 수 없다며 어디 자그마한 아파트로 들어가시는 게 좋겠다고 다분히 명령조로 말했다. 내게는 단 한 마디 의논도 없이. 오빠는 일주일 정도 더 남아 할아버지의 유품을 정리하여 박스에 담았다. 오빠의 그 계획은 고모들의 도움으로 일사천리로 진행되었다. 잠실에 있는 조그만 아파트로 이사 가는 날 할아버지의 피아노는 두툼한 담요에 쌓이고 쌓여 그간 정리한 유품 박스와 함께 미국 오빠네로 간다고 했다. 담요에 쌓인 피아노는 다시 큰 나무 상자에 담겨 배로 두 달간 태평양을 건너 미국 땅에 닿을 것이라고 했다. 다시는 못 볼 할아버지의 피아노. 나는 한 번만이라도 그 피아노를 열고 내가 지은 음악을 연주해 보고 싶었다. 그러나 그것을 누구에게 이야기해야 허락을 받을 수 있는지조차 알 수 없었다. 오빠는 어머니 아버지께서 아파트로 이사한 후 마치 제 할 일을 다 했다는 듯 미국으로 돌아갔다. 이미 마음으로 모든 계획을 세워 논 후라 피아노 먼저 미국으로 떠날 수 있었다는 것을 추측할 수 있었다.

잠실에서부터 중학교에서 바로 진급한 고등학교로 가려면 버스를 두 번 갈아타야 했다. 나는 어머니께 버스 값을 달라는 말을 꺼내기가 힘들었다. 수업 시작 전에 자습을 해두겠다는 핑계로 한 구간만이라도 걸어보기로 했다. 그것은 어머니께서 가계가 갈수록 빈궁해진다는 말씀을 하지 않아도 집안 분위기며 상차림만 보아도 알 수 있었기 때문이었다. 생활비는 미국의 오빠에게서 오는 것이 분명했다. 그래도 어머니는 내 도시락에 계란말이 한 조각이라도 넣어주려고 아등바등 하시는 것을 알 수 있었다. 나는 나 스스로 살 궁리를 마련할 때가 가까워지고 있다는 동물적 본능을 감출 수 없었다. 고모들의 드나듦도 차츰 뜸해졌다. 아버지의 기력은 갈수록 쇠해졌고 온 종일 누워 지내는 날도 잦아졌다. 나는 대학진학이라는 허황된 꿈을 접어야 했다. 공부만이 전부였던 내가 공부의 끈을 놓는다는 것은 살아갈 의미를 놓는 것과 같았다. 틈틈이 음악 공부를 지도해 주던 중학교 때 음악 선생님도 결혼과 동시에 학교를 떠났다.

나는 학교에서건 집에서건 늘 외톨이였다. 외톨이의 장점은 그 어떤 풍파에도 흔들림이 없다는 것이다. 나는 나만 돌보면 된다. 단 할아버지의 고명한 이름 석 자와 그 고결한 인품에 흠집을 내서는 안 된다는 심지 하나만은 굳건했다. 나는 집을 떠날 때를 기다렸다. 나의 부재만이 어머니의 짐을 덜어드리는 것이었다. 어디로 갈지, 무엇을 할지 구체적 계획은 없었다. 의논할 사람도 없었다. 망망대해를 혼자 헤엄쳐 나가야 하는 시련의 시간들이 나를 기다릴 뿐이었다. 나는 어렵사리 어머니께 입을 열었다.

"엄마, 너무 힘들지? 그만 미국 오빠에게 가. 내 걱정 말고. 난 잘 해낼 거야. 이 눈치 저 눈치 보며 산 시간이 얼만데."

"아직은 아니다. 네 아버지 돌아가시면 가련다. 내가 여기에 남는건, 네게 짐이야. 아버지 가시면 그 때 아무 미련 없이 갈게. 조금만 참아라. 아직은 시간이 우리를 기다려 줄 거야. 두 번 다시 그런 말마라. 그리고 네가 대학을 졸업할 돈까지는 내가 다 마련해 놓고 떠나마. 공부를 게을리 하지 마. 너 요즘 좀 해이해진 것 같아 보이더라. 이 세상은 대학이라도 나와야 제 앞가림 하고 살 수 있다. 내 생각에 중학교나 초등학교 교사를 하면 어떨까 싶다. 물론 네 실력이 아깝기는 하지만, 그 직업은 영구하다. 좋은 사람 만나 결혼하게 되더라도 직장 그만 둘 생각은 말고."

난 어머니의 깊은 뜻을 헤아리지 못한 셈이었다. 어느 대학에 가 어떤 직업을 갖든 난 나 혼자 살아갈 궁리를 해야 했다. 어머니의 예측이 맞은 것인지 아버지는 누워계시기만 한 지 3개월 만에 돌아가셨다. 미국의 오빠가 귀국하는 시간을 벌기 위해 5일장을 치를 수밖에 없었다. 아버지의 시신을 병원 영안실에 옮겨 놓고 고모들과 빈소를 지키던 첫날밤이었다. 어머니께서 눈짓으로 날 밖으로 불러내셨다.

"이제부터 내가 하는 말 잘 들어라. 너는 영특해서 내가 네 친 어미

복 원(復原)

가 아니라는 건 이미 눈치로 알고 있었을 게다. 네 친어머니는 이미 돌아가셨지만, 장안에 이름이 짜르르 울리던 명창이었단다. 아버지가 무척이나 사랑하셨던 여인이지. 이름도 알려고 하지 말고, 그 후손이 누군가 찾아내려 하지도 마라. 너를 친손녀로 입적시키고 누구보다 잘 키워주겠다는 약속을 건네고 둘 사이를 떼어놓았다. 모두 할아버지께서 이 어미를 생각해서 내린 결단이야. 너는 우리 집에 들어오던 그날부터 내 딸이었다. 난 단 한 번도 네가 내 속으로 난 아이가 아니란 생각을 하지 않았다. 너는 내게 기쁨만 안겨주었지. 고모들이 무어라 해도, 미국의 오빠가 눈치를 주어도, 난 널 누구와도 바꿀 수 없었다. 할아버지는 분명 네게 음악적 소양이 있으시리라 믿으셨어. 피는 못 속이는 거니까. 하지만 고모들이며 네 오라비의 거친 반대로 드러내 놓고 네게 음악 공부를 시킬 수 없었다. 돌아가시기 전 할아버지가 너의 음악 선생님께 너를 지도해 달라 부탁하셨다. 네가 작곡한 것도 다 보셨지. 그러나 전혀 내색하지 않으셨다. 모르는 척 하는 게 너를 지켜주는 것이고 네가 매진하는 길이라 이르셨다. 난 피아노를 네게 남겨주고 싶었다. 오빠가 그것만은 안 된다고 하며 가져 간 거야. 할아버지의 악보들은 모두 할아버지의 책상에 넣어 놓고 잠가뒀다. 내일 낮에 내가 잠깐 집에 들르러 가겠다고 할 테니 너도 따라 나서라. 그리고 그 책상을 앞집에 옮겨 놓자. 이미 다 말해 두었어. 다른 건 다 오라비가 가져간다 해도 그 책상과 악보만은 네게 남겨주고 싶은 것이 이 어미의 마지막 소망이다."

길게 이어지는 어머니의 음성은 북풍에 몸을 떠는 문풍지처럼 파르르 울려왔다. 나는 아무 말도 할 수 없었으며 눈물조차 나오지 않았다. 어머니의 음성이 출렁일 때 마다 내 머릿속은 갈수록 명징해졌다. 물을 것도 없고 묻고 싶지도 않았다. 나는 앞으로 어떻게 살아야 하느냐는 말도 하지 않았다. 모든 것이 내가 추측한 그대로이기 때문만은 아니었다. 세세히 나를 위해 준비하신 할아버지의 깊은 속내와 어머니의 유언과도 같은 말씀을 오롯이 내 영혼 속에 가두어두고 싶은 염원뿐이었다.

"내 말 잘 알아들었지. 더 묻고 싶은 거 없니? 넌 지혜로우니까 충분히 이해했으리라 믿는다. 장례 끝나고 오빠 따라 내가 가고 나면 집은 곧 비워줘야 한다. 네가 살 곳을 찾아둬라. 오빠가 얻어준 집이지만 그집 뺀 돈만은 모두 네게 주기로 했으니까."

아버지의 장례가 어떻게 치러졌는지 알 수가 없었다. 나는 허수아비처럼 이리저리 끌려 다니는 기분이었다. 머릿속은 새하얗고 숨을 쉬고 있어도 가슴은 답답했으며 음식은 물론 물 한 모금 넘어가지 않았다. 고모들도 내게 눈길을 주지 않는 듯했다. 이제 남이라는 것일까. 집안의 수치요 애물단지이던 내가 영영 그들 곁을 떠날 때가 되었다는 홀가분함 때문일까. 아니면 차마 애처로운 내 모습을 마주할 수 없기 때문일까. 나는 그들의 연민의 눈빛도 분노의 눈빛도 마주하고 싶지 않았다.

어머니는 오빠에게서 일주일의 말미를 얻어냈다. 오빠는 어머니와 나를 잠실 집에 남겨 놓고 올케와 호텔로 돌아갔다. 어머니는 당신 짐을 챙기시는 것이 아니라 할아버지의 양복, 단장, 이미 누군가 솎아낸 듯 곳곳이 비어 있는 가족 앨범, 그리고 초등학교 때부터 모아둔 내 성적표와 어린 시절부터 지금까지 찍었던 내 앨범을 상자에 넣어 질

끈 동이셨다.

"엄마 아빠의 유품은 따로 보관할 생각하지 마라. 네 것은 네 역사고, 할아버지 유품은 나라의 근대사이기 때문이다. 잘 보관해라. 아마 전화도 편지도 안 될 게다. 너를 이제까지 키워온 것에 대한 오라비의 불만이 이만저만이 아니다. 이제 가면 너와 나는 끝이다. 나를 죽었다고 생각해라. 아버지 무덤에 엄마도 함께 묻었다고 생각해. 공연히 고모들도 찾아뵈려 애쓰지 마라. 반가워하지 않는 사람에게는 강아지도 꼬리를 치지 않아. 오직 너, 너 하나만 믿고 굳게 지켜라. 하늘에서 할아버지께서 널 지켜주실 게다."

엄마와 나는 얼마나 울었던가. 엄마는 나를 그렇게 두고 가는 것이 서러워 우셨고 나는 나를 키워주신 은혜에 보답조차 못하고 헤어져야 한다는 사실이 서러워 울었다. 어머니는 그렇게 큰 오빠를 따라 10월 어느 햇살 고운 날 미국으로 건너가셨다. 나는 어머니 떠나시는 모습을 보고 싶지 않아 새벽 일찍 학교로 갔다. 나는 어머니께서 남겨주신 돈을 은행에 넣어두고 학교 근처의 조금 넓은 하숙방으로 책상과 책 그리고 옷가지를 들고 들어갔다. 할아버지의 유품은 당분간 앞집에 맡겨 놓고 겨울 방학이 시작되면 옮겨가기로 약속했다. 그나마 그 넓은 서울 하늘 아래 내가 의지 할 곳은 앞집밖에 없었다. 나는 수첩에 적혀 있던 고모들의 연락처를 모두 찢어내고 수첩 일 면에 이렇게 썼다.

－나는 나다.

－나는 내가 지킨다.

－나는 내 뿌리를 잊을 것이다.

－나는 반드시 성공할 것이다.

—나는 내 출생을 영광되게 만들 의무가 있다.

겨울방학이 시작되고 하숙방에 커다란 캐비닛을 하나 사들여 할아버지의 유품을 모두 넣어 놓고 다이얼을 돌렸다. 내가 성공하기 전에는 절대로 열어 보지 않을 것이라는 각오로 그 번호조차 적어두거나 암기하지 않았다. 필요하면 그 때 캐비닛을 부수면 된다는 각오로.

나는 어머니의 조언대로 교육대학에 들어가 졸업 후 초등학교 교사 생활을 하며 야간 대학에서 작곡을 전공했다. 꽃이 피면 벌과 나비가 날아오듯 내 청춘에 찾아와 사랑의 불꽃을 지핀 사람은 나처럼 직장생활을 하며 야간대학에서 음악 공부를 하던 복학생 선배였다. 그는 성악을 공부하고 싶어 이탈리아 유학을 꿈꾸며 고된 생활을 마다하지 않았다. 마치 전염병이기라도 하듯 그의 꿈이 내게로 옮겨 붙었다. 문제는 돈이었다. 우리는 독일은 학비가 없고 생활비만 든다고 하니 이탈리아를 포기 하고 독일로 목적지를 바꾸었다. 나는 어머니께서 남겨주신 돈을 전혀 건드리지 않고 통장에 넣어두고, 다달이 들어오는 월급도 최저 생계로 살아온 터라 나름 모아 둔 돈이 제법 되었다. 나 혼자 떠나는 것은 문제가 아니었다. 하지만 그는 고향집의 부모님을 설득시켜야 하는 힘겨움과 구할 길 없는 돈의 막막함 때문에 유학을 포기할 지경에 이르렀다. 나는 내가 모아온 돈을 함께 쓰면 어떨까 하는 생각을 했다. 그러고도 모자란다면 할아버지의 유품을 담보로 돈을 마련할 수 있지 않을까 하는 허황된 계획마저 세워 보았다. 그는 돈을 얼마나 마련할 수 있느냐고 넌지시 묻더니 마침내는 다그치기 시작했다.

나는 내가 유학이란 꿈을 접으면 내 몸 하나는 죽을 때까지 지킬 수 있을 뿐 아니라 할아버지의 유품까지도 영원히 보관할 수 있다고 생각하며 그와의 절교를 선언했다. 하지만 내 몸에서는 그의 아기가 자라고 있었다. 그와 헤어진 후에야 그것을 알았다. 나는 오직 나 하나의 힘으로 살아내야 한다는 생각 때문에 나와 같이 환영 받지 못할 인생을 살게 될지도 모를 한 생명을 세상 밖에 내어 놓을 자신이 없었다. 어머니라면 분명 아이를 낳아 혼신을 다해 키워내야 한다고 이르셨을 것이다. 그러나 내개는 남편도 할아버지와 할머니 같은 인품을 지닌 그 누구도 없었다. 나는 어머니께서 나를 두고 떠나시던 날의 아픔을 이사이에 베어 물며 이제 석 달 된 사내아이를 지워내고 말았다.

　나는 평생을 초등학교 교사 생활을 하며 혼자 살다 지난해에 퇴직했다. 지금도 혼자 산다. 할아버지의 유택이 모셔진 선산이 있는 용인시 백암면 두창리로 내려와 작은 농가 주택 하나를 구입하여 이리저리 손보아 편리하게 고쳐 놓고 아침부터 저녁까지 땅에 머리를 박고 산다. 야채를 아이 돌보듯 하고 앞뒤 마당에 가득 핀 꽃들을 어머니 바라보듯 하며 간간히 허리를 들어 하늘을 보며 보고 싶은 사람들을 그리워한다.

　'영음 선생 생가 복원' 기념 다례식을 올리는 개막식이 있던 날 나는 그곳에 가지 않았다. 내 기억 속에 있는 얼마나 많은 사람들이 죽었고 또 누가 남았을까. 아직도 살아 있는 사람들이 나를 알아볼까. 유족 대표로 큰오빠가 인사말을 할까. 이런저런 궁금한 일들이 주마등처럼 스쳐갔지만 나는 그들을 보고 싶지 않았으며 그 모든 사실을 확인하고 싶지 않았다. 그러나 단 하나 할아버지의 피아노가 다시 태평양을 건너 수원 집 할아버지 사랑채에 다시 놓여 있지는 않을까, 하는 궁금함만은 감출 수가 없었다.

나는 다음 날 수원시 권선동에 있는 복원된 할아버지 집으로 향했다. '영음 선생 생가'라는 표지판과 복원 기념식이란 현수막이 할아버지의 집 담에서 펄럭였다. 저 옛날 단발머리 소녀가 누더기 같은 스웨터를 입고 혼자 기대 앉아 해바라기 하던 그 돌담. 대문은 열려 있었다. 관람객 서너 명이 유리 덮개 속에 있는 책이며 악보들을 훑어보고 있었다. 자애로운 미소가 가득한 젊은 시절 할아버지의 준수한 모습이 담긴 여러 장의 사진들이 마치 나를 향해 웃음을 짓는 듯 했다. 나는 조심스럽게 안방을 터 대청마루와 이어 만든 전시실로 발을 옮겼다. 갈색 피아노 한 대가 놓여 있고 그 옆에 책상 한 개가 나란히 있었다. 할아버지의 피아노인가? 가슴이 방방이 질을 쳤다. 그러나 그것은 할아버지의 피아노가 아니었다. 그러고 보니 피아노가 놓인 자리도 그 자리가 아닌 것 같았다. 도대체 누구의 말을 듣고 복원한 것인가. 관람객을 위해 안내하는 여인이 설명하기 시작했다.

　"미국에 사시던 장손마저 돌아가시어 손부(孫婦)에게서 설명을 들었습니다. 이곳에 전시된 사진과 책자 악보 등도 그 분께서 보내주셨습니다. 막내 따님은 아직 생존해 계시지만 병환 중이라 거동이 힘들다고 불참하셨고, 살아 계신 외손 몇 분은 어제 다녀가셨습니다. 앞으로 영음 선생님 관련 유품을 보다 적극적으로 찾아내어 자료를 보완할 것입니다. 선생님께서 다니시던 일본 우에노 음악학교에서도 귀중한 자료를 보내주겠다고 약속했습니다. 저희는 다만 헐리기 직전에 이 집을 다시 구입하여 생가를 복원할 수 있었던 것만도 다행이라 생각합니다. 영음 선생님 연보(年譜)는 따로 인쇄된 것이 있으니 참고하시기 바랍니다."

복 원(復原)

집에 돌아온 난 캐비닛을 열고 싶었다. 그러나 번호를 기억할 수 없음은 물론이었다. 열리지도 않는 문을 공연히 서너 번 흔들어 보고는 문에 등을 기대고 앉았다. 할아버지의 생가 복원은 내 태생 즉 내 존재의 뿌리를 복원하여야 한다는 생각으로 이어졌다. 지금 와서 내가 밖에서 낳아 들여 온 손녀딸이라는 것이 무슨 문제이며 고종 사촌들과의 대면이 무슨 대수인가. 더구나 한 분 남은 고모가 병중이시라니 떠나시기 전에 얼굴이라도 뵙는 것이 예가 아닌가. 놀라운 것은 천년만년 살 것처럼 도도하던 큰 오빠가 돌아가셨다는 사실이다. 하긴 서로 연락을 끊고 살았으니 그들인들 어찌 날 찾을 수 있었을까.

스쳐가는 생각의 무게 탓인가, 미끄러지듯 바닥에 머리를 놓았다. 캐비닛에서 숨소리가 들리는 듯 했다. 할아버지의 힘찬 음성, 그리고 어머니의 고르고 가늘지만 그 누구보다 당찬 음성과 숨소리. 그 소리는 할아버지의 피아노가 울리는 청아한 소리였으며 어머니께서 마지막에 눈물로 호소하시던 음성이었다. 나는 멀리서 울려오는 듯한 그 숱한 사연의 소리를 들으며 눈을 감았다.

그 밤, 나는 무거운 짐을 내려놓은 듯 깊은 잠을 이룰 수 있었다.

울게 하소서

그날 학생들의 화제는 온통 인기스타 최진실의 죽음에 대한 이야기 뿐이었다. 내가 강의하는 곳이 학교가 아닌 문화센터이고 보면 학생이라 해도 그들 대부분 중학생이거나 초등학교 오륙학년쯤 된 자녀를 한둘 둔 엄마들이었다. 더구나 뜨개질 수업이고 보니 손 따로 입 따로 움직이기에 충분했다.

그들은 사랑하는 자식들을 두고 어떻게 스스로 목숨을 끊을 수 있었을까 하는 의구심에서부터 그녀의 연기와 미모를 다시 볼 수 없는 안타까움을 한숨처럼 쏟아냈다. 소문, 가십, 스캔들처럼 남의 이야기를 입질하는 것처럼 사람에게 활기를 주는 대화는 없는 듯 보였다. 평소별로 말이 없던 사람까지 입가에 하얀 게 밥을 지으며 제가 들은 정보가 가장 정확한 소식이라도 되는 듯 거침없이 혀를 놀려댔다.

나는 그들의 잡담을 막으려 하지 않았다. 처음에는 한 여자 스타의 죽음에 대해 온갖 잡다한 이야기를 이어간다 해도, 결국에는 한 생명에 대한 경외심과 자살이라는 최후의 수단을 선택한 한 인간에 대한 연민의 감정으로 마무리 되리라는 기대가 있었기 때문이었다.

나는 그들의 대화에 끼어들지 않았다. 다만 기다렸다. 내 생각의 울타리에 갇혀 어떤 의견이나 생각조차 내비칠 수가 없었다. 과연 그렇게 스스로 목숨을 끊어야만 했을까. 스스로 목숨을 끊는다는 행위가 무엇을 의미하는지 그녀는 알고 있었을까.

나는 고개를 들어 강의실 천정에 도열하듯 불을 밝힌 긴 형광등을 하나하나 세어갔다. 형광등 갓에는 거미줄이 먼지처럼 뒤엉켜 있었고 그곳에 달라붙은 하루살이들의 메마른 잔해가 빛의 진동을 따라 하늘거렸다. 파르스름한 떨림이 이어지는 형광등 불빛이 그날따라 유난히 싸늘하게 내 얼굴에 흘러내렸다.

'거미회'의 중심에는 주연이 있었다. 주연이도 처음부터 그런 동아리를 만들 계획이 있었던 것은 아니었다. 같은 아픔을 안고 있는 사람들이 하나 둘 모이다 보니 그렇게 모임이 이루어진 셈이다. 한 사람이 다른 한 사람을 부르면 어느새 네 사람이 동시에 한자리에 앉곤 했다. 그것은 하나보다는 둘이 낫고, 둘보다는 셋이 낫다는 단순한 이유에서 출발했다. 자식을 자살이란 잔인한 이름으로 앞세운 어미 넷이 모여 거미줄을 엮듯 뜨개질을 하는 거미회의 역사도 어느새 10년이 되어왔다.

시름을, 슬픔을, 그리고 분노를 풀어내기 위해, 깊은 우물 속에 빠져 허우적대는 것 같은 자신의 상황을 잠시라도 잊기 위해, 우리들은 각가지 색깔의 털실 뭉치를 들고 다녔다. 무릎 위에 놓인 가방이나 바구니에 담긴 실 뭉치는 탯줄로 이어졌던 아기 마냥 젖가슴 앞에서 원하는 모양을 만들어갔다. 우리는 긴 대바늘 두 개로 실 뭉치를 당겨 엮어 평면을 만들었고, 그 평면을 이어 옷을 만들었다. 그 행동은 마치 잃어버린 아이들을 새로이 잉태하려는 주술적 행위와 흡사했다. 하나의 실 뭉치는 수많은 선의 집합체였고 그 선들이 엮이면 면이 되었다. 그리고 그 면들은 모여 하나의 옷이 되었다. 우리는 그렇게 새로운 털실로 끝없이 아이들을 만들어갔는지도 모른다. 결코 잊을 수 없는 내 아이를 위해 결코 사람이 될 수 없는 피노키오와 같은 아이들의 옷을 만들었다. 주연은 그렇게 만든 옷들을 모아 어디론가 보내곤 했다.

우리는 실을 엮어가는 시간만큼은 분노와 슬픔을 잊을 수 있었다. 그리고 이제는 네 사람 모두 서로의 사연을 낱낱이 알고 있으면서도 주절주절 풀어내지 않으면 결코 숨을 쉴 수 없을 것 같아 똑 같은 이야기들을 반복해서 뇌까렸다. 그것은 누군가에게서 위로 받기 위해서가 아니라 자신의 가슴에 고여 있는, 결코 바닥을 드러내지 않는 아픔을 조금이라도 줄이기 위해 퍼내기를 반복하는 중얼거림이었다.

주연이 나를 찾아온 것은 그 일이 터진 지 한 달이 조금 지난 후였다. 나를 보자 주연은 아무 말 없이 나를 거머안았다. 그러고는 마치 자신의 가슴 속에 나를 가두어드리려는 듯 두 손에 힘을 더했다. 힘 없이 늘어진 내 두 팔은 그녀를 마주 안을 생각조차 잃어버린 채 건들거렸다.

"아무 말도 하지 마 성순아. 알아. 네가 지금 무슨 생각을 하는지. 내가 네 마음을 어떻게 아느냐고 묻고 싶지? 내가 너고, 네가 나니까."

"네가 나라고? 네가 내 마음을 어떻게 알아?"

목을 가눌 힘조차 모두 소진해버린 나는 그녀의 어깨에 내 뾰족한 턱을 올려놓은 채 잠꼬대처럼 웅얼거렸다.

"난 알아, 성순아. 난 네 맘 알아. 너만 당한 일이 아니니까."

나는 그녀의 말이 어떤 의미를 갖고 있는지 쉽게 가늠할 수 없었다.

"울음조차 터져 나오지 않는 미어지는 아픔, 차라리 내 호흡이 멎어버렸으면 하는 바람, 그리고 밀려오는 원망과 탄식. 성순아, 울 수 있다는 것도 여유라는 걸 알 수 있더라."

그녀는 마치 독백을 하듯, 시 한 편을 읊조리듯, 그렇게 주절거리며 나를 안은 채 방바닥에 몸을 놓았다. 주연은 나를 쉽게 놓아주지 않았다. 깊은 꿈속으로 안내하려는 외할머니처럼 내 등을 규칙적으로 토닥이며 마치 옛날이야기 한 편을 들려주듯 이야기를 풀어갔다.

"우리 정원이가 간 거 너 몰랐지. 너만 모르는 거 아냐. 우리 동창들 다 몰라. 네가 이런 큰 변을 당했다는 말을 듣고도 선뜻 달려올 수가 없더라. 난 내 기억들이 들쑤셔지는 것만 같아 무서웠어. 무슨 말이 위로가 되겠니. 사람들은 어미 가슴에 빼낼 수 없는 대못을 박아 놓고 간 아이는 빨리 잊는 게 상책이라고 말하지. 산 사람은 살아야 한다고…. 말이야 쉽지. 헌데 그게 말이 되니? 간 아이가 누군데? 다른 사람 아닌 내 배 앓아 난, 바로 내 자식인데. 물론 어미 가슴에 대못을 친 그 아이가 밉고 원망스럽지. 하지만, 세상사람 모두가 스스로 목숨을 끊은 그 아이를 나무라고 또 잊을 수 있어도 어미만은…, 어미만은 잊을 수 없어. 시간이 흐를수록 아이의 모습이 가슴 속에서 점점 자라나는 것 같다고 할까…."

나는 주연의 가슴에 안겨 있는 게 아니라 그녀의 말에 갇혀있었다. 한동안 침묵 중에 가쁜 숨을 몰아쉬던 그녀가 내 몸을 풀어줬다. 그럼, 주연이도 나와 같은 참척을 당했단 말인가. 그렇다고 무엇이 달라질 것인가. 도무지 상상조차 할 수 없는 이 참변 앞에서 동지 하나를 얻었다고 그녀나 나나 달라질 것이 무엇인가.

그새 누가 방에 들어왔다 나간 것일까. 마구 뭉쳐놓은 이불 보따리마냥 온 몸을 접고 웅크리고 앉은 우리 두 사람 곁에 작은 찻상이 하나 놓여 있었다. 나란히 놓인 두 개의 커피 잔이 슬픔을 삼킨 검은 눈동자처럼 우리를 바라보고 있었다.

"마시자."

나는 바싹 말라붙은 입속에 침을 한 모금 모아들이며 주연에게 잔을 건넸다. 눈물조차 말라버린 것인지 초점을 잃은 그녀의 눈은 휑하니 열려있는 깨어진 유리창인 양 빛을 잃고 있었다. 내 눈빛도 저러할까. 사물을 보고 인식하는 것이 눈이건만, 주연의 눈에는 아무 것도 담겨 있지 않은 듯 비어 있었다.

정원이 간 것은 삼 년 전이라 했다. 동창들과 두루두루 친분을 나누고 지내지 않던 주연이었지만, 그녀의 딸 정원의 결혼식에는 이십여 명의 친구가 모여들었다. 나도 정원의 결혼식에 참석했던 것을 기억할 수 있었다. 주연은 남매를 두었다고 했다. 정원의 손 위 오라비가 뇌성마비 장애자라는 말을 풍문으로 듣고 있어 많은 친구들이 더욱 정원의 결혼을 축하하기 위해 모인 것 같았다. 얼굴 예쁘고 공부도 잘했다는 정원은 주연의 소망을 고스란히 받고 자라는 주연의 꿈나무였다.

"대학 졸업반 가을에 설악산으로 엠티를 갔었어. 그 밤 친구들과 어울려 나이트에 갔을 때, 그곳에서 우리 사위 박 서방을 만났지. 사법고시 낙방 두 번에 드디어 합격을 하고 친구들이랑 모처럼 산행을 나선 참이었는데. 둘의 사랑은 그렇게 시작됐어. 그래, 난 지금도 그 아이들의 관계를 사랑이라는 말로 표현할 수밖에 없어. 정원이가 방송국에 취직했던 건 알지? 레코드 라이브러리에 있었어. 박 서방이 연수원 생활을 끝내고 법무관으로 군에 입대하여 임지인 대전에 자리하던 해에 결혼한 거야. 참, 너도 결혼식에 왔었지?"

나는 주연의 이야기에 빠져들어 내 슬픔에서 잠시 벗어나 있었음을 부정할 수 없었다.

"그래, 그 때 정원이 참 예뻤지. 신랑이 천주교 신자라 명동성당에서 결혼식을 했잖아. 결혼식 끝나고 길 건너에 있는 호텔에서 커피를 마시며 정원이가 예쁘다는 칭찬을 얼마나 했다고. 그리고 얼마 지나지 않아 정원이 부부가 미국 유학을 갔다는 이야기를 들은 것 같은데…."

살며 경험하고 기억했던 모든 일들이 하얗게 사라진 듯 텅 비어있던 머릿속에 마치 어제 일처럼 주연의 딸 정원의 결혼식 날 일들이 하나하나 떠올랐다.

"그날 우리 정원이 정말 예뻤지. 신부는 누구나 예쁘다고 하지만, 우리 정원인 정말 눈부시게 예뻤어. 아마 내가 기억하는 정원이의 마지막 모습이라 더욱 그렇게 기억하는지는 몰라도…."

마지막 모습이라는 말은 날카로운 비수와 같았다. 내가 기억하는 내 딸, 다른 사람 아닌 내 딸 민지의 마지막 모습은? 민지의 어떤 모습도 떠오르지 않았다. 다만 민지의 체크무늬 스커트 자락만이 눈앞을 가로막을 뿐이었다. 그 모습은 베란다에 걸려있던 빨래 한 장이 바람에 날려 아래로 아래로 떨어져 내리듯 펄럭였다.

그것은 너무도 한 순간의 일이었다. 잠시도 민지를 혼자 두려하지 않았는데, 그처럼 아이 곁을 비우지 않으려 노력했는데, 잠시도 내 몸에서 그 아이를 떼어 놓지 않으려 노력했는데. 나는 그 순간 민지의 스웨터를 가지러 방으로 들어갔을 뿐이었다.

난 저녁 식사 준비를 위해 민수를 제 누이 곁에 앉혀 놓고 부엌으로 들어갔다. 어미의 힘겨움을 누구보다 잘 알고 있던 민수는 군소리 없이 책을 들고 누이의 곁을 지켰다.

"엄마, 누나가 산보가제. 나, 누나랑 잠깐 나갔다 올게."

부엌에 들어온 지 삼십여 분이나 지났을까. 찌개를 끓이고 있는 내게 민수가 큰 목소리로 말했다. '그래, 갔다 와. 누나 손 꼭 잡고.' 난 소리를 내어 말하지는 않았지만, 그렇게 입속으로 웅얼거렸다.

"엄마, 날이 좀 찬 듯한데, 누나 스웨터 하나만 갖다 줘."

민수는 더할 수 없이 누나에게 극진했다. 난 민지의 방으로 뛰어 들어가며 말했다.

"누나는 어디 있니?"

"엘리베이터 앞에서 기다려. 엄마 빨리. 엘리베이터 다 올라왔어."

그리고 들려온 고함소리. 민수의 그 비명소리와 함께 내 고막은 영영 찢어져버린 듯 아무 소리도 들리지 않았다. 민지는 엘리베이터를 기다리지 않았다.

"정원이 부부는 하와이로 신혼여행을 갔었어. 시댁 형편도 넉넉하고, 또 정원이가 하와이에서 초등학교를 나온 탓에 그곳에 다시 가보고 싶었나봐. 너도 알지? 정원이 낳은 후 정원 아빠가 하와이로 공부

하러 갔던 거. 사실은 큰 아이를 그곳 재활학교에 맡겨볼까 하는 마음이 더 컸었지. 수단 방법 가리지 않고 동원할 수 있는 힘을 다 끌어 모아 하와이의 이스트웨스트 장학금을 받아 그 곳으로 떠났던 거야. 사실 큰 아이 돌보기가 쉽지 않았거든. 아이가 뇌성마비라는 걸 사람들이 아는 것도 싫고, 시댁에서 날 바라보는 눈치도 곱지 않았어. 한 마디로 도피였지. 그러나 차마 아이를 그곳에 두고 올 수가 없더라. 사실 그곳 시설에 있는 게 아이한테는 훨씬 더 좋다는 건 알지만, 나 편하자고 내 자식을 남에게 맡길 수가 없었어. 죽든 살든 하는 데까지 해 보자는 오기였지. 아마 정원이도 그런저런 생각이 지워지지 않아 하와이로 신혼여행을 떠났던 같아."

나는 주연이의 이야기를 듣고 있지 않았다. 다시는 기억하고 싶지 않은 그날의 기억이 낱낱이 떠오르며 내 목을 옥죄어왔다. 그날의 기억을 되살린다는 것은 낱낱이 흩어진 퍼즐 조각을 맞추어가는 힘겨움과 흡사했다. 한 가지 이미지 위에 덮씌워지는 생각, 상상, 망상, 뭐 그런 것들로 나는 한 장의 사진을 맞추었으며, 그 한 장의 사진으로 다음 사진을 이어 붙여 하나의 이야기를 만들어갈 수 있었다.

엘리베이터가 15층으로 올라오는 그 사이가 얼마나 된다고…. 민지는 엘리베이터를 기다릴 여유가 없었던 것일까. 아니면 작심하고 그 순간을 노렸던 것일까. 그도 저도 아니라면 내가 민지의 스웨터를 갖으러 갔던 시간이 길었던 것일까. 민지는 왜 그렇게도 급히 땅으로 내달리려 했을까. 그렇지 않고서야 왜 그 아이가 15층 높은 곳에서 몸을 날렸단 말인가.

민수의 비명소리는 현관문에 매달려 있었다. 그러나 나는 민지가 나를 부른 것만 같아 베란다로 달려갔다. 그 무슨 예감일까. 왜 엘리베이터 앞이 아닌 베란다로 달려갔을까. 민지의 폭 넓은 스커트가 둥글게 부푼 채 바람에 덩실덩실 춤을 추며 위로 치솟는가 싶더니 커다란 돌덩이를 매단 낙하산처럼 땅으로 내리 꽂혔다. 그리고 난 그 다음을 기억하지 못한다.

"정원이가 신혼여행에서 돌아오던 날이 바로 시아버지 제사였어. 그래서 시댁에서 하루 자고 다음날 우리 집에 들렀다가 대전에 장만 해놓은 아파트로 내려가기로 했지. 정원이 시어머니도 그게 좋겠다고 했고. 우리 집 양반이 육 남매 맏이라 제삿날은 무척 복잡해. 시동생 넷에 시누이 둘. 그 짝과 조카들까지 모이면 더러 빠지는 아이들이 있어도 스무 명이 넘어. 게다가 이유 없이 버럭버럭 고함을 질러대는 우리 큰 아이까지 번잡을 떨어 그 혼란스러움을 사위에게 보이고 싶지 않어. 지금 생각해 보면 그게 다 사람 사는 모습인데, 그냥 우리 집에 와서 삼촌이며 고모들을 보고 가라고 했으면 좋았을 걸. 생각하면 뭐하겠니. 종잇장처럼 얇디얇은 내 허영심 탓이지. 아마도 좀 근사한 그럴듯한 모습을 사위에게 보이고 싶었나 봐. 장모의 자존심이랄까. 난 지금도 그 때를 생각하면 왜 아이들을 우리 집으로 바로 오라고 하지 않았는지 알 수가 없어."

알 수 없는 일이 어디 한두 가지인가. 그 당시에는 그것이 최선이라고 생각하여 저지른 일이 돌이켜보면 모두 아이를 그렇게 보낼 수밖에 없었던 원인이었던 것을. 나는 주연의 이야기를 들으며 어처구니없던 그날의 불상사의 현장으로 빨려 들어갔다.

남편 친구들이 부부 동반하여 유럽 여행을 간다고 했다. 남편은 회사 일이 바빠 짬을 낼 수 없다며 민지를 데리고 나만이라도 다녀오라했다. 난 웬 난데없는 횡재인가 싶어 덥석 그 황금 같은 휴가를 받아 물었다. 민지도 더할 수 없이 좋아했다. 친구들에게서 연락이 오면 아빠 대신 엄마 따라 유럽에 간다고 수선을 떨었다. 남들은 배낭여행으로라도 유럽에 다녀오는 것이 소원인 그 나이에 부모 잘 만나 제 돈 한 푼 안들이고 여행을 간다니 얼마나 좋았을까. 나 또한 딸과 동행하는 여행이라는 사실에 무척이나 흥분했다.

어미와 딸이란 관계처럼 애증이 엇갈리는 사이가 또 있을까. 닮은 듯 하면서도 다르고, 다른 듯 하면서도 판박이인 두 여자. 그게 바로 모녀지간이었다. 서로가 너무 닮아 미워하고, 또 너무 같아 사랑하는 사이. 얼굴이 닮고, 성격이 닮고, 그러나 팔자나 앞으로의 인생만은 다르기를 바라는 사이. 딸은 절대로 어미와 같은 삶을 살지 않겠다고 다짐하고, 어미는 딸만은 어미보다 나은 삶을 살기를 바라는, 어미가 못다 이룬 꿈을 이루기를 바라는 소망. 그러면서도 여자의 행복은 남편 손에 달려 있다며 딸의 영민함이나 특출함에 마음 조리는 사이. 다른 집 모녀 사이는 어떤지 몰라도 나와 민지의 관계는 그랬다. 그래서 나는 민지와 동행하는 유럽 여행이기 때문에 더욱 가슴이 부풀었는지도 모른다.

파리, 스위스의 베른과 제네바, 이태리의 로마, 베니스, 피렌체, 그리고 독일의 하이델베르크와 프랑크푸르트. 그 어느 지점에서든 민지가 자신의 미래를 보다 찬란하게 피워갈 계기를 만나리라는 기대가 도사리고 있었다. 그 모든 도시에 대해 보랏빛 희망과 꿈을 피워가던 내 학창시절의 소망이 거품이 되어 사라졌기 때문만은 아니었다.

미술이 전공인 민지는 노래하듯 유학을 꿈꾸며 주도면밀하게 계획을 세웠다. 나는 민지의 꿈을 실현시켜주기 위해 가족 중 그 누구보다도 열심히 민지를 지원했고 나름대로 학자금 마련을 위한 저축을 하고 있었다. 혼자 떠날 민지의 유학을 위해 내가 미리 동행해 답사한다는 마음으로 남편의 제의를 받아들인 셈이었다.

"신혼여행에서 돌아와 시댁에서 하룻밤을 잔 정원이가 다음 날 아침, 박 서방이 바쁜 일이 있어 대전으로 빨리 내려가야 한다고 전화를 했더라. 난, 잠깐이라도 집에 들렀다 가면 안 되겠냐고 매달렸지. 박 서방이 출근 전에 준비할 일이 많다고 서두른다기에 대전이 그리 먼 곳도 아니니 이삼일 후에 내가 내려가 보리라 맘먹고 조심해서 내려가라고만 일렀지. 결혼 전에 가구며 큰살림을 들여 놓았건만, 정원이가 신혼여행 간 동안에도 하루가 머다 하고 풀 방구리 드나들 듯 하며 김치며 밑반찬 등을 냉장고에 가득 채워 놓았으니까 내가 굳이 따라 내려갈 필요는 없었어. 게다가 박 서방이 좋아한다는 사골국도 푹 삶아 한 끼에 하나씩 녹여 먹을 수 있도록 봉지에 담아 냉동고에 얼려 놓고, 파까지 송송 썰어 그릇에 담아 놓았으니까. 몸은 서울에 있어도 맘은 한동안 대전에 내려가 있겠다 생각하며 정원이가 서둘러 찾아대지 않도록 일일이 메모를 해서 냉장고 문에 붙여 놓았지. 내가 생각해도 한 달은 거저 살 지경으로 준비를 해 뒀어. 지금 생각하면 그 무슨 과잉 친절이며 지나친 봉사였는지 몰라. 정원이도 다니던 방송국에서 대전 지국으로 발령을 내줘서 계속 근무하여야 한다는 걸 염두에 두고 내 새끼 힘들까 봐 한 일이지. 또 정원이가 피곤하다는 이유로 제 남편에게 소홀하게 될까 봐 그랬던 것 같아. 그래도 정원이 부부가 친정인 우리 집에서 하룻밤만이라도 자고 가면 좋을 걸 하는 아쉬움이 남더라."

주연은 내가 듣고 있든 말든 쉬지 않고 제 이야기만 풀어갔다. 나는 나대로 그날의 참상을 잊기 위해 애써 그녀의 이야기에 귀를 기울였다. 그러나 주연의 이야기는 정원이 대전으로 내려가던 날에서 맴돌 뿐 쉽게 다음으로 이어지지 않았다. 나는 웨딩드레스를 입었던 결혼식 당일의 모습이 그녀가 제 딸을 본 마지막 날이었다는 말이 귀에 매달려 이야기가 빨리 앞으로 내달리기를 기다리고 있었다.

"그날 정원이가 제 집으로 가며 당부한 말이 있었어. 웨딩 촬영을 맡은 이 실장한테 가서 사진을 찾아달라고. 지들이 신혼여행 갔다 온 후면 다 완성해서 앨범으로 만들어 놓기로 했다며, 아마 이 삼일 후 쯤 가면 찾을 수 있을 거라고 하더라고. 넌 언제 와서 가져갈 거냐고 물었지. 주말이나 되어야 올라올 수 있을 거라며 엄마도 궁금할 테니 미리 찾아서 보라고 하더라고. 난 전화 연락 해 보고 가능한 한 빨리 사진을 찾아오겠다고 약속했지."

사진이라고? 사진이라면 난 온 몸에 소름이 돋다 못해 이가 맞부딪을 지경으로 몸이 떨린다. 그날, 민지도 사진을 찍는다며 혼자 나갔다. 우리 일행의 여행은 순조롭고 다양했다. 물론 수박 겉핥기식으로 그 많은 도시를 훑어 본 것이지만 도시마다 특성이 강한 유럽의 유명도시 관광은 다만 그 도시에 도착했다는 사실만으로도 행복하고 즐거웠다.

그 당시 디지털 카메라라는 것이 서서히 퍼져가기 시작했다. 난 아이들을 키우면서 사용하던 필름을 넣는 소형 캐논 카메라를 들고 다녔고, 민지는 공항 면세점에서 떼를 쓰듯 매달려 조르는 통에 마지못해 사준 후지 파인 픽스 디지털 카메라를 갖고 다녔다. 민지는 비행기 속에서 그 설명서를 숙독하더니 첫 도착지인 파리에서부터 사진을 찍어 대기 바빴다. 필름을 바꾸어 낄 필요도 없고 메모리 카든가 뭔가 하는 것을 큰 용량으로 두 개나 사 준 탓에 닥치는 대로 사진을 찍어댔다.

우리의 마지막 도착지는 프랑크푸르트였다. 다음날 아침 서울 행 비행기를 타야 하므로 유럽에서의 마지막 밤이 된 셈이었다. 시내 관광과 쇼핑을 마치고 호텔에 당도하여 방에 트렁크를 들여 놓자마자 민지는 유난히 좋아했던 피렌체에서의 아쉬움을 늘어놓으며 불만을 쏟아냈다.

"난 꼭 피렌체에 다시 갈 거야. 우피치 미술관을 못 보고 그냥 간다는 건 말도 안 돼."

"누군 관람하고 싶지 않아서 못 봤니? 나도 보고 싶었다고. 하지만 두 시간 이상 기다려야 입장할 수 있다는 말, 너도 들었잖아? 이런 관광 시즌에는 어쩔 수 없는 일이라고. 너나 안달이지 아빠 친구 분들은 단 한 사람도 보고 싶어 하지 않았어. 나중에 유학 오면 그 때 원 없이 다시 돌아다녀. 너야 앞으로 시간이 많은 데 왜 그렇게 계속 불평이니, 불평은."

미켈란젤로의 다비드 상이 우뚝 서 있는 언덕에서 도시 아래를 내려다보는 기분은 황홀함 그 자체였다. 파란 하늘 아래 도열하듯 이마를 비비대고 선 붉은 지붕들. 너른 평야에 펼쳐진 평화로운 도시의 아름다움은 한 폭의 그림이었으며 시선이 머무는 곳 모두가 예술이었다. 단테 생가 앞에서는 숨이 멎는 듯했으며 곳곳에 서 있는 대리석을 떡 주무르듯 한 옛 르네상스 시대 예술가들의 작품을 보며 그 앞에서 그대로 죽어도 좋으리만치 우리 모녀는 행복해 했다.

또 로마와 베니스에서 맛본 감동을 어찌 다 말로 할 수 있을 것인가. 로마 시스틴 성당에서 본 그 장엄하고 스펙터클한 천정화, 그리고 최후의 심판이 들려주던 생생한 감동. 미켈란젤로라는 이름이 바로 미카엘 엔젤, 즉 미카엘 천사라는 사실을 다시 음미하며 그의 작품이야말로 인간의 솜씨가 아니라 가히 신의 경지라는 사실을 거듭 깨닫도록 한 그 깊고 뛰어난 영감(靈感). 수상도시 베니스에서 긴 곤돌라에 앉아 흑백의 줄무늬 티셔츠를 입은 사공이 노를 저으며 우렁찬 음성으로 불러주던 '오 솔레 미오'를 들으며 즐긴 흥겨움과 여유로움. 그리고 마르코 광장의 인파와 푸드덕거리던 비둘기들. 난 민지가 없는 지금 문득 당시 여행의 황홀경들을 오랜만에 되돌려 읽어가고 있었다.

민지는 이 아름다운 유럽을 떠나기 싫다며 불평불만을 줄줄이 이어 댔다. 그리고는 목욕을 하고 잠시 눈을 붙이는가 싶더니 저녁 식사 전까지 돌아오겠다며 카메라를 들고 밖으로 나갔다.

"너무 늦지 마. 5시까지는 돌아와. 6시에 저녁 먹으러 나간다고 한 거 알지? 프런트에서 호텔 명함 하나 들고 나가."

"어휴 저, 잔소리. 나도 그 정도는 알거든. 그리고 엄마 내 영어 실력 알잖아. 나 이래봬도 영어 하나만은 자신 있는 사람이라고. 불어도 조금, 독일어도 조금은 알아. 염려 비끌어매시고 엄마나 한 잠 자둬. 나, 갔다 올게."

그 너스레가 바로 민지가 제정신으로 어미에게 던진 마지막 말이었다. 누가 알았을까. 그게 마지막이 될지. 5시가 넘어 8시, 9시가 되어도 민지는 돌아오지 않았다. 우리 일행의 대표 격이던 남편의 친구 박 회장은 제 정신이 아니었다. 가이드 또한 우왕좌왕하며 여기저기에 전화를 걸어댔다. 박 회장의 친구인 프랑크푸르트 주재 무역협회 소장이 헐레벌떡 호텔로 달려와 한국영사관에 알리고, 이어 현지 경찰이 달려오자 민지의 실종신고를 해야만 했다.

일행은 모두 사색이 되었다. 예서제서 프랑크푸르트는 성폭행이 심한 곳이라는 둥, 지나가는 행인에게 에이즈 환자라며 주사 바늘을 들이민다는 둥 소문인지 관광객에게 겁을 주려는 주의인지 정체를 알 수 없는 이야기들을 소곤소곤 주고받는 소리가 들려왔다. 난 제 정신이 아니었다. 경찰이 민지의 사진을 달라고 했지만, 난 아이의 사진을 한 장도 들고 있지 않았다. 내 방에서 카메라를 들고 뛰어나간 경찰 하나가 속성으로 사진을 인화해 온 것 중 민지의 독사진을 몇 장 골라 여기저기로 팩스 전송을 했다.

다음날이 되었다. 민지는 그 때까지 종내 무소식이었다. 모두들 공항으로 떠나야 할 시간이 되었다. 박 회장은 현지 경찰과 영사관에서 수소문 해 반드시 민지를 찾아 줄 것이니 함께 서울로 떠나자고 했다. 하긴 말도 통하지 않는 내가 남아서 무엇을 어쩌겠는가. 그렇다고 딸년의 행방을 알지도 못하면서 혼자 집으로 돌아갈 수는 없었다.

"민지 엄마. 집으로 가자. 여기 있어 봤자 오히려 거치적거리기만 해."

"경찰과 영사관에서 당신한테까지 신경을 써야 하잖아. 별 일 없을 테니 이 사람들을 믿고 우리 같이 가자. 가는 게 도와주는 거야."

"우리가 공항에 가는 동안 무슨 소식이 올지도 모르잖아. 그러니 함께 가자."

"그래, 함께 귀국하자. 나도 갈 수 없다는 거 알아. 하지만, 이성적으로 생각해 봐. 여기서 혼자 뭐 할 거야? 여기서 기다린다고 민지가 빨리 찾아지는 것도 아니잖아?"

"민지 엄마 이곳에 상주하는 사람들에게 단단히 일러 놓았으니 그들을 믿고 우리 함께 떠납시다."

이번 여행의 좌장 격인 박 회장이 결론을 짓듯 다그쳤다. 결혼 후 이십여 년을 동기간처럼 지낸 일행이었다. 난 아무 생각도 할 수 없었다. 다만 끝을 알 수 없는 어둡고 습한 터널에 첫발을 디딘 것 같은 불길함만은 감출 수가 없었다. 영어는 제법 하는 아이니까 길을 잃었을 리는 없다. 그렇다면, 그렇다면. 온 세상이 핏빛으로 보였다. 아니 앞을 볼 수 없는 어둠이었는지도 모른다. 벌들이 분주한 날갯짓을 하듯 윙윙 울어대는 귓속에서는 '성폭행'이라는 단어가 메아리처럼 울려왔다. 난 걷는 것이 아니었다. 그냥 떠밀려 버스에 탔다고 해야 하나, 아니면 누군가의 트렁크가 되어 짐칸에 부려졌다고 해야 하나. 난 공항으로 가는 관광버스에 몸을 놓았다. 그리고 그 다음은 기억 속에 존재하지 않는다. 다만 아주 나쁜 영화 한 편을 본 것 같은 우울, 불쾌감, 공포심, 그리고 생존을 위한 사투의 연속이었다.

만신창이가 된 민지가 발견 된 곳은 다른 곳 아닌 피렌체였다. 어떻게, 왜 그곳에 갔는지 아무도 모른다. 다만 그 아이가 피렌체에 대한 아쉬움을 가득 품고 있었단 사실로 미루어 그 아이가 다시 피렌체로 간 것이었는지도 모른다는 상상을 해 볼 수 있었을 뿐이었다. 그러나 현지에서 조사한 바로는 이미 프랑크푸르트에서 집단 성폭행을 당했으며 누군가에 의해 피렌체에 버려졌을 것이란 이야기였다.

서울로 돌아온 지 열흘이 지나 민지를 찾았다는 소식을 들을 수 있었으며, 한동안 병원에 입원한 채 여러 가지 조사를 받고, 집으로 돌아온 것은 그로부터 이주일이 지난 후였다. 남편은 민지를 찾았다는 영사관에서 걸려온 전화를 받은 후 만사를 제치고 현장으로 달려갔으며 이미 정신을 잃은 민지를 갓난쟁이를 안 듯 품에 안고 돌아왔다.

민지는, 이전의 민지가 아니었다. 집에 돌아온 민지는 하룻밤을 집에서 머물고 곧 바로 병원에 입원했다. 그 후 이어진 이야기들을 어찌다 말로 표현할 수 있을까. 그건 사는 게 아니었다. 병원에서 온갖 약물치료를 받은 아이의 눈은 초점을 잃은 채 허공에 달려 있었으며, 어느 정도 진정된 것 같으면 집으로 돌아왔다. 그러나 집에서 한 사나흘가량 지나고 나면 아이는 또 다시 광란의 몸짓을 멈추지 않았다. 오직 그 아이 입에서 흘러나오는 말은 '노. 노.'뿐이었으며 몸을 있는 대로 옴츠리며 벌벌 떨다가 옷을 훌훌 벗어버리는가 하면 무릎에 얼굴을 박고 긴 울음을 토해내다 실신하여 늘어졌다.

어미인 내가 얼굴이라도 씻기고 옷을 갈아입히려 손을 대면 세차게 몸을 빼내며 마구 달려들어 때려대기 시작했다. 어디에 그런 힘이 숨어 있었던가. 음료수 종류는 마셔도 씹는 일은 하지 않았다. 입은 늘 헤 벌어져 있었으며 문득 잊고 있던 일을 기억해 낸 사람처럼 목욕탕에 뛰어 들어가 세찬 샤워 물줄기 밑에 서서 덜덜 떨어댔다. 그런 민지를 붙잡고 난 함께 죽자고 말했다. 네가 정신을 차릴 수 없다면 민수와 아빠를 위해 함께 죽자고 부둥켜안고 울었다. 난 죽자는 말은 쉽게 하면서도 어떻게 죽을 수 있는지 알지 못했다. 다만 죽음이 무로 돌아가는 지름길이라고 생각했을 뿐이었다. 죽음이 남기는 잔해가 무엇인지, 죽음의 의미가 무엇인지 몰랐다.

"그렇게 정원이가 대전으로 내려간 다음 날이야. 정원이가 전화를 했더라고. 지금 생각하면 그 때 바로 대전으로 달려가야 했어. 하지만, 난 정원이가 복에 겨워 투정을 부리는 거라 생각했지. 정원이가 그러더라. 엄마, 난 결혼이란 게 이런 건지 몰랐다고. 내가 그랬지. 삼년 넘게 연애를 하고 서로 좋아 하는 사람하고 결혼한 아이가 그게 무슨 소리냐고. 정원인 그냥 그렇다는 말이라며 웃더라. 난 정원이와 통화 한 다음 날 결혼사진을 찾으러 갔어. 아니 그 전에 할 말이 있구나. 사실 정원인 좀 더 있다가 결혼을 하고 싶다고 했어. 하지만, 제 아버지가 현직에 있을 때 하라고 다그쳤지. 현직에 있을 때 아이를 보내는 거 하고 퇴직한 후에 보내는 게 무슨 차이인지, 난 알지 못했지만, 아마 내 남편은 손님 숫자와 축의금을 생각했나 봐. 그 때가 바로 IMF가 터져 여기저기서 명예퇴직이다 감원이다 하며 서슬 퍼런 칼바람이 불어댈 때였거든. 정원인 제 아빠의 공갈협박조 말에 떠밀려 그냥 결혼을 감행한 거야. 지금 와 생각하면 왜 그렇게 서둘러 보냈는지 모르겠다. 사실 중매 들어온 남자랑 억지로 시키는 결혼도 아니고, 제가 고른 신랑 아니었니? 그러니 나도 남편의 말에 따를 수밖에 없었어. 정원이도 더 고집 부리지 않았고. 그게 문제라면 문제였을까? 난 아직도 모르겠어. 왜 정원이가 그런 짓을 했는지. 그 이유만 알 수 있어도 이렇게 답답하지는 않을 거야. 그래, 넌 그 길을 택할 수밖에 없었겠구나, 하고 이해해 줄 거야."

주연은 방구들이 내려앉을 정도로 긴 한숨을 뿜어냈다. 난 솔직히 주연의 이야기를 귀담아 듣고 있지 않았다. 내 정신이, 내 마음이 내 것이 아닐 지경으로 혼란과 분노와 참담함으로 흠뻑 젖어 있는 상태에서 주연이 풀어내는 긴 실타래 같은 이야기가 제대로 들릴 리 없었다.

그러나 그 대목에서 주연이가 둑이 무너져 내리는 듯 거친 숨을 내뿜자 내 귀가 쫑긋 솟아오르는 것을 거부할 수 없었다. 한숨은 내게 눈물이나 다름없었다. 그러니 그녀의 한숨 또한 눈물이리라 생각했는지도 모른다. 난 어느새 주연의 턱 밑에 얼굴을 들이밀고 다음 이야기가 이어지기를 기다리고 있었다.

"지금 생각해도 그날 왜 그리 마음이 분주했는지 알다가도 모르겠어. 결혼 촬영을 한 스튜디오 이 실장이 차 한 잔 드시며 차분히 앨범을 보고 가시라는 권유도 마다하고 앨범이 든 쇼핑백을 들고 스튜디오를 도망치듯 달려 나왔어. 이게 불길한 조짐이었다면 조짐이고, 예감이라면 예감이겠지. 딸년이 목숨을 끊었는데 어미란 사람한테 아무런 느낌이 없었다면 말이 안 되지⋯."

난 창문을 마주한 채 먼 하늘을 바라보고 있었고, 주연은 나와 마주앉아 방문을 향해 앉아 있었다. 그러나 주연의 눈에는 분명 다른 그림자 하나가 들어앉아 있었다. 난 그것이 무엇인지 모른다. 주연은 무엇인가를 갈급하니 찾고 있는 듯 했다. 물기라곤 하나도 없는 사막처럼 메마른 눈동자 안에는 갈색 빛 방문이 아닌 다른 무엇이 빛나고 있었다.

"정원아. 말해. 왜 그래야만 했는지 말해. 그 이유를 안다고 너나 나나 달라질 게 없겠지만, 내가 이렇게 답답해지는 않을 것 아니니. 엄마한테만 말해. 응? 말해. 그러면 이 답답함을 풀어내기 위해 엉엉 울 수 있을 것만 같아. 정원아, 말해 봐."

주연은 마치 눈앞에 있는 누군가에게 말을 건네듯 나지막이 중얼거렸다. 나는 주연의 다음 이야기를 기다리고 있었다.

"가슴의 응어리라는 게 말이야, 꼭 풍선에 바람이 가득 들어있는 것과 같더라. 누군가 바늘 끝으로 조그만 구멍 하나만 내 주든지, 아니면 옭아맨 주둥이를 풀어주면 바람이 픽 하니 빠지지 않니? 그 피익 하고 빠져나가는 소리, 그게 바로 울음이야. 그런데 난 울 수가 없어. 아니 울려고 아무리 노력해도 소리가 안나. 엉엉 마구 통곡을 할 수 있으면 좋겠어. 가슴에 가득 찬 설움을 풀어내리려면 그만큼 큰 소리가 필요한가 봐. 아무리 시간이 흘러도 영 풀리질 않아. 너도 그렇지? 난 알아. 차라리 실신해 늘어질망정 소리를 내 울 수가 없다는 거. 제 고통이 버거워 제 목숨 끊은 저야 편할지 몰라도, 살아 있는 너나 나는 어쩌란 말이니. 옛말에 자식은 죽으면 가슴에 묻는다고 해도 이렇게 큰 무덤이 되어 온 몸과 가슴을 눌러대는 고통을 누가 알겠니?"

우리는 누가 먼저랄 것도 없이 서로를 와락 부여안았다. 그렇게라도 하면 울음이 터져 나올지 알았다. 그러나 우리는 서로의 가슴에 몸을 의지한 채 서로의 등줄기만 쓸어내려줄 뿐이었다.

"난 허겁지겁 결혼 앨범이 든 쇼핑백을 거실 바닥에 내려놓고 전화기부터 집어 들었어. 재활 학교에서 돌아 올 민수를 아파트 앞으로 데리러 나갈 시간이었는데도 말이야. 대전 정원이네 집 전화번호가 생각나지 않더라. 수화기를 들고 한동안 머릿속에 든 수많은 번호들을 떠올려 보았지. 아무 것도 생각나지 않았어. 새로 받은 번호라 그런가 하며 단축 다이얼 1번으로 입력되어 있는 남편에게 걸었어. 안 받더라. 이번에는 2번, 3번 계속 돌려가며 눌러댔어. 난 내가 왜 이리 허둥거리는지 이해할 수가 없었어. 그런데 멈출 수가 없더라. 2번이 누구고 3번이 누구인지 기억도 안나. 마침내 5번이 받더라. 난 무작정, 정원 엄마예요. 하고 말했지. 그랬더니 수화기 속에서 '딸자식을 어떻게 키웠기에 남의 집을 망쳐 먹느냐'는 벼락같은 고함소리가 들려오더라. 바로 사돈집이었어. 박 서방 할머니가 버럭 소리를 지른 거야. 난 이게 무슨 소린가 했지. 그냥 손이 벌벌 떨리는 걸 애써 참으며 '사돈어른 무슨 일이시지요', 했지. '무슨 일? 몰라서 묻소. 내 손자를 망해먹으려는 마귀를 집에 들였으니 이제 이 일을 어쩌면 좋으냐.'고 한참 울며불며 넋두리를 풀더라. 난 도무지 이해할 수가 없었어. 난 고장 난 테이프 돌아가듯 '무슨 일이세요', 하는 말만 반복했지. 그랬더니, '그 잘난 당신 딸이 아파트에서 떨어져 죽었소, 이제 우리 집은 망했단 말이요.' 하며 냅다 소리를 지르더라. 난 그게 무슨 말인지 알아들을 수가 없었어. 이 노인네가 노망이 났나 하며 그대로 수화기를 내려놓았지."

'당신 딸이 아파트에서 떨어져 죽었소.'

'당신 딸이 아파트에서 떨어져 죽었소.'

주연의 다음 말이 들리지 않았다. 오직 당신 딸이 아파트에서 떨어져 죽었소, 하는 말이 왕왕 울어대며 온 방안을 떠다녔다. 그 순간 민지의 영혼이 마치 저 먼 하늘로 날아가듯 자그마한 몸뚱이가 치마폭을 펼치며 조금 치솟는 듯 하더니 급추락 하던 모습이 눈앞에 선히 그려졌다. 내 어찌 그 모습을 잊을 수 있을까.

"우리 정원이가 그렇게 갔다. 난 믿을 수가 없었어. 아니 믿고 싶지 않았지. 그 아이가 왜 그렇게 죽어야 했는지 난 지금까지도 이해할 수가 없어. 남들은 쉬우니 우울증을 앓고 있었을 것이라고 하더구나. 우울증? 그거 마음의 감기라며. 내 마음 속에서 우리 정원일 지울 수 없는 것처럼 너도 네 딸을 지울 수 없을 거야. 잊으라고? 지우라고? 말이야 쉽지. 하지만, 그게 어디 가능한 일이니. 그래서 난 정원이가 남편 따라 미국유학을 갔다고 했어. 정원이가 날 떠나 멀리 어디론가 간 거라고 믿고 싶었어. 이 어미가 따라갈 수 없는 곳으로. 언제고 만날 날이 있겠지. 만나면 내가 그 아이한테 하고 싶은 말은 딱 하나야. 왜 그 길을 택했냐고 묻지는 않겠어. 다만 어미를 두고 그 길이 그렇게 쉽게 찾아지더냐고 묻고 싶어. 난 할 수 없는 그 일을 그 앤 어떻게 할 수 있었는지…."

"난 알 것 같아. 우리 민지가 그렇게 죽을 수밖에 없었던 이유를 알 것 같아. 저를 잃어버린 거지. 살아갈 길을 잃은 거야. 한데 이젠 내가 살 길을 잃은 것만 같아. 그런데 난 민지처럼 그렇게 갈 수가 없어. 아니 가고 싶지 않아."

주연이 내 몸을 풀어 주었다. 그리고 나를 바라보더니 입을 열었다. 눈은 여전히 허공에 달린 듯 초점을 잃은 채였다.

"네가 나보다 낫다 싶지? 넌 날 위로하고 싶은 거야. 그건 네 딸의 죽음을 이해할 수 있기 때문이지. 하지만 난 달라. 난 이해 못해. 믿을 수도 없어. 현장을 목격했다고 해서 이해할 수 있는 사건이 아니거든. 나도 이 손으로 내 아이를 묻었어. 그리고 박 서방이 마지막으로 내게 인사를 오던 날도 무슨 일이 있었기에 정원이가 그렇게 죽을 수밖에 없었느냐고 묻지 않았어. 다만 다시는 날 찾아오지 말라고 했지. 난 박서방 앞에서 죄인이었어. 아내를 자살하게 만든 남편으로 오해 받을지도 모르잖아. 앞길이 창창한 그 아이를 무슨 낯으로 보겠니. 사람은 살아갈 의무가 있고 살아가기 때문에 사람이야. 그런데 내 딸은 제 손으로 그 삶을 마감했어. 사람도 아니지. 그런 저런 생각이 날 미치게 한다. 거미란 놈은 제 어밀 먹어치운다고 하더라. 우리 정원이나 네 민지나 다 거미야. 우리를, 이 어밀 먹어버린 거지. 난 우리 정원이가 가던 그 순간 나도 죽은 거나 진배없다고 생각해. 그런데 이렇게 살고 있지 않니? 난 가슴 속 이 응어리를 토해내고 싶어. 그런데 그게 안 돼. 그래서 살아도 사는 게 아닌지 몰라. 그래도 난 산다. 아암. 살아갈 거야. 어떤 땐 그 애한테 마구 욕을 퍼부을 때도 있어. 그럼 뭐 하니. 더 큰 맷돌이 가슴 속에 자리할 뿐인데."

나는 주연의 말을 들으며 눈물을 흘리고 있었다. 누구를 위한 눈물인지 알지 못했다. 내가 주연이보다 낫다는 생각은 하지 않았다. 눈물이 흐른다고 하여 그게 울음인지 조차도 알 수 없었다.

"그래, 울어라. 울어. 그렇게 눈물이 흘러내리다 보면 어느 순간 통곡이 터져 나오지 않겠니? 그런데 난 그게 안 돼. 눈물이 없어졌어. 난 매일 기도한다. 제발 울 수 있게 하소서, 하고. 울음조차 맘대로 하지 못하는 저를 울게 하소서 하고."

주연이 내 손을 잡고 독백하듯 뇌까렸다. 그러나 그것은 다만 멈출 것 같지 않은 한숨이었다.

두꺼비 되던 날

　유난히 두통이 심한 아침이었다. 지난 두어 달 간 시달린 불면증은 늘 아침에 두통을 유발했다. 쉽게 잠이 들지 않고, 어쩌다 잠이 들었는가 싶어도 마치 누군가 흔들어 깨우기라도 한 양 눈이 반짝 떠지곤 했다. 지난밤에도 그 증세는 여전했다. 다음 날 활동에 지장을 미칠 지경으로 불면증이 심하면 한 번 사용해 보라고 오이씨처럼 생긴 수면유도제 세알을 나누어 준 친구의 말이 생각나 결국 그 약 반 알을 먹고 잠이 들었었다.

　서영은 세수를 하면서도, 아침 화장을 하면서도, 엉겨 붙은 잠기운을 털어내기 위해 손가락 세 개를 모아 관자놀이를 비비댔다. 그 동작은 마치 두통이란 놈을 짓뭉개버리기라도 할 기세였다. 그날 아침의 두통은, 잤는지 깨어 있었는지 분간할 수 없는 밤을 보낸 다음날 아침에 찾아오는 두통과는 달랐다. 머릿속에서 위잉 하며 기계 돌아가는 소리가 울리는 그 날 아침의 두통은, 머릿속에 돌덩이라도 들어앉은 것처럼 무지근한 여느 날 두통과는 분명 달랐다. 두통의 자각증세가 어떠하듯 두통은 두통이었다. 서영은 아침 식탁의 고정 메뉴인 아기 주먹만 한 고구마 두 알과 계란 반숙 한 개조차 쳐다보고 싶지 않았다. 진한 커피 한 모금이 목젖을 적시며 가슴으로 흘러들어가기 시작하자, 머릿속 모터 소리도 서서히 잦아드는 듯 했다. 커피 한 잔은 머릿속 모터에 주입한 윤활유와 같았다.

카페며 이태리 식당, 옷가게 등이 함께 자리한 북촌 화랑 골목도 미처 잠이 덜 깬 듯 여전히 어둠에 잠겨있었다. 서영은 갤러리 입구 우측에 매달린 신문지 반장 크기만 한 나무 판각 간판을 바라보는 것으로 갤러리의 하루를 시작한다. 그 행위는 간판이 그곳에 안전하게 매달려 있다는 확인이었으며 '서영 갤러리'라는 다섯 글자를 또박또박 눈으로 읽어가며 자신에게 주어진 하루를 당당히 먹어 가리라는 각오였다.

설치된 보안시스템에 카드를 대고 설정해제를 한 후 비밀번호 여덟 자리를 또박또박 눌러주면 위풍도 당당한 한옥 솟을대문을 열 수 있었다. 그 비밀번호는 바로 알라딘 램프를 문지르는 알리바바의 주문과 같은 절차였다. 마주 열려야 할 고풍스러운 나무 솟을대문은 기름을 듬뿍 먹은 레일 위를 소리 없이 밀려가며 돌담에 고정되었다. 그러고 나면 마치 마술을 부리 듯 대문이 있던 자리에 서영 갤러리의 얼굴인 대형 윈도우가 드러난다. 서영은 매일 아침 제의(祭儀)를 집전하는 여 사제(司祭)처럼 엄숙하면서도 날렵한 동작으로 갤러리 문을 열었다. 휴관하는 월요일을 뺀 그 모든 날의 아침 의식이었다. 윈도우 전시 공간을 돋보이도록 하기 위해 만든 잿빛 토담은 윈도우의 굵은 테두리와 같았다. 그 토담 곁에 수줍은 듯 다소곳이 유리문이 어둠을 머금은 채 서영을 맞이했다.

유리문을 밀고 들어서면 바로 전시장이다. 고옥(古屋)의 마당 즉 중정
(中庭)을 끼고 돌며 길게 회랑으로 이어진 전시장 맞은편에 그녀의 사무
실이 있다. 서영은 어느 날과 다름없이 시선을 중정으로 향했다. 중정
가운데 설치된 수련과 부들, 물 작약 등 수중 식물이 심겨진 제법 큰
돌확을 향해 기신기신 기어가는 황금 두꺼비를 찾기 위하여.

그 두꺼비가 그녀의 마당에 찾아든 것이 언제부터인지는 알 수 없었다.
어느 날 이 집을 지켜주는 지신(地神)이 현신(現身)하듯 주먹만 한 황금빛
두꺼비 한 마리가 눈에 띄었다. 놈은(서영은 놈이라 부르는 것조차 삼갔지만) 동면하
는 겨울을 빼고는 언제나 출근하는 서영을 제일 먼저 맞아주었으며 그
중정 전체를 제집 삼아 이 구석 저 구석으로 기어 다녔다. 돌확 언저
리의 습기 찬 그늘에 배를 깔고 눈을 슴벅이며 조는가 하면 어느새 마
당 중앙에 우뚝 선 배롱나무 밑동지에 자리하고 마치 죽은 듯 낮잠을
즐기곤 했다. 그 의연한 자태는 사뭇 거룩해 보이기조차 했다. 그럴싸
한 생각이었는지 모르지만 두꺼비가 나타난 날부터 서영 갤러리는 이
북촌의 문화 선봉장이 되어 있었으며 서영은 화랑계의 대모로 한 걸음
한 걸음 다가가고 있었다.

"내 그간 산천이 두 번 변할 시간이 흘러도 서 여사에게 언제 세돈
올려 달라 했우? 차라리 이 건물을 인수하라 했지. 누구나 다 이 건물
이 서 여사 건지 알지 내 건지 알기나 알아. 서 여사 맘대로 집을 이리
저리 뜯어 고쳐도 내 입 한 번 대지 않았잖아."

이십 년이나 운영해온 화랑 건물의 월 임대료를 50%나 올려달라는 말은 마른하늘에 날벼락 같은 통고였다. 저녁 퇴근 무렵, 무척 긴한 볼일이 있는 듯 만나자고 전화한 김 여사의 음성을 들을 때부터 느낌이 상쾌하지 않았다. 그래도 임대료 인상 통고로 이어지리라고는 상상하지 못했다. 하긴 올 것이 온 셈이었다.

　처음 이 집을 임대할 때 돈이 조금 빠듯하긴 하나 아예 매입 하는 것이 낫지 않을까 하는 생각도 있었다. 하지만 주변에 들어앉은 상점들이 하나같이 간이생활용품이며 아이들 주전부리나 파는 구멍가게이거나 연탄가게, 쌀집 등이어서 굳이 사들이고 싶지 않았다. 게다가 연이어 골목 속에 들어앉은 옆집이 공교롭게도 솜틀집이어서 그 먼지며 기계음이 영 시끄러워 더더욱 내키지 않았다. 그나마 다행히 대로변 코너에 위치하고 있어 차대기 쉽고, 외관을 특색 있게 꾸미거나 전시장을 대표할 윈도우를 만들 수 있다는 장점을 지니고 있었다. 그러나 그녀의 마음을 옭아매고 있는 것은 과연 이 골목이 화랑으로서 제 몫을 해 줄까 하는 의문이었다.

　처음 이곳에 작은 한옥을 한 채 구해 화랑을 해보려 한 것은 총리공관과 멀지 않아 언제고 도로가 정비될 것이라는 나름 예견이 있었고, 한편으로는 사라져가는 북촌의 한옥을 자신이라도 품위 있는 문화공간으로 꾸며보자는 심사였다. 불과 한 블록만 광화문 쪽으로 내려가도 이미 빌딩이 한두 채 세워지고 있는 것을 생각하면 조금은 앞을 내다보는 선견지명이 있었던 셈이다. 그러나 돈이 문제였다. 제돈 다 내고 집을 덜컥 사들인다면 그 다음에 무슨 돈으로 화랑을 꾸밀 것이며 개막전 준비는 무엇으로 한단 말인가. 딱 일 년만 버텨보고 그 때 사들여도 늦지 않다 싶었다.

"나도 남에게 팔고 싶지 않지. 서 여사가 장사가 잘되 이 걸 아예 사 들인다면 정말 당신 좋고 나 좋은 일 아냐?"

그간 집 주인 김 여사는 아들이 집을 팔아버리든지 아예 허물고 빌 딩을 짓자고 성화란 변죽을 열댓 번 울려댔었다. 혼잣손에 아들 하나 키우며 그녀에게 이 집을 세 주고 강남과 신도시에 불어댄 아파트 청 약에 열을 올리고 다니며 일 년에 두어 번 꼴로 이사 다니기를 수십 번 하더니 분당 정자동 네거리에 빌딩을 지었다고 했다. 문제는 그 빌딩 이 사단이었다. 목은 좋은 데 옆에 주유소가 들어앉는다는 방이 붙자 빌딩 임대가 안 된다고 우거지 죽상을 하고 다닌 지 이년이 되어온다. 김 여사는 강남이다 분당이다 하며 아파트 바람이 부는 곳이면 어디든 따라다녀 큰돈을 벌었다. 그 때마다 그녀에게 이 집을 싸게 줄 테니 명 의를 변경해 가라 선심 쓰듯 꼬드긴 것이 몇 번이던가. 그러나 언제나 목돈이 없었고, 집값이 터무니없이 부풀려 올라가는 것이 문제였다.

남편도 하루라도 빨리 그 집을 차지하고 앉는 것이 그림 수십 점 사 두는 것보다 낫다했지만, 그림이야말로 그녀의 사업을 이어가는 품목 이었으니 본업을 뒤로 하고 부동산 투자를 한다는 것은 언감생심 꿈도 꾸지 못할 일이었다. 게다가 김 여사가 집세를 올려 달라 하지 않는 판 에 굳이 사들일 것은 무엇인가. 주변 집값이 하루가 다르고 일 년이 다 르게 올라도 김 여사는 집세를 올리지 않았다.

"세돈 좀 더 받아 뭐해. 서 여사가 제 집처럼 멋지게 꾸며 주는데. 화 랑 바닥에서 서 여사 모르는 사람이 없을 지경으로 자리 잡고, 서영 갤 러리라 하면 이 골목에서 제일 유명한 곳이고 터줏대감인데, 나도 덩

달아 문화인 대열에 끼는 것 같고 말이야."

사실 그녀 이름을 딴 서영 갤러리는 이 골목의 터줏대감이었다. 처음 갤러리를 오픈할 때 그 누구도 이 골목이 화랑 집결지의 대명사가 되리라 예상하지 못했다. 서영 또한 그렇게 변화하리란 예측을 하지 못했으니 그녀가 둔감했던 것인지 아니면 명실 공히 이 골목 문화화의 선봉장인지 알다가도 모를 일이었다.

솜틀집이 있던 자리에 수제(手製) 구둣방이 들어오는 가 싶더니 그 구둣방이 대로변으로 나앉고, 어느 날 예쁜 카페가 되었다. 인테리어를 한다며 북새를 떠는 꼴이 좀 지나친 것이 아닌가 싶을 지경으로 돈을 들이 부었다. 게다가 카페 이름마저 서영 갤러리를 빛내주는 'Cafe Young'이었으니 서영 갤러리 옆, 영 카페는 미니멀리즘의 대명사 쯤 되어 보이는 건물로 바뀌어 문전성시를 이루었다. 그 뿐인가. 커피 뽑는 냄새가 담을 넘어 흘러들어오는 분위기야 말로 화랑의 정취를 더해주었다.

그렇게 일 년이 머다 하고 연탄집이 화랑으로 변하고, 겨울이면 호빵 찜통에서 김이 모락모락 피어나던 구멍가게마저 화랑으로 둔갑했다. 화랑 사이사이에 있던 고옥들이 하루가 다르게 변모하여 대문과 마당을 터서 멋진 칼라 유리문을 해달고 천창(天窓)을 만들어 파스타 전문 이탈리아 식당을 만드는가 하면, 한옥 대문에 발음하기조차 어려운 카페 이름을 매달기 시작했다. 그뿐인가. 화려하고도 요상한 의상 한두 벌만 달랑 쇼윈도에 걸린 의상실도 두어 개 나란히 머리를 비비대고 앉았다.

더욱 놀랄 일은 여성잡지며 일간지 레저 판에 '북촌 문화거리'라는 이름으로 취재를 하는가 싶더니 간략한 약도로 곳곳에 들어앉은 카페와 맛집들을 소개하기 시작했다. 그 모든 음식점이며 카페들이 모두 서영 갤러리를 중심으로 아름아름 입에서 입으로 전해져 그 골목 전체가 명실상부한 북촌 문화의 거리로 재탄생했다. 그렇게 빠르게 변모하며 흐른 세월이 20년이다.

"서 여사. 그간 모아 둔 돈 있잖아. 눈 딱 감고 이집을 사버려. 처음 세 들 때 생각하면 뭐해. 그 때야 이곳이 이렇게 변할 줄 당신이나 나나 누가 알았겠어. 내, 처음부터 당신더러 아주 사버리라고 했잖아. 그랬다면 화랑보다 부동산 재미를 더 봤겠지. 내가 부동산을 좀 알잖아. 이 골목에서는 여기가 노른자위야. 서영 갤러리가 없어져봐, 이 골목 당장 죽어. 모두 살리는 셈 치고 이집 사버려. 내가 부르는 값이 세다고 생각하지? 저기 길 건너 중개사한테 물어봐. 이 골목에 더 이상 나올 집도 없어. 내 놓았다 하면 당장 계약서에 도장 찍자고 덤벼든다고. 게다가 이 집이 제일 크다는 거 당신도 알잖아."

김 여사의 말은 하나도 그른 것이 없었다. 한옥 치고 대지가 백여 평이고 안채 사랑채 대문 옆 행랑채까지 한옥의 구조를 고스란히 지니고 있었다. 게다가 그간 마당에 드린 공이 얼마인가. 아름드리 배롱나무하며 지붕을 넘어 대문을 비껴 벗어나간 홍송(紅松)의 그 부드러운 곡선을 어찌 돈으로 환산할 것인가.

"화랑 경기가 어떤지는 김 여사도 알잖아. 월세 내기도 빠듯해. 오죽하면 내가 이십년이나 데리고 있던 김 양을 내보냈겠우. 인건비라도 줄여서 이 고비만이라도 넘겨보자는 궁여지책이지."

서영은 한 숨만 길게 뿜어냈다. 화랑 20년에 남은 게 무엇인가. 세계 각지에서 열리는 아트 페어 쫓아다니며 맘껏 안복(眼福)을 누리고, 화랑협회다, 화랑제다, 국제 아트 페어다 하는 단체에 이사란 이름 석 자 얻은 것이 전부였다. 사실 그런 허명(虛名)보다는 미술이라는 예술 영역에 눈을 떠 아들 상혁에게 예술 분야에서도 국제적으로 법적 분쟁이 잦을 수 있으니 그쪽으로 전공을 잡으라 하여 이미 뉴욕 로펌에서 인턴 사원을 하며 경력을 다지고 있다. 딸 상아도 미술행정을 전공하여 내년이면 박사 학위를 받을 것이니 우연찮게 시작한 화랑이 아들 딸 모두 미술을 매개로 먹고 살게 만든 셈이니 그게 덕이요 득이라면 득이다. 서영이 그렇게 길을 잡아 아이들을 하나 둘 그 길로 나가게 하거나 말거나 남편은 뚝심 있게 회사를 키워갔다.

처음 화랑을 시작할 때는 잠시라도 집에서 나와 하루 소일 할 일거리가 필요했다. 양반치레가 심한 서울 토박이 시집살이가 그녀의 목덜미를 꽉 조이고 있어 누구를 위해 사는지 왜 사는지도 모르는 채 오직 이 씨 가문의 둘째 며느리라는 자리 지키기에 급급할 다름이었다. 자고 나면 큰댁 제사에 일품 팔러 차출되고, 또 자고 나면 시이모님 칠순이요 시고모 댁 혼사였다. 두 분 시어른 식성은 또 어찌 그리도 까다로운지 철따라 갈무리할 밑반찬이며 장 종류 담글 시간 헤아리느라 단 하루도 달력을 내려놓고 살 수 없었다. 가회동 이 대감댁이라면 언제고 달려와 필요한 물품을 조달하는 선대부터 내려오는 청지기의 자손이 있어 전국 팔도 명산물(名産物)은 어느 것 하나 빠트리지 않고 먹을 수 있었다.

그런저런 생활에 지쳐 얼굴이 검게 변해 가고, 늘 심장이 벌렁거리고, 허리 디스크 목 디스크로 보조기를 착용하고 사는 그녀의 건강을 위해 집안 주치의로 자처하는 민 박사가 시어른을 회유하여 그녀에게 자유를 준 것이다. 가회동 집에서 그리 멀지 않아 20분 정도면 집으로 뛰어 들어갈 수 있어 자리 잡은 곳이 바로 이 집이다.

"값은 얼마든 달라는 대로 주겠다며 당장 계약하자는 사람이 있지만, 당신 생각해서 먼저 찾아온 거야. 그럼 이번엔 보증금을 올리든 세돈 좀 올리자. 나도 힘들어. 빌딩이 전부 공실(空室)야. 한 층에 한두 개는 비었단 말이야. 관리인 임금이며 전기 수도세조차 충당이 안 돼. 서 여사야 인건비를 줄이면 된다지만 난 줄일 게 없어. 손가락 빨고 살아? 오늘도 봐. 나 기사도 내보냈어. 이젠 운전도 하기 싫어 지하철 타고 왔다고. 나도 늙었나 봐."

"늙기야 당신이나 나나 매일반이지. 나도 환갑이야. 이젠 이 짓 하기 싫어. 그만 쉬고 싶다고. 젊고 예쁜 재벌 집 딸이나 며느리들이 이 바닥에서 큰 손으로 노는데 나 같은 늙은이를 누가 알아주기나 해. 그나마 20년이란 연륜으로 버티는 거지."

서영은 김 여사를 한낱 집주인으로 대할 뿐 그녀에게 곁은 주지 않았다. 알게 모르게 배운 시어머니 말버릇 탓인지 쌍 것이라는 생각이 지워지지 않은 탓이었다. 어미 속 박박 썩이는 개차반이 아들 하나 둔 과부, 집세 받아먹고 살다 복부인으로 돌아 돈 좀 벌었다고 외제차 몰고 다니며 거들먹거리는 졸부. 그러나 20년이란 시간이 쌓은 관계는 돈이나 지체를 떠나 언제부턴가 말을 놓고 지내는 도타운 사이가 되었다. 서영은 김 여사가 문득 친구처럼 느껴져 그녀의 손을 덥석 잡으며 신세 한탄을 한 셈이었다.

"그래, 당신 시아버님 살아 계실 때 하곤 다를 거야. 그 어른 평생 사실 듯 호주머니 풀지 않고 아들들 호되게 다스리시더니, 결국 큰 아들한데 다 먹히고…. 나도 알아. 화랑 어려운 사정. 내가 당신 좋아 하는 거 알지? 그래, 영감님 사업은 어때?"

서영은 남편마저 고전(苦戰)하고 있다는 말만은 하고 싶지 않았다. 하루가 다르게 몸도 마음도 허약해 가는 남편의 아픈 점을 헤집어 남에게 말하는 것조차 미안했다. 이제 아이들 다 가르치고 제 앞길 잡았으니 그만 쉬엄쉬엄 살아도 될 나이가 아닌가. 그리고 보면 남편의 가까운 친구들 모두 지공 선생이라 불리는 65세를 넘기며 회장이라는 직함으로 자리에서 한걸음 물러나 여유자적 살고 있었다.

시아버님이 운영하시던 사업체를 손위 아주버니가 독식한 후 형제 간에 재산싸움 하는 작태를 세상에 내보이기 싫다며 구멍가게처럼 세운 전자부품회사를 이만큼이나마 키워온 것이야말로 남편의 실력이요, 그녀의 화랑이 움직여준 덕이었다. 유독 큰며느리를 싫어한 탓에 지차(之次)인 그녀가 시부모를 모시고 산 덕에 가회동 집 하나 물려받은 것이 그나마 유산이라면 유산이었다. 그 집마저 형님이 내놓으라 하지 못한 것은 일지감치 명의(名義)를 남편 앞으로 돌려놓은 아버님의 지혜로운 처사 덕이었다. 그 대가로 성북동에 고대광실 집을 지을 때 아파트 단지로 흡수된 선산(先山) 수만 평의 토지 수용금 절반 너머가 큰아주버님 주머니로 들어간 것은 누구도 입에 올리지 않는 집안 내 비밀이라면 비밀이었다.

보증금 1억 인상이던 아니면 월세를 50프로 인상하자는 말을 독화살처럼 서영에게 남기고 김 여사는 얄궂은 웃음을 남긴 채 떠났다. 김 여사는 한 달간 말미를 줄 테니 잘 생각해 보라 했다. 집세를 올릴 수 없다면 작자가 있을 때 이 집을 팔아 버리겠다고 했다. 그것은 마지막 통고였다.

서영은 김 여사의 말이 무리한 것이 아님을 잘 알았다. 그간 올려 받지 않은 집세를 모두 합한다면 이 집 값의 삼분의 일은 족히 되고도 남을 것이기 때문이다. 집 보증금 1억이던 것을 그나마 10년 전에 자청하여 1억 올려주어 보증금을 2억으로 만들어 놓은 것이 다행이었다. 그 집의 현 시세는 땅 값만 평당 이천만 원이 넘을 것이라 했다. 이천만 원에 백 평, 이십억. 허나 화랑을 하려는 임자를 만나면 이십억보다 더 받을 수 있다지 않았나. 그렇다면 서영이 현 시세로 그 집을 사려면 보증금 2억을 계약금으로 치고 적어도 18억은 있어야 했다. 그 뿐인가. 취득세 또한 얼마나 나올까. 지금 살고 있는 가회동 집도 남편이 회사를 설립할 때 이미 담보설정이 되어 두 차례에 걸쳐 5억이란 돈을 받아 쓴 것으로 기억했다.

'이 집을 은행에 넣어 융자를 받는다면 5억, 아니 십억은 받을 수 있지 않을까. 받을 수 있어. 아암. 정 뭐 하면 아주버니 회사에서 보증을 서주면 되겠지. 아냐. 그 양반을 어찌 믿어. 형님은 또 어떻고. 그러다 화랑마저 그들 손에 넘어갈지 몰라. 욕심이 좀 사나워야지. 한 달이라…. 삼십일 안에 무슨 짓을 해서 이 집을 산단 말인가.'

이 궁리 저 궁리, 도깨비 집 마련하는 헛꿈에 가까운 궁리일 뿐이었다. 자잘한 기획전으로 그런 큰돈을 만진다는 것은 말도 되지 않았다. 그렇다고 갖고 있는 큰 그림을 판다고 해도 제 값을 다 받을 수 없을 것이다. 서영이 이런 궁지에 몰린 것을 안다면 소장한 그림을 헐값에 사려고 돈을 들고 달려올 젊은 화랑 주인들이 한 둘이겠는가. 남편과 의논한다 해도 뾰족한 수가 보이지 않을 것이 불 보듯 뻔했다.

미국에서 시작된 지구촌의 불경기는 유럽을 넘어 이 땅에까지 불어 닥친 지 오래였다. 그나마 미술시장이 호황일 때 돈을 좀 쥔 것이 오늘의 서영 갤러리를 이룬 것이 아닌가. 독일이며 영국, 미국 유명 작가들의 작품이 수장고(收藏庫)에 들어있어도 그것들을 사들인 값에 팔 수 없다는 것을 서영은 잘 알고 있었다.

'그래 이 화랑을 담보로 은행에서 10억을 융자 받고, 또 그림을 담보로 몇 억 만들어 볼까.'

그런 생각이 정녕 욕심일까. 추가 보증금으로 필요한 1억이란 돈을 마련하려는 궁리보다 아예 이참에 이 집을 사버리는 것이 효율적이며 과감한 투자라는 생각이 앞을 가렸다. 그래도 집이 남고 땅이 남을 것 아닌가. 허나 다달이 돌아올 그 이자는 어찌 할 것인가? 더러는 강남 부자들을 고객으로 믿고 압구정동이며 청담동에 분점을 오픈하거나 아예 이사를 하는 화랑도 있었다. 하지만 성공의 가능성을 점칠 수 없는 곳으로 이전하는 모험을 감행 할 수는 없었다. 설사 그럴싸한 건물을 임대한다 해도 내부 수리며 인테리어, 그리고 만만찮은 수장고 공사비를 어떻게 마련한단 말인가.

김 여사가 다녀간 후 서영의 몸과 마음은 가능치도 않은 숱한 궁리로 서서히 지쳐갔다. 김 여사는 일주일이 머다 하고 결심이 섰느냐며 서영을 다그쳤다. 시아버님 때부터 거래하던 K 은행 광화문 지점을 찾아가 구입 시 받을 수 있는 대출 가능성을 타진 해 놓았으나 덜컥 매입을 결정할 수가 없었다. 불경기가 몰고 온 불황 탓인지 천만 원 미만

대 그림만 팔릴 뿐 매입 자금에 도움을 줄만큼 이익을 안겨주는 그림은 도무지 입질도 하지 않았다. 그간 그림을 사고팔아 재미를 안겨 준 오랜 인연을 맺은 고객들을 불러 이리저리 꼬여도 보았지만 삶은 호박에 이빨도 안 들어갈 뿐이었다.

설상가상 엎친 데 덮친 격으로 남편의 회사가 막바지에 달았다는 말을 들은 것은 아들 상혁의 입을 통해서였다.

"엄마, 정말 몰랐어? 아빠 지금 무지 어려워. 성공한 벤처기업이라 하지만 그 성공이란 말은 허울뿐이야. 성공했으면 벌써 상장시켜 떼돈 벌고 물러났지. 엄만 그렇게도 몰랐어?"

상혁은 남편의 사업 현황에 대해 모르쇠인 어미를 탓하는 듯 언성을 높였다. 아니 전혀 내색을 안 한 남편 탓인지도 몰랐다. 남편은 수천만 대가 팔려나갔다는 핸드폰에 들어가는 팥알만 한 부품 하나를 독점 납품한다 하지 않았던가.

"엄마, 지금은 핸드폰 시대가 아니잖아. 스마트 시대란 소리도 못 들었어. 스마트 폰에서 스마트 노트 폰, 스마트 태블릿 PC까지 나왔잖아? 아빠가 납품하던 부품은 이제 골동품, 아니 쓰레기나 다름없다고. 언제 문 닫을 지 시간문제야. 신제품 개발을 미처 못 한 것도 문제고, 대 기업이 중소기업 등골 빼먹는 가격으로 후려친다는 말도 못 들었어? 엄마 화랑도 불황인 거 알아. 하지만 엄만 그림이라도 남았잖아? 아빤 이제 빈털터리도 모자라 빚더미에 앉게 되었다고. 제발 아빠한테 신경 좀 써."

상혁은 아버지의 고전이 모두 어미 탓인 양 볼 멘 소리를 내질렀다. 느려도 황소걸음이라고 남편의 든든한 뒷배가 있어 화랑이 자리를 잡은 셈이었다. 사 놓으면 돈이 될 것 같은 그림이 눈에 띌 때마다 남편은 군말 않고 돈을 마련해 주었다. 남편의 회사가 순풍에 돛 단 듯 순항을 한 덕에 서영 갤러리도 오늘의 명맥을 유지할 수 있었다. 그런데 남편은 단 한 마디도 회사가 힘들다는 말을 하지 않았다. 아니 말은커녕 어떤 내색도 하지 않았다. 다만 어딘가 초조한 듯싶고 낯빛이 밝지 않다는 것만 눈치로 알아챌 뿐이었다. 그런 저런 일들이 바로 두통을 동반한 불면증의 원인인지 몰랐다.

황금두꺼비가 여전히 그 자리를 지키고 있다는 사실이 위로였다. 서영과 눈 맞춤이라도 하려는 듯 힐끗 머리를 움직여주며 눈을 끔벅거리지 않았던가. 그 모습은 아무 걱정 말라는 눈짓 같았다. 서영은 그렇게 믿고 싶었다. 사무실 등의자에 머리를 놓은 채 양쪽 관자노리를 지그시 눌러대던 서영은 가슴 가득 숨을 들이 마시고 전화기를 들었다. 큰동서라면 남편 사업의 현황에 대해 무슨 냄새라도 맡지 않았을까 싶었기 때문이었다. 서로 집안 돌아가는 일에 대해 전혀 아는 체를 않고 산다지만 아주버님에게서 무슨 소리든 들었으리라는 상상이 부풀어 올랐다.

"형님, 오늘 점심 같이 하시겠어요."

간밤에 상혁과 전화 통화를 하고 거의 뜬 눈으로 밤을 넘기다 새벽녘에 그 수면유도제를 먹고 깜박 잠이 든 다음 날 아침이었다.

"아니, 이게 웬 바람이야? 우리 서 사장이 어떻게 이 늙은이 생각을 다 했어?"

동서의 말에는 가시가 조밀하게 돋아있었다. 그녀는 늘 그랬다. 서영 부부가 나름대로 자리를 잡아갈수록 그녀의 말에 돋은 가시는 갈수록 날카로워졌다.

"형님, 제가 형님을 잊고 있었겠어요. 다 살려고 벌려 논 일 때문에 떠밀려 살다 보니 그렇게 된 거죠. 특별한 약속 없으시면 1시까지 화랑으로 오세요. 제가 좋은 곳으로 모실게요."

"좋은 곳? 좋지. 자네가 좋은 곳이라면 어렵지겠어. 선약이 있긴 하지만…, 그리 긴한 일도 아니니 일정을 바꾸어 봄세. 우리 서 사장이 부르는 데 그 일이 먼저 아니겠나."

서영은 합죽한 입에 야유가 가득 고인 그녀의 모습을 어렵지 않게 상상해 볼 수 있었다.

'그래, 맘대로 하쇼. 나야 당신의 그 독설에 이골이 난 사람이니.'

서영은 그녀가 일식(日食)을 좋아한다는 생각을 떠올리며 서둘러 단골 일식집에 예약을 했다. 삼청동에서 반세기 가깝게 명성을 떨쳐온 '본스시'도 불황에는 견딜 재간이 없었던 듯 했다. 젊디젊은 일본인 주방장에게 상무란 명찰을 달아주고 '모모야'라는 감각적인 상호를 단, 길 건너 일식집의 등장은 역사도 전통도 단골도 무시하고 앞으로 내달았다. 새로이 각광을 받는 문화거리의 명소로 '모모야'는 젊은 사람들을 쉴 틈 없이 끌어드렸다. '모모야'의 인기에 당할 재간이 없다고 오가는 길에 마주치면 우거지상을 짓던 안주인이었다.

"파이넌스 빌딩의 젊은 친구들까지 대거 몰려온다지 뭐예요. 그 빌딩에도 내로라하는 식당이 좀 많아요? 다 신문에 난 덕이래요. 아는 기자 많으시죠? 소개 좀 해줘요."

갈수록 경쟁이 심해지는 것을 넘어 완전 KO 패에 빠지고 말았다며 음식과 식당 소개를 주로 쓰는 기자 한 사람 소개해 달라며 침을 튀기던 그녀는 과감한 결단을 내린 듯 했다.

"돈은 드린 만치 번다잖아요. 죽기밖에 더 하겠어요. 나도 마지막 승부를 할 판이에요."

이 불황을 이겨낼 마지막 히든카드라며 우는 건지 웃는 건지 알 수 없는 표정으로 가슴팍을 두들겨 대던 안주인의 말을 듣던 다음 날 '수리 중'이란 팻말이 내걸렸다. 한 달 간 대대적인 인테리어 공사를 마치고 신장개업 인사장을 돌린 지 달포가 지났다. 서영은 인사삼아서라도 찾아가야 한다며 차일피일 미루다 오늘에야 예약을 했다.

동서는 약속 시간보다 십오 분이나 일찍 도착했다. 과일 바구니를 들려 김 기사를 앞 세워 들어서는 동서의 뒤쪽으로 화랑 문 앞에 선 낯선 차가 보였다. '그새 또 차를 바꿨나.' 잿빛 대형 BMW의 날렵하고도 중후한 모습이 한 눈에 들어왔다.

"어머. 형님 차 바꾸셨네요?"

서영은 그녀를 만날 때마다 맨 먼저 무슨 인사로 말문을 열어야 할지 갈피를 잡을 수가 없었다. '잘 지내셨어요.', 하면 '잘 지내지 않았음, 자네가 날 찾아오려고?', 하지를 않나, '안녕 하셨어요?' 하면 '내가 손님인가?' 하고 맞받아치는 그녀이고 보면 첫 인사를 매끄럽게 하기가 여간 어려운 것이 아니었다. 이번에는 주저하고 머뭇거릴 이유가 없었다. '차 바꾸셨네요?'라는 말은 첫 인사로 그렇게 합당할 수가 없었다.

"으응. 상훈이가 사장 자리에 앉으니 별 일도 아니더군. 회장님 차 바꾸실 때, 내 차도 바꿔주더군. 상훈이가 효자지."

동서는 회장 자리로 물러난 아버님 뒤를 이어 사장이 된 아들 상훈의 자랑에 입이 귀 밑까지 올라가 붙었다.

"다음 달 첫 금요일에 상훈이 취임식이 있네. 난 그날에나 자네를 보나했지. 아직 대소가에 알리지는 않았으니 자네만 알고 있게."

동서는 잿빛 치마에 남빛 끝동과 자주색 고름을 댄 연한 옥색 저고리를 입고 있었다. 그녀의 한복 입은 태는 가회동 이 대감 댁 맏며느리 자리에 너무도 어울렸다. 그녀가 아니면 그 자리에 앉을 수 없다는 듯 당당하면서도 음전해 보이는 대갓집 안주인의 근엄함이 마치 정경부인 연기를 하듯 시선을 끌었다. 맏이로써 시부모 모시고 돌보며 살아야 하는 직분을 파도를 떠안아 부셔버리는 방파제처럼 기를 쓰고 저항하던 이 대감댁 큰며느리였다. 하지만 두 분이 돌아가시고 나자 비록 대대로 내려오는 가회동 집을 차고앉지는 못했지만 마치 그 자리가 예부터 제 자리였던 듯 가회동 이 대감댁 안주인 노릇을 톡톡히 해댔다. 기사에게 던지는 기다리라는 눈짓도, 치맛자락을 허리춤에 대고 미끄러지듯 걷는 걸음새도 그대로 영화나 드라마의 한 장면이었다.

서영은 김 기사에게 눈인사를 건네며 잿빛 대형 BMW를 가볍게 훑어보았다. 그 때 그녀의 시선을 잡은 것은 커다란 바퀴 옆으로 느릿느릿 기어가는 황금 두꺼비였다. '어떻게 나왔지. 어디로 가는 것일까.' 이제까지 대문 밖까지 기어나가는 기미를 보인 적이 없는 두꺼비였다. 저러다 바퀴에 깔리기라도 하면 어쩌나 하는 근심이 일었으나 어쩔 수 없는 일이었다. 병아리라면 구구구 하며 부를 테고, 강아지라면 이름이라도 불러대겠건만 도대체 두꺼비에게 어찌 아는 체를 한단 말인가. 서영은 뒤 꽁지가 당기는 것을 모르쇠로 돌리고 앞으로 내닫는 동서의 곁에 그림자처럼 따라 붙었다.

죽기 아니면 까무러치기라며 인테리어에 돈을 들이붓고 신장개업을 한 본 스시 집은 마치 일본의 온천지대에 있는 고풍스러운 료깐에 온 듯 안온한 분위기를 풍겼다. 삼청동에서 오십 년 지켜온 전통에 대한 자부심을 끝내 버리지 못한 주인 부부의 심정이 한 눈에 들어왔다. 가장 현대적이라는 '모모야'의 미니멀한 인테리어와는 확연한 대조였다. 젊은 아이들의 소요스러운 분주함을 입구에서부터 차단해내고 말리라는 단호함마저 내보였다. 적어도 일식의 참맛을 아는 사람이라면 그 가치를 가벼이 여길 수 없는 연륜과 그에 버금가는 경제력이 있어야만 들어설 수 있다는 사뭇 건방진 교만함이 다소곳이 내비치는 실내 분위기였다. 안내된 내실로 사뿐히 발을 내딛는 동서의 하얀 버선발과 단아한 한복의 자태는 거들먹거리는 일본의 멋과 맛을 한 걸음에 밟아버리는 듯했다. 그녀의 품위 있고 당당한 자태 때문일까. 서영을 맞이하는 주인 부부의 태도 또한 더없이 공손했다.

"인사드리세요. 제 큰형님 되시는 L 그룹 이 회장 댁 사모님이세요."

서영은 동서가 가장 좋아하는 단어들만 골라서 소개했다. 주인 부부는 무릎이라도 꿇을 듯 허리를 굽히며 두 손을 아랫배에 모아 잡았다.

"감사합니다. 이렇게 찾아주시다니…."

동서는 고개를 갸웃 접으며 미소를 짓고는 어디 솜씨 한 번 보자는 듯 허리를 곧추 폈다. 서영은 눈으로 인사를 건네고 안내 된 방에 자리를 잡았다.

"꽤 분위기를 냈네. 음식 맛도 분위기만 한가?"

"그럼요. 이 자리에서만 50년 이예요. 선대부터 했다던데요. 돌아가신 아버님도 이 집이 꽤 흉내를 낸 다시며 자주 오셨어요."

"아버님께서 단골로 다니시던 곳을 내가 왜 몰랐을까?"

"형님도 전에 두어 번 오셨어요. 최근에 인테리어를 바꿔서 기억 못 하시는 거죠."

그녀는 고개를 가볍게 주억거리며 오차 잔을 들었다. 서영은 무슨 말을 어떻게 시작해야 촉새 같은 그녀의 입에서 남편 회사에 대한 상황을 넌지시 캐낼 수 있을까 싶어 잠시 망설였다. 서영의 마음을 알아차리기라도 한 양 어색한 기운이 감도는 테이블 위에 먼저 내려앉은 것은 동서의 입에서 나온 소리였다.

"그래, 서방님은 어떻게 마무리하신다고 하던가? 지난주에 상훈이를 찾아오셔서 회사를 인수할 생각이 없냐고 물었다던데?"

마무리라는 말을 듣는 순간 서영의 가슴은 무엇엔가 세게 쥐어 박힌 듯 뻐근하니 울울해왔다. 그리고 마침내 인수라는 말 앞에서는 아예 앉은 의자가 땅 속으로 곤두박질치는 양 강한 현기증을 느꼈다. 그랬던가. 그만큼 악화되었단 말인가. 그럼 남편의 근황을 다 알고 있는 터에 내가 만나자고 한 셈이란 말인가. 손윗사람이라면 자기가 먼저 날 보자고 할 수는 없었던가. 차근차근 남편의 근황과 복심(腹心)을 일러주며 마음의 준비를 하라고 토닥여줄 수는 없었을까. 적어도 제 대신 부모님을 모셔 준 수고의 작은 대가라는 동정심 한 방울도 없었단 말인가. 그렇게 최악의 상태인 줄 몰랐다고 하는 것은 죽여 달라는 읍소(泣訴)와 같았다. 서영은 동서의 저고리 앞에 매달린 자주 고름을 당겨 자근자근 씹어대고 싶었다. 입 속에 단내가 가득 고여 들었다.

방문이 살그머니 열리며 음식이 나오기 시작했다. 깔끔하게 담긴 모둠 야채 접시와 곱게 간 하얀 마(麻)에 참기름 한 방울이 떨구어진 고노와다(해삼창자 젓) 종지가 코앞에 놓였다. 참기름 냄새가 코끝에 감돌았다. 그러나 이내 가슴이 먹먹해지며 콧속이 맵싸하게 얼어왔다. 서영은 간신히 버티고 있던 고개를 꺾었다. 고개를 들고 있을 수가 없었다. 머리가 너무 무거웠다.

"자네 지금 우는가?"

동서의 음성은 냉랭하기 그지없었다. 서영은 고개를 깊이 떨군 채 코를 훌쩍일 뿐이었다.

"자네도 우리 상훈이가 서방님 회사를 인수해줬으면 하는가 말일세. 자네가 점심이라도 하자고 전화를 줬을 때 난, 부부가 합동작전을 펴는구나 생각했지. 빈껍데기도 모자라 빚이 한 바가지인 회사를 조카에게 떠안기려는 삼촌이라는 사람의 속셈을 난 알다가도 모르겠네. 설마 서방님이 아버님 회사를 우리 집 양반이 독식했다고 생각해서 상훈이에게 그런 제의를 한 것은 아니라 믿고 싶네. 우리 회장님도 상훈에게서 서방님의 제의를 전해 듣고 하도 기가 막혀 할 말을 잃은 듯싶더군. 그러는 거 아닐세. 자네가 어머님 아버님께 한 그 효도라는 거, 그거 가회동 집으로 다 탕감한 셈일세. 맏이를 제쳐두고 대대로 내려오던 본댁을 차고앉았으니 더 할 말도 없겠지."

서영에게는 더 이상 아무 말도 들리지 않았다. 식탁 위에 줄줄이 늘여 놓은 음식 접시의 형형색색 모양만큼이나 다양한 빛들이 눈앞에서 맴돌았다. 젓가락을 쥐어보기는커녕 물 한 모금 마실 기력조차 소진한 듯 무릎 위에 놓인 손이 벌벌 떨리고 있었다.

"음식이 무슨 죄인가. 일단 점심이나 먹고 이야기 하세."

생선초밥의 싱싱한 질감도, 이미 김이 사그라진 된장국도 선영의 눈에는 뿌연 안개에 싸여 흐릿하게 보였다. 마치 나물을 조물거리며 무쳐대듯 선홍빛 입술을 오물대던 동서가 초밥 한 점을 집어 선영의 앞접시에 놓았다.

"다 살려고 하는 짓 아닌가. 일단 먹고 보세. 내라고 자네 맘 모르겠나. 벼랑 끝에 선 심정이겠지. 자네에게 이런 횡액이 닥치리라 생각이나 했겠나. 그래도 자네 화랑이 있으니, 서방님 회사를 처분한다고 입에 거미줄이야 치겠나. 화랑 건물만 해도 시가 20억은 좋이 될 거고, 수장한 그림도 꽤 값이 나가지 않겠나. 공연히 망했다 생각 말고, 차고 앉은 것 품고 있는 것 풀어 빚 정리하는 것으로 가닥을 잡게나. 아이들 공부도 이제 다 끝나가겠다 뭐가 걱정인가. 서방님이야 안 사람 잘 둬서 뒷배가 든든한데…."

서영은 뒷배란 말을 되울렸다. 남편이 그녀의 뒷배였지 자신이 남편의 뒷배로 보이리라는 생각은 꿈에도 하지 못했다. 그래 다 살려고 하는 짓 아닌가. 상혁이 축구공 차듯 어미에게 내지른 소리들의 진위나 가늠해 보기 위해 동서를 만나자고 미련을 떤 자신의 소가지가 갈수록 미웁스럽게 느껴졌다. '다 먹고 살자고 하는 짓이라고? 그래, 죽을 때 죽드라도 일단 먹고 보자. 잘 먹고 죽은 귀신은 때깔도 좋다지 않던가.' 정체를 알 수 없는 뜨거운 불길이 서영의 온몸을 휘감아댔다.

초밥 한 조각을 든 손이 와들와들 떨리며 입가에서 흔들거렸다. 서영은 떨리는 손목을 잡아당기듯 두 손을 모아 쥐고 초밥을 입 안에 밀어 넣었다. 동서의 입에서 폭포처럼 쏟아져 나온 이야기들이 모두 현실이요 사실이었다는 확인이 자명하게 느껴질수록 입안이 바싹 말라 자신도 모르는 사이 오차 잔을 집어 벌물 켜듯 마셔댔다.

"자네나 나나 이 씨 집에 들어와 얼마나 힘든 시간을 보냈나. 아니지, 자네야 효부 소리 듣고 제 사업까지 거머쥔 형편이니 힘들었다고 말 할 수 없겠지. 자네와 달리 편모슬하에서 자란 나는 애당초 이 대감 댁 맏며느리 자리에는 자격 미달인 셈이었지. 그러니 행동거지는 물론 사사건건 배우지 못한 것이란 면박을 들어야 했고…. 자네처럼 이름 석 자만 들어도 알 수 있는 친정아버지를 두지 못했다는 것이 내게는 가장 큰 실격 사유였네. 그나마 남편이 그 갖은 구박을 함께 견디고 달게 받으며 나를 내치지 않고 끝까지 지켜준 덕에 오늘이 있는 것이지. 그렇게 어머님 눈 밖에 난 나는 맏며느리 대접 한 번 제대로 못 받고 대소가 어른들의 숙덕거림을 평생 듣고 살아야 했네."

서영은 조근조근 풀어내는 그녀의 넋두리에 귀를 기울일 수 없었다. 핑계 없는 무덤 없다는 데 누군들 구구절절 아픈 사연이 없을까. 서영은 입이 있어도 그녀에게 대거리를 하거나 반론을 펼 수 없었다. 화급을 다투는 남편과 자신에게 몰려온 이 난감한 상황을 돌파 할 수 있는 어떤 묘안도 떠오르지 않기 때문이었다. 서영의 마음속에서는 그래도 이 일을 조금이나마 해결해 줄 수 있는 열쇄는 동서가 쥐고 있다는 믿고 싶지 않은 믿음만이 서서히 그 몸을 키워가고 있었다.

"화랑 건물은 자네 명의로 되어 있겠지? 이 지역 시세를 알아보니 25억 정도는 한다더군. 허나 이 불경기에 제값을 다 받을 수 있겠나."

서영은 스스로 저지른 일생일대의 실수를 동서를 통해 재차 확인하고 있었다.

"그게…, 형님은 믿지 않으시겠지만…, 보증금 2억에 월세 2천에 있어요."

"자네 머리가 있는 사람인가? 월세 2천을 20년 간 냈다고? 그게 모두 얼마란 말인가."

동서의 격앙된 음성은 마른하늘을 뒤흔드는 천둥소리 같았다. 서영은 연신 오차를 마셔댔다. 모래를 가득 물고 있는 듯 입 안이 바작바작 조여 왔다.

"처음 시작할 때야 그 조건이 아니었죠. 보증금도 5천에서 시작했고 시간이 흐르다 보니…, 그렇잖아도 집 주인 김 여사가 집을 20억에 아주 인수하거나 월세를 3천으로 올려달라고 하더라고요. 사들일 돈도 없고 월세를 올려줄 형편도 아니에요."

도대체 무슨 말을 할 수 있을까. 작은 구멍조차 보이지 않는 이 어처구니없고 막막한 상황을 무어라 설명할 수 있단 말인가. 자신의 화랑보다 남편에게 먼저 도움을 주어야 한다는 생각이 서영의 목을 더욱 급하게 조여 왔다. 진퇴양난에 빠져 허우적거리는 남편, 아내에게 단한 마디 의논조차 할 수 없는 화급한 이 상황을 해결하기 위해 조카에게까지 손을 내민 남편이 아닌가. 남편의 초췌한 얼굴이 떠오르며 가슴이 먹먹해 왔다. 서영은 자세를 고쳐 앉으며 입을 열었다.

"형님, 우리 그이 좀 도와주세요. 하라시는 데로 다 할게요. 제가 누구에게 도움을 청하겠어요. 아주버님도 상훈이 조카도 형님 말씀은 들으실 거 아니에요. 네, 형님."

"내가 사업에 대해 뭘 알겠나. 내게 돈이 있는 것도 아니고. 일전에 상희가 이제 아이들 다 외국으로 내 보냈으니 심심풀이 삼아 작은 엄마처럼 화랑하나 했으면 좋겠다고 하도 안달을 하기에 그간 회장님 몰래 꿍친 돈을 헤아려 봤다네. 10억에 귀 달릴 정도더군. 자네나 아주버님 어려운 형편을 알아 도와주고 싶어도 10억이 무슨 보탬이 되겠나."

서영은 더 이상 말을 이을 수 없었다. 목구멍이 타는 듯 아리더니 이내 걷잡을 수 없이 눈물이 쏟아져 내렸다. 눈물이란 그런 것이었던가. 한 두 방울에서 시작된 눈물은 이제까지 외면하고 싶던 슬픔과 서러움을 걷잡을 수 없는 물로 만들어 흘려 내리기 시작했다.

"형님, 우리 애들 아버지 좀 살려주세요. 아니 저희 네 식구 살리는 셈 치고…. 무릎을 꿇으라면 꿇을게요. 아니 머리를 조아리고 두 손 모아 빌라면 빌게요. 제가 할 수 있는 일이라면 뭐든 다 하겠습니다."

귓가에 되울려오는 소리는 서영의 말이라기보다 구원을 청하는 마지막 기도와 같았다.

"자네 왜 이래나, 응? 내게 무슨 능력이 있어서…. 내가 방금 솔직하게 내가 갖은 돈이 얼마쯤이란 말까지 하지 않았나. 누가 보면 내가 자네를 죽이기라도 하려는 줄 알겠네. 천하의 서 사장이 이 늙은이한테 이게 무슨 짓인가. 왜 나를 욕보이려 하느냐고?"

서영의 머리 위에 내려앉는 소리는 소리가 아니었다. 집채만 한 파도가 몰려와 그녀와 온 가족을 덥석 물어 안고 저 멀리 내달리는 꽹음으로 울려왔다. 서영은 무릎에 놓여 있던 냅킨을 입에 물고 고개를 접은 채 밀려오는 울음을 가슴 속으로 가두어드렸다. 막막하다는 심정이 이런 것일까. 동서의 자그락거리는 치맛자락 소리가 귓가를 스쳤다.

"나 이만 가겠네. 자네를 생각해 내 상훈이를 만나 한 번 의논해 봄세. 내가 자네를 위해 할 수 있는 일은 그것뿐 일 것 같아. 자네나 나나 이 씨 댁 며느리라는 이 기막힌 인연을 생각해서 하는 말이네."

손을 뻗어 동서의 치맛자락을 움켜쥐고 다시 한 번 읍소해 보아야 하나? 서영은 잠시 그런 생각을 했으나 서둘러 마음을 다잡고 그녀를 따라 몸을 일으켰다.

"내가 먼저 나감세. 자네는 얼굴이나 다듬고 나오게. 그 얼굴을 한 번 봐. 꼭 저승사자가 씌운 것 같구면."

싸늘한 그녀의 음성이야 말로 피도 눈물도 없는 저승사자의 비아냥 거림처럼 울려왔다. 거울을 보았던가. 아니면 무작정 동서의 뒤를 따라 갔던가. 아스팔트에 질펀하게 깔린 햇살이 눈을 시리게 했다. 내달리는 차량의 번쩍거리는 금속 광이 더욱 강하게 그녀의 눈을 쏘아댔다. 여보란 듯 음식 값을 치른 동서가 앞서 걷기 시작했다. 길을 건너면 바로 서영 갤러리가 있었다. 그러나 그 길은 멀고 험난하게만 느껴졌다. 서영은 가스실로 끌려가는 유대인의 대열을 본 것만 같은 착각을 일으켰다. 걷는 것이 아니라 끌려가거나 밀려가는 느낌이었다. 김 기사가 뛰듯이 내달아 동서의 길을 잡았다. 서영은 얼굴을 들 수 없었다. '저승사자가 씌운 것 같구면.' 하고 내뱉던 동서의 음성 때문인가. 서영은 문득 곧 쓰러질 듯 흔들거리는 두 다리를 용케도 지탱하고 서 있다는 생각을 했다. 그랬다. 넘어지거나 쓰러지는 소동만은 동서 앞에서 벌이고 싶지 않았다. 아마도 그것이 지금 그녀를 버텨주는 마지막 자존심인지도 몰랐다.

"내 이리저리 두루 알아보고 곧 연락할 것이니 전화 넣지 말게."

동서는 문을 열고 기다리는 김 기사를 밀치듯 헤치고 차에 올라 자리를 잡자마자 그 말을 던지듯 내뱉었다.

"문 닫아. 이제 그만 가자고."

동서의 목소리는 서슬 퍼런 군관의 구령과 같았다. 두 손 모아 서둘러 자동차 문을 살며시 닫은 김 기사가 운전석 앞으로 달려가 고개를 접었다. 서영은 그를 차마 바라볼 수 없었다. 차가 미끄러지기 시작했다. 서영은 구세주의 재림을 기대한다는 듯 깊이 고개를 접어 내닫는 자동차의 뒤꽁무니에 절을 올렸다. 그 순간 의지할 곳은 동서밖에 없다는 믿음이 더욱 강하게 솟구쳤다.

골목 우측으로 돌아가는 차의 후미 등이 사라지자 깊이 가두어 두었던 호흡을 길게 토해냈다. 그리고 하늘을 바라보았다. 얼기설기 엉켜 있는 전깃줄이 마치 그물처럼 그녀의 온몸을 감아 조여 오는 것 같았다. 동서의 말처럼 설마 죽기야 하겠냐는 생각이 들었다. 이번 한 번 도움을 준다면 머리를 잘라 짚신이라도 삼아 줄 수 있을 것 같았다. 그런저런 생각은 오랜 가뭄 끝에 등 터지고 찢긴 논바닥에 쏟아지는 한 줄기 단비마냥 절망이란 심정에 희망의 씨앗을 뿌려주었다. 절망으로 흐느적거리던 몸에 젖어드는 희망은 힘이었다. 힘은 또 하나의 새로운 희망을 잉태한다. 서영은 갈가리 흩어졌던 육신이 이제야 하나의 몸통을 이루어 가는 것 같은 힘을 느낄 수 있었다. 그리고 자신도 모르는 사이에 두 손을 불끈 쥐었다.

'잘 될 거야. 잘 되고말고. 난 이 고비를 명쾌하게 헤쳐 나갈 수 있어. 여보, 힘냅시다.'

서영은 주먹 쥔 손에 힘을 모았다. 마음속으로 '아자, 아자.' 하는 소리를 외치며 화랑의 보안시스템에 카드를 대기 위해 몸을 돌렸다. 그 순간 터져 나온 비명은 서영의 마지막 절규와 같았다. 동서의 차가 서 있던 자리에 찢어진 풍선처럼 너덜너덜 헤어진 채 납작하게 나뒹굴어져 있는 황금두꺼비의 잔해. 그 위로 또 다른 차 두 대가 망연히 미끄러져 굴러갔다. 서영은 자신의 몸이 찢어지고 밟히는 아픔을 느낄 수 있었다.

서영은 어떻게 집에 돌아왔는지 알 수가 없었다. 그 자리에서 그대로 서영 갤러리 건물이 해체되어 무너져 내리는 듯 뿌얀 먼지가 앞을 가리는 것 같았다. 그리고 하늘이 돌고 땅이 꺼지는 듯하든 현기증은 기억할 수 있었지만 그 다음은 알 수 없었다. 그렇게 빈 집 안방에 누워 천정만 멀뚱거리며 바라보고 누운 지 일주일이 지났다고 한다.

"상훈이가 회사며 갤러리를 모두 인수하기로 했어. 여보. 이제 우리 그만 쉽시다. 어제 상혁이가 당신 좀 어떠냐고 전화했기에 한 달 안에 그리로 갈 수 있다고 했어. 우리가 도착하면 상아도 상혁이네로 올 거야. 여보, 우리 다 잊자. 상훈이가 미국 지사장 자리하나 마련해 주기로 했으니, 우리 네 식구 그냥저냥 살 수 있을 거야. 참, 이 집과 그림도 모두 형님 댁에 넘기기로 했어. 다행히 갤러리는 상희가 맡아 운영할 것 같더군. 상훈이가 넉넉하게 계산해 준다했으니 빚잔치 하고 나면 아이들 남은 학비 정도는 챙길 수 있을 거야. 미안 하오."

물기어린 남편의 음성이 메아리처럼 울려왔다. 남편이 힘없이 늘어진 서영의 손을 꼭 잡았다. 서영의 눈은 여전히 천정에 매달려 있었다. 서영은 천정에 납작하게 매달려 있는 황금두꺼비를 바라보았다. 두꺼비가 눈을 끔벅이며 엉금엉금 기어가기를 기다렸다. 두꺼비 또한 그녀를 바라보는 듯했다. 서영은 놈이 방바닥으로 떨어지면 어쩌나 하는 조바심에 두 손을 모아 천정으로 뻗어 올렸다. 놈의 눈이 서영을 보고 있었다. 놈의 얼굴이 서영을 닮아보였다. 서영은 뻗어 올린 손을 흔들었다.

"두껍아, 두껍아. 헌집 줄게 새집 다오…."

서영은 메마른 입술을 움직여 쉼 없이 노래했다.

"두껍아, 두껍아. 헌집 줄게 새집 다오…."

힘없이 감기는 무거운 눈꺼풀 사이로 보이는 황금두꺼비는 여전히 그녀의 희망이었다.

"두껍아, 두껍아…."

남자의 둥지

이 남자:

이 남자는 혼자 산다. '외롭지 않아? 오히려 편할지도 모르겠다.' 사람들은 혼자 사는 그가 무척 적적하리라 상상하며 위로한답시고 그렇게 말한다. 누군가에게는 혼자 산다는 사실이 외로움일 수 있으나 이 남자에게는 즐거움이다. '뭐 먹고 싶은 거 없어?', '낮잠이라도 한 숨 자지 그래?' 아내의 그 공허한 말들. 그는 그런 말들을 들을 수 없는 것이 서운하면서도 한편으로는 편안하다.

세면대 가득 물이 받아지면 그는 눈을 질끈 감고 얼굴을 푹 담근다. 수도꼭지에서 쏟아지는 물이 그의 허연 머릿속으로 스며들고, 세면대에서는 물이 넘쳐 하수구로 흘러든다. 잠이라는 것에 물질 성분이 있다면 그 잔재나 냄새를 빨아버리려는 사람처럼 얼굴을 좌우로 서넌 번 흔들어댄다. 꿈자리의 뒤숭숭함, 풀리지 않는 일들의 가볍지 않은 뒤엉킴, 그리고 명쾌하지 못한 계획들이 남긴 생각의 때들을 그렇게 맑은 물에 흔들어 헹구어냈다. 이 절차가 이 남자에게는 세수이다.

방으로 돌아온 이 남자는 침대에 흩어져 있는 이불을 대충 바로 잡아 놓는다. 그러고는 조금 분주한 손길로 청바지에 티셔츠를 걸치고 뒤도 돌아보지 않은 채 밖으로 나선다. 아파트 실내가 무대의 커튼이 내려지듯 요란한 꽹음과 함께 대문 안으로 사라지고 자동 잠금장치의 비리릭 하는 소리가 들리면, 이 남자는 좁디좁은 계단을 달리듯 내려와 주차장으로 빠른 걸음을 옮긴다. 새벽 여명 속에서 여전히 졸고 있는 자동차에 열쇠를 꽂는다. 시동이 걸리고 전조등 불빛이 길게 뻗어 마주 선 앞차의 전면 유리창에 부딪는 순간, 남자의 눈도 빛을 발한다. 보행자 하나 없는 단지 내 도로를 서서히 미끄러지기 시작하면 마치 대탈출을 감행하는 기분을 느낀다. 야반도주, 아니 새벽도주인 셈이다.

이 남자는 자동차에 가장 많은 돈을 쏟아 붓는다. 집이 작아도, 수입이 남만 못해도, 그는 가장 안전하고 가장 강한 차를 고집한다. 텅 빈 새벽을 달리는 이 거침없는 주행이야말로 이 남자가 즐겁게 살아가는 이유이기 때문에 그 정도의 투자는 당연하다고 믿는다. 열어놓은 차창으로 쏟아져 들어오는 바람이 주행속도에 맞추어 거칠게 회오리친다. 그는 이제 막 동 트기 시작하는 하늘과 땅 사이를 철퍼덕거리며 거칠게 유영(遊泳)한다고 상상한다. 서울 송파구 둔촌동에서 강원도 홍천 내린천에 인접한 살둔 면까지. 그의 앞을 가로막는 차량은 없다. 신호등도 초록빛만 내뿜는다. 굽이굽이 이어지는 잿빛 아스팔트길만이 그의 길잡이가 된다. 인생이 이러하다면 얼마나 좋을까.

어둠의 잔영이 고여 있던 하늘이 동해바다를 헤치고 솟아오른 태양의 붉은 빛에 힘입어 노르스름하니 물들 즈음이면 이 남자는 살둔에 도착하리라. 무엇이든 죽지 않고 살아난다는 둔덕, 생둔(生屯). 그러나 마을 사람들은 살둔이라 부른다. 그 지명 탓일까. 이제 막 90이 된 그의 아버지는 아직도 정정하다. 산 너머에 산이 있고, 또 그 산 너머에 산이 있는 살둔은 임진왜란은 물론 육이오조차도 빗겨갔다는 이야기가 전설처럼 전해진다. 그 긴 역사의 소용돌이 속에서도 살둔 사람의 핏줄은 여전히 이어지고 있다. 헌데 그 살둔에서 낳고 그 곳에서 평생을 살아온 어머니는 70만 넘겨도 여한이 없겠다는 말씀을 되뇌다 돌아가셨다. 사람들은 태생이 허약한 어머니를 살둔의 생명력이 68세까지 살게 한 것이라 위로했다.

고향 마을 살둔이 이 남자에게 남겨준 것은 아무 것도 없다. 소년시절 제 몸피만한 지게를 등에 지고 산에 올라 나무하고 꼴 베며 얻은 팔과 손등의 상처 몇 개, 그리고 중학교 2학년 초겨울 머리 위로 키만큼 치솟은 등짐과 함께 산에서 굴러 떨어지며 다리가 부러진 탓에 지금까지도 질룩 거린다. 그러나 무엇보다 이 남자는 울창한 숲의 녹음과 천지가 온통 백색으로 물든 겨울을 사랑한다. 빛과 색에 의한 감금. 그것이 이 남자가 살둔을 버리지 못하는 이유이다.

막내딸 아영이 초등학교에 입학하던 해에 아내에게 내려진 위암 선고, 수술, 정양. 그리고 육년이 지나 다시 생명을 돋우기 시작한 암 세포의 지칠 줄 모르는 성장. 아내는 그렇게 집채만 한 바위에 깔려 삼년 가까이 이곳 살둔에서 어머니의 병수발을 받다 끝내 숨을 거두고 말았다. 이 남자는 살둔이 이제 더 이상 사람을 살리는 마을이라 믿지 않는다. 아내와 세 아이가 살던 보금자리도, 작지만 실하던 사업체도 모두 아내의 생명을 잃지 않으려는 노력과 더불어 사라졌다.

이 남자는 생각한다. 당신보다 앞서 간 젊디젊은 며느리의 성급한 죽음과 아이들을 공부시키기 위해 바짓가랑이에 불이 나도록 돌아치는 아들의 고단한 삶이 어머니를 일찍 살둔 언덕에 묻히게 했다고. 어머니는 갖가지 반찬을 바라바리 동여 들고 자식들을 거두며 혼자 살아가고 있는 이 남자를 찾아왔다. 그렇게 서울행을 마다 않던 노인의 잰걸음이 어머니의 죽음을 재촉했는가. 이 남자는 마지막 남은 굽이 길을 거칠게 휘어들며 어머니의 죽음을 회상한다.

어둠에 잠겨 마치 이 세상에 존재하지 않는 듯 사라졌던 산과 나무와 길들이 하나 둘 제 존재를 드러내기 시작하는 아침. 살둔을 향한 긴 길은 언제나 아내의 죽음을 떠올리게 했고, 어머니를 추억하게 했으며, 어머니의 죽음은 혼자 계신 아버지의 존재를 일깨웠다. 오늘도 아버지는 새벽바람을 가르며 달려올 아들을 위해 상을 차릴 것이다. 주말이면 아버지와 마주하는 아침상. 철따라 바뀌는 콩밥, 보리밥, 수수밥, 무밥, 감자밥, 김치밥. 아버지는 일류 요리사다. 이 남자는 살둔 최고령 산 사나이의 아침밥을 얻어먹기 위해 이 길을 달려가는지도 모른다. 아버지는 아직도 갖가지 약초와 산나물을 채집하여 마을 공판장에 넘기고 있다. '한 번 산에 몸을 의탁한 사람은 산을 버리지 않은 겨. 아암, 산도 내를 배신하지 않지…' 산은 아버지를 배신하지 않았다. 아버지의 곳간에는 풋풋한 송진내를 풍기는 장작더미가 뽀얀 속살을 빼쏨이 내밀며 가지런히 벽에 기대어 또 하나의 담을 이루었고, 온갖 잡곡과 말린 산나물이 든 자루들은 비좁은 교실에 옹기종기 모여 앉은 아이들의 머리통처럼 나란히 줄을 맞추어 놓여있었다.

언제부턴가. 공판장에서 받은 가을걷이 대금이라며 주머니에서 꺼내든 푸른 지폐 몇 장을 움켜쥔 아버지의 손이 파르르 떨려오기 시작했다. '아녀, 돈이 무거운 겨….' 그 손을 잡으려는 아들을 위해 아버지는 그렇게 우스갯소리로 그를 위로했다. 이 남자는 알고 있다. 그 돈의 무게를. 돈이 무겁게 느껴질수록 삶이 힘겹다는 것을. 그러나 아버지에게는 삶이 힘겨워 돈이 무거운 것이 아니라 살아온 세월이 무거운 것이리라. 이 남자는 아버지의 건강이 고마우면서도 볼썽사납다. 그보다 실팍한 몸집이라서도 아니고 튼실한 두 다리를 지녀서도 아니다. 질투나 시샘이 아니라 아버지의 죽음을 매일 매일 기다린다는 말이 더욱 옳은지도 모른다. 자신의 남루한 삶을 더 이상 보여드리고 싶지 않은 탓도 있지만, 이제는 이 남자가 아버지의 바로 그 자리에 안주할 날이 머지않았음을 알기 때문이다. 이 남자는 아버지를 사랑한다. 찾아온 고향 집 마당에 서 계신 아버지가 더없이 고맙다. 그러나 이젠 그가 서 있어야 할 땅이라고 말하고 싶다. 이렇게 서둘러 찾아와 아버지와 마주한다는 반가움과 아버지와 함께 기거한다는 것은 분명 다른 형태이며 전혀 다른 의미라는 것을 알기 때문이다.

이 남자는 틈만 나면 나무와 꽃을 찾아 고궁과 수목원을 배회한다. 귀에 꽂은 작은 이어폰에서는 언제나 음악이 흐른다. 작곡자는 물론 제목 또한 알고 싶지도 않고 기억하고 싶지도 않다. 다만 음악이 위로이며 벗이라는 것만 느낀다. 이름을 모르는 벗과의 동행인 셈이다. 가녀린 울음인양 남실대는 바이올린 소리, 동심원을 그리며 또르르 굴러가는 물방울 같은 피아노 소리, 가슴 가득 고인 설움을 삼키지 못해 출렁출렁 흐느끼는 첼로 소리, 천사의 나팔이라 믿고 싶은 호른과 트럼

펫 소리, 아롱거리는 이슬 같은 플루트 소리. 이 남자는 각각 살아 숨 쉬는 악기 소리를 찾아 음악을 듣는다. 잦아들어야 하는 순간을 알고 깊은 호흡을 내뿜어야 하는 울림이 큰 적절한 때를 알고 있는 악기들의 화음. 이 남자는 음악 소리의 높낮이에서, 그 리듬과 박자에서 삶을 읽는다. 격노한 파도인양 건반 위에서 몸을 떠는 쇼팽의 피아노곡을 특히 좋아한다. 혼자 사시는 탓인지 얼굴만 보면 쉼 없이 말을 걸어오는 아버지와의 동거는 바로 이 음악소리를 잃게 되는 것이다. 아버지냐, 음악이냐. 그는 수없이 이 같잖은 질문을 되묻는다. 이 남자는 혼자인 것에 익숙하며, 혼자 있는 시간을 좋아한다.

시래깃국과 서리태 콩밥에 고추장을 듬뿍 찍은 풋고추를 입 안 가득 베어 물고 오이지, 깻잎장아찌, 열무김치 등이 가지런히 놓인 밥상 앞에 아버지와 마주 앉아 아침 식사를 한다. 그는 이 순간 살든 마을을 오롯이 몸에 담는다고 느낀다. 몇 개 되지 않는 그릇을 씻어 엎어 놓은 후 산에 오른다. 아버지는 잠시도 가만있지 못하고 또 어딜 가느냐며 투덜거리며 뒤따른다. 그러나 이 남자는 못 들은 척 잰 걸음으로 산에 오르기 시작한다.

귀에서 울려오는 슈만의 피아노 소리가 경쾌하다. 잊을만하면 들려오는 첼로 소리가 우울을 부추긴다. 이 남자는 그 흐느낌이 밉다. 뜻밖의 불청객에 놀란 산새 몇 마리가 푸드덕 날갯짓 요란하게 머리 위로 날아오른다. 멀리 홀로 핀 산 나리꽃이 불 밝힌 알전구인 양 빛난다. 그곳을 향해 걸음을 떼다 문득 제 자리에 선다. 가까이에서 보는 것보다 멀리서 보는 것이 더 아름답다는 생각을 한다. 그 자리에 앉는다. 어디선가 곰취의 짙은 향기가 코끝을 어른다. 두 손바닥을 합친 것만큼 둥글게 자란 곰취 잎이 여름 나무 그늘 아래서 이 남자를 유혹한다. 여자? 생각지도 않은 연상이다. 아내를 보내고 두 아들과 막내딸 아영을 출가시키기 전까지, 이 남자는 여자란 말을 잊고 살았다. 그의 수입은 세 아이의 학비와 생활비로도 모자랐다. 재혼을 권하는 말이 심심찮게 들려왔지만, 아내라 불릴 새 여자의 입에 풀칠을 해 줄 여유조차 없었다. 세 아이들 모두 딴에는 용돈을 벌고 학비를 보탠다고 낮밤 없이 돌아쳤지만, 그렇게 들어온 귀한 돈도 그들의 생활에 보탬을 주지 못했다. 그런데 여자라니. 이 남자에게 여자는 그들의 남은 경제력을 갉아먹을 생쥐나 같았다.

이 남자가 아버지와 함께 살아야 한다는 생각에 진저리를 치는 가장 큰 이유는 두 홀아비의 동거라는 사실이다. 아버지는 당신이 홀아비가 된 다음에야 아들이 혼자라는 것을 깨달은 듯하다. '혼자도 살만 혀. 하지만, 밤이 너무 길어.' 아버지는 이 남자의 그 길고 긴 밤이 모두 몇 년 몇 밤인지 헤아리는 듯 했다. '이제는 혼자가 더 편해요. 주말에 아버지와 보내는 시간도 좋고요.' 이 남자는 아버지의 욕심을 새순 떼어내듯 싹둑 잘라냈다. 부양가족이 없다는 이 상황이야 말로 이 남자가 그토록 바라던 자유의 시작임을 아버지는 아직도 모르는 것인가.

하늘 가득 별들이 몸집을 키우며 반짝임을 더하는 너른 마당에 장작 몇 개를 얼기설기 얹어 화톳불을 피웠다. 긴 띠를 이룬 하얀 연기가 끝 모를 하늘 위로 흘러 올라가는 것을 바라본다. 이 남자는 이 살둔 마을이 외로움에 젖은 이 남자를 다시 살리리라는 것을 깨닫는다. 이 남자는 혼자인 것이 더없이 좋다. 어둠은 생명을 앗아가듯 강한 흡인력으로 사물을 낱낱이 삼킨다. 세상의 모든 것은 그렇게 사라지고 또다시 빛을 받아 살아난다. 이 남자는 그런 순환을 즐기기 위해 살둔에 온다. 살둔의 정기(精氣). 그 기운이 그를 살게 한다.

저 남자:

저 남자는 이혼이라는 줄다리기 끝에 두 번째 아내를 맞았다. 아내는 남편이 두 번째 아내가 된 그 여자만을 사랑했기 때문에 이혼을 당했다고 믿는다. 저 남자는 자신의 이혼을 사랑 때문이라고 낭만적으로 윤색했으며 두 번째 여자가 마지막 여자라고 믿었다. 저 남자에게는 아내가 자신의 선택이 아니었다는 불만과 변명이 있었다. 때문에 저 남자는 두 번째 여자와의 재회를 불륜으로 생각한 적이 없다. 두 번째 여자는 누가 뭐라 해도 저 남자의 첫 여인이며 연인이었기 때문에. 아내에게 저 남자가 첫 번째 남자였듯이.

부모님이 권한 결혼은 의무인 셈이었다. 부모에게 대한 효도, 그리고 그 연인의 배반, 그 반동이 그에게 사랑 없는 결혼을 감행하도록 유도했다. 따라서 저 남자는 첫 여인과 불륜의 관계에 있으면서도 아내와의 결혼 생활에 충실했다고 변명한다. 부모의 이혼으로 하여 결손 가정의 딸이라는 굴레를 씌우고 싶지 않아 두 딸이 모두 결혼하기를 기다리며 살아왔다는 것이 저 남자가 충실했다고 내세우는 제 1장 제 1조이다. 저 남자의 소망이 이루어진 것일까. 두 아이 모두 대학 졸업과 동시에 결혼이 성사됐다. 게다가 두 딸 모두 아버지의 이혼을 마다하지 않았다. 어머니와의 불화 속에서도 긴 시간을 인내하며 살아준 아버지에게 감사했고, 어쩔 수 없는 선택일 것이라 이해했다. 친정 부모의 이혼 사실을 시댁에 알려야 하는 불명예조차 결단의 시간을 기다려온 아버지의 인내를 이해하기에 감당할 수 있다고 용기를 주었다. 저 남자는 딸들조차도 이해할 수 있다니 더 이상 주춤할 이유가 없다고 생각했다.

누구나 알만한 굴지의 회사 사장이던 수연의 남편이 IMF가 터지며 쏟아져 들어오는 빚더미에 깔려 스스로 목숨을 끊었다는 소식이 들렸다. 수연에게 남편의 죽음은 새로운 삶의 시작을 알리는 신선한 나팔소리였으며 저 남자 또한 새 삶을 기획할 수 있는 용기를 넣어주는 축가였다. 한 목숨의 스러짐이 두 사람에게 새 삶을 알리는 지각변동을 의미하다니. 저 남자는 수연과의 재회를 운명이라 했고, 수연은 그를 버리고 떠나야 했던 30년 전 상황이 운명이라 했다. 당시만 해도 어려운 집안 살림을 위해 제 몸 하나 희생하는 것이 바로 효도라고 생각했다. '춘향이가 되느냐, 심청이가 되느냐' 하는 질문은 '사느냐, 죽느냐' 하는 햄릿의 독백과 같은 갈림길이었다고도 했다.

저 남자는 이제부터 펼쳐질 희망의 시간을 위해 지나간 시간은 되돌아보지 말자고 했다. 그들은 이십대의 만남을 기억했고 당시의 헤어짐을 보상하듯 서로에게 탐닉했으며 따가운 주위의 시선조차 의식하지 않았다. 그러나 갈수록 저 남자는 수연을 감당하기가 힘들어졌다. 돈을 물 쓰듯 쓰고, 돈 쓰는 일만이 일상의 재미인 수연. 더구나 살 던 집을 이혼 위자료로 아내에게 주고 작은 오피스텔 하나 얻어 나온 터라 저 남자의 주머니는 늘 비어 있었다. 이혼했다는 사유는 그에게 안정적이던 회사생활마저 빼앗아갔다. 알뜰히 산다면 족히 2년은 살 수 있는 퇴직금이 있었다. 두 끼 먹을 것 한 끼 먹는 것으로 줄일 지경은 아니라 해도 새로운 일자리를 얻기까지 살아갈 돈을 위해 우선 차를 처분했다.

돈은 다만 생활의 윤활유일 뿐이라며 두 사람의 재결합만으로 행복할 수 없느냐는 저 남자의 말에 수연은 돈이 바로 삶이라고 퍼부어댔다. 돈 때문에 사랑을 버려야 했다는 수연의 이별가는 수연을 돈의 노예로 만들고 만 셈이었다. 평생 개수대에 손 한 번 넣어보지 않았다는 수연의 앙탈은 연일 외식으로 이어졌으며, 전 남편에게 만족하지 못했던 육체의 욕망을 해가 중천에 뜬 시간까지 이어가려했다. 수연에게 저 남자는 돈은 제대로 벌어오지 못하지만 오직 수컷으로서는 쓸 만한 가치가 있었다. '내가 당신을 그리워한 것은 당신이 내게 가르쳐준 이 즐거움 때문이었어.' 대학 일학년 미팅에서 만나 사 년여를 함께한 그들은 청춘의 열정을 대학가 좁은 하숙집에서 낮 밤 없이 풀어냈다. '섹스는 길들여지는 건가 봐. 내 몸뚱이는 당신에게 길들여진 몸이야.'

수연은 지칠 줄 몰랐다. 저 남자 또한 아내와의 잠자리에서 느끼지 못한 환희에 대한 목마름을 해갈하려는 듯 수연의 집요함에 진저리를 치면서도 그녀의 욕망에 자신의 운명을 맡겼다.

수연은 부족한 생활비를 아들에게서 얻어왔다. 젊은 나이에 울며 겨자 먹기로 아버지의 회사를 떠맡아 구조조정이다, 회사 건물과 공장부지 매각이다 하며 기신기신 기사회생 명맥을 이어가는 제 배 앓아 낳은 아들에게서. 저 남자는 수연의 낭비벽을 채워주지 못하는 입장에서 자신의 체면을 운운할 수 없었다. 두 번째 아내 수연과 보낸 삼년은 지난 삼십년간 타들어가던 갈증을 해갈하고도 남아, 홍수로 이어졌으며 그 홍수는 재혼이라는 둑의 붕괴로 이어졌다. 저 남자는 지난 삼년은 육욕의 생활이었으며 다만 대학시절 사년만 수연을 사랑했다고 계산했다. 저 남자의 붕괴는 첫 번째 아내에게 승리의 기쁨을 안겨준 셈이다.

그는 깨달았다. 추억은 그 시절 그 장소이기에 아름다웠다. 어릴 적 친구들과 뛰놀던 초등학교 운동장이 손바닥만 하게 보이고, 학교와 집을 오가던 찻길이 그리도 넓고 화려해 보였지만 다시 찾아간 그 길의 모습이 얼마나 초라하던가. 추억은 역사였다. 남루한 역사도 과거이기에 때로는 아름다웠다. 추억은 당시에 있던 그대로의 모습에 시간의 흐름만큼 덧칠 되어 빛났던 것이다. 기억하고 싶은 대로 윤색한 역사가 된 과거가, 현재라는 시간과 장소 앞에 모습을 드러낼 때 그것은 낡고 빛바랜 한 장의 그림이며 사진일 뿐이었다. 천여 년이 지난 명화(名畫)를 복원해 내듯 인간의 추억은 복원되는 그림이 아니었다.

수연은 휘청거리는 회사를 모두 정리하고 인도네시아로 떠나는 아들을 따라 말 한 마디, 쪽지 한 장 남기지 않고 비행기를 탔다. 저 남자는 알맹이를 다 깨물어 먹고 이제 곧 쓰레기통에 버려질 막대 사탕 같았다. 저 남자는 갈 곳이 없었다. 칠십 노모는 조강지처 버리고 잘 되는 놈 못 봤다며 조석으로 혀를 차면서도 방 하나를 내주었다. '다 제 업보(業報)지. 끊어진 인연을 억지로 이으려 했으니…' 저 남자는 33년 만에 그렇게 다시 어머니에게로 돌아왔다. 그나마 어머니가 살아 계시다는 것이 다행이라면 다행이었다. '내, 네 끗이 이렇게 될 줄 알고 이 집이라도 붙잡고 있었다.' 뜻밖에도 두 딸은 엄마에게 빌고 다시 합쳐 보라고 종용했다. 육신 멀쩡한 아비가 팔십이 머잖은 할머니에게 얹혀사는 것을 나 몰라라 할 수 없다는 것이다. 아직도 살날이 이십년은 넘을 텐데 어떻게 살려고 그러느냐는 물음은 울타리가 무너지고 지붕

이 내려앉아가는 쇄락한 집터를 더 이상 돌봐줄 수 없다는 선언과 다름없었다. '그래도 조강지처라잖아요. 집으로 들어가세요. 엄마는 이해할 거예요. 엄마도 잘 한 게 없다는 것 알아요.' 첫 번째 아내가 무엇을 잘못했단 말인가. 저 남자가 수연의 환상을 부여안고 그녀에게 곁은 주지 않은 것이 죄라면 죄였다. 저 남자는 돌아갈 수 없었다. 돌아가지 않는 것이 아내에 대한 죄 갚음이라 생각했다. 어머니의 생각도 같았다. 곁을 주지 않는 남편을 천생배필이라 믿고 오직 두 딸을 키워준 며느리였다. 그런 조강지처에게 감사는커녕 살갑게 대하지도 않고 이미 손아귀에서 떠나버린 수연을 그리워하며 산 세월의 부피만큼 무겁고 커다란 아들의 죄를 알고 있었다. '벼룩이도 낯짝이 있다는 데…, 네가 지금 무슨 염치로 애들 어미에게 다시 돌아간단 말이냐. 여기가, 마지막 쉼터라 믿고 살아라.' 저 남자를 바라보는 딸들의 시선은 갈수록 멀어졌고, 쥐어주는 용돈도 갈수록 얇아졌다.

풍문에 들리는 수연에 대한 소문은 저 남자를 더욱 처량하게 만들었다. 저 남자와 산 삼년이란 시간이 마치 지나쳐가는 오아시스이며 한낱 신기루 같은 허상이었음을 드러냈다. 수연은 제가 살아온 그 모습 그대로 아들 내외와 거대한 저택에서 기사 달린 벤츠 600을 타고 다닌다는 소문이 들렸다. 죽은 남편이 은밀히 빼돌려 장만한 골프장이 세 개나 된다고도 했다. 수연의 아들은 그런저런 내용을 비밀에 감추고 닭똥 같은 눈물과 초라한 등짝을 한국의 모든 채권자에게 남겨놓고 떠났다는 것이다. 그들의 도피를 가장 그럴 듯하게 정당화 시킨 가장 큰 주역이 바로 저 남자였다. 사업에 실패해 죽은 남편, 고전(苦戰)을 거듭하는 아들, 그리고 옛 애인과 놀아난 어머니. 삼류 영화의 진부한 시나

리오와 같은 이야기의 주연은 다른 사람 아닌 바로 저 남자였다. 결국 수연은 저 남자의 기억 속에만 존재하는 수연이라는 허상의 가장 합법적인 실존(實存)을 위해 설치해 놓은 파티장의 어름 조각상이나 다름없었다. 저 남자는 누구에게도 자신의 처량한 신세를 풀어낼 수 없었다. 첫 사랑과의 드라마틱한 재회와 그 사랑 놀음에 도취되었던 삼년 세월의 잔해를 누구에게 보일 것인가.

저 남자는 시간을 돌릴 수 없다. 어머니와도 딸들과도 얼굴을 마주할 수 없다. 갈 곳도 없고 오라는 곳도 없다. 그러나 그는 기다리는 곳이 있다는 듯 매일 어머니의 집을 나섰다. 늘 새롭게 밀려오는 파도. 그 파도의 물보라는 어제의 것도 그 전날의 것도 아니다. 파도에 떠밀려왔다 떠밀려 나가는 나뭇조각 같은 자신의 신세를 새롭게 되돌아본다. 사랑이라는 이름의 파도가 안겨준 재해, 그것이 바로 저 남자의 실체였다. 오늘도 저 남자는 어머니가 차려준 아침을 먹고 집을 나선다. 달랑 물병 하나와 초콜릿 한 개가 든 가볍디가벼운 배낭을 메고. 저 남자에게는 다시 돌아올 어머니의 집이 있다는 것이 더없이 고맙다.

그 남자:

그 집은 그가 마련해 놓은 집이지만 어머니께서 사시는 곳이다. 그는 어머니 친구의 사위의 친구가 운영한다는 경기도 용인시 처인구 양지에 위치한 유명 리조트 경비 자리를 잃지 않기 위해 하루 걸이로 새벽 첫 버스에 몸을 실었다. 처인구(處仁區)는 글자 그대로 어진 사람들이 모여 사는 곳이었으며, 양지(陽地)는 말 그대로 양지바른 곳이었다.

경비 업무는 격일제 24시간 근무였다. 북쪽에서부터 서쪽으로는 산이 이어 있어 출입구는 동문과 남문 두 곳이었다. 주간에는 2인 1조로 3시간 씩 교대했다. 한 사람은 초소 안에서 드나드는 차량 번호를 컴퓨터에 입력했고 한 사람은 초소 앞에 반듯하게 서서 거수경례를 붙였다. 긴팔 검남색 경비 복을 입고 금빛 골프채가 X자로 교차된 문양이 수놓인 모자를 쓰고. 겨울에는 방한복을 덧입지만, 여름에도 햇볕에 탄다고 긴 팔을 입었다. 오전 5시부터 개장하는 골프장 손님은 저녁 6시까지 이어졌다. 눈이 오는 겨울에는 골프장은 휴장이었지만 스키장 손님으로 경비초소 앞이 미어터질 지경이었다. 동절기에도 주간 근무는 3교대였다. 휴식 시간에 잠시 눈을 붙였으나 야간 근무는 만만한 것이 아니었다. 절전을 이유로 조도(照度)를 낮춘 가로등조차 하나 건너 들어왔다. 야간 순찰은 3인 1조였다. 앞서거니 뒤서거니 하며 랜턴을 이리저리 쏘아댔다. 산이 인접해 있어 들 고양이를 비롯한 작은 산짐승들의 울음소리는 등짝에 소름을 피어냈다. 늦봄과 초가을에 출몰하는 멧돼지의 급습은 사냥꾼이 된 듯 심심찮게 엽총을 쏘아대게 만들었다. 눈이 오기도 전에 인공 눈을 안개처럼 피어내는 12월이 되면 야간 스키장 개장 관계로 더욱 걸음이 바빴다. 임시직 경비원까지 합하면 그 숫자는 세배가 넘었다. 빗보이면 언제 목이 잘릴지 한 치 앞도 모를 지경으로 근무 평가가 엄격했다.

그 남자는 아는 얼굴을 마주칠까 두려웠지만, 퇴직 후 이런 일자리를 얻는 것도 누구에게나 허용된 일은 아니라고 위로했다. 왼쪽 가르마를 타고 젤을 발라 머리를 옆으로 붙이던 헤어스타일을 고교시절처럼 짧게 잘랐다. 그것은 화이트칼라에서 블루칼라로 변모하는 첫걸음인 셈이었다. 한 달마다 검게 염색하던 머리였으나 염색을 하지 않자

흰서리가 제법 수북해 보였다. 흰 머리가 늘어나는 만큼 머리 길이는 짧아졌다. 머리와 달리 검어지는 것은 얼굴과 손의 색이었다. 처음에는 삭신이 쑤시고 낮 밤이 구분되지 않아 쉬는 날인지 근무하는 날인지 분간이 되지 않았다. 쉬는 날이면 낮도 밤이었고 밤도 밤이었으며, 근무하는 날이면 낮은 낮이었고 밤도 낮처럼 눈을 반짝였다. 사람이 자리를 만드는 것이 아니라 자리가 사람을 만든다는 말이 맞았다.

그가 어머니 집으로 들어온 이유는 순전히 아이들 때문이었다. 군대를 마친 대학 3년 생 아들이 복학을 마다하고 언어연수 간다면 캐나다 밴쿠버로 이민을 간 외가로 떠났다. 이어 두 번씩이나 대학에 떨어진 딸을 데리고 아내가 태평양을 건넜다. 아내는 딸아이를 친정에 맡기고 두 달 만에 돌아왔다. 집에 오기 무섭게 이민을 가자고 성화였다. 친정 부모가 하는 로키 산맥 근처에 있는 모텔에 투자해 놓고 그 일을 거들면 된다고 구체적으로 설득했다. 남자는 아이들도 볼 겸 그해 여름 휴가차 처가를 찾았다. 장모는 자네도 오라고 적극 권했으나 장인은 거칠게 손사래를 쳤다.

'말이 모텔 주인이지, 이건 머슴살이야. 나이 먹어 이민 가는 게 첫 번째 팔불출이라는 말이 맞더라고. 말이 통 하기를 하나, 절약할 줄 모르는 관광객 상태로 돈을 번다는 건 시작부터 잘못된 생각이었어. 휴지 한 장에서부터 그 많은 빨래까지. 업자에게 맡기면 몸이야 편하겠지. 허나 그 비용이 얼만지 아나. 차라리 세탁소를 하나 더 차리는 게 낫지. 꿈쩍도 말게. 든든한 직장 있겠다, 앞길이 구만리 같은 사람이 왜 타국살이를 하나. 나도 돌아갈 집만 있다면 당장 보따리 싸겠네.'

남자는 아내를 두고 혼자 돌아왔다. 결국 남들이 말하는 기러기 아빠가 된 셈이다. 아침은 우유 한 잔으로 때웠고, 야근이 잦은 덕에 일주일에 한두 번 저녁을 사먹었다. 속옷은 두 주일에 한 번 꼴로 세탁기에 돌렸고 와이셔츠와 양복은 세탁소 신세를 졌다. 그러나 대문을 따고 들어가는 것도, 혼자 앉아 텔레비전을 보는 것도 갈수록 지겨워졌다. 처음에야 자유로웠다. 친구들 만나 맘껏 술도 마시고, 야근도 반가웠다. 야근이라면 수당도 나오고 저녁식사도 나오지 않는가. 모든 것이 덧셈일 뿐 뺄셈은 없는 생활 같았다. 아내는 돌아올 생각을 안했다. 안부를 묻는 전화보다 아이들 용돈이며 학비가 올랐다는 전갈이 더 잦아졌다. 그러던 어느 날 예고도 없이 아내가 돌아왔다. 부동산 값이 천정부지로 오른다는 뉴스를 보았단다. 처음 이 집을 살 때에 비하면 50%는 오른 셈이니 아버지의 모텔 빨래를 도맡아 하는 세탁소를 인계받아 그 빨래만 해줘도 돈 벌기는 식은 죽 먹기라고 했다.

'당신 혼자 살기에 이 집이 크잖아. 당신 명의로 작은 아파트 하나 사서 어머니께 사시라 하고, 당신은 회사 근처 오피스텔을 하나 잡아 들어가. 내가 이혼하자는 게 아니잖아. 내가 세탁소를 크게 키워 놓을 테니 당신 퇴직한 후 캐나다로 와서 같이 살면 되잖아. 명은 갈수록 길어진다는 데 퇴직 후에 뭐하며 살지 걱정이라며.'

아내는 막무가내였다. 신입사원 시절부터 지금까지 월급을 알뜰살뜰 모아 이만한 덩치의 집까지 마련한 아내의 수완이고 보면 그 말이 그르다고 할 수만은 없었다. 때 마침 불어 닥친 구조조정 탓에 경리 부장자리에서 30년 근속 후 명예퇴직이라는 허울 좋은 이름으로 퇴직 권유를 받았다. 그 남자는 두렵지 않았다. 캐나다에 세탁소가 있지 않은가. 이제 그도 아내를 따라 떠나면 됐다. 그러나 아내는 그에게 빨리 들어오라 부르지 않았다. 퇴직 후 그를 찾는 사람은 어디에도 없었다. 자식 유학 뒷바라지 한다며 비행기 탄 여자들 하나같이 가져간 돈 다 어느 놈 사타구니에 처박는다더니 그도 정녕 아내에게 버림받은 게라며 수군수군 그를 비웃는 듯 했다.

그렇게 고된 시간을 일 년 하고도 반년 쯤 보냈을까. 그 남자의 화려한 이력을 알아 본 사주(社主) 서 회장이 어느 날 그를 불렀다. '내가 이력서를 꼼꼼히 보았어야 하는데….' 미처 그 남자의 이력을 알아보지 못했다며 자재부장 자리를 맡아달라는 것이었다. 그 말은 블루가 다시 화이트가 된다는 의미였다. 골프장, 스키장, 콘도가 있는 그곳에 들어오는 자재(資材)라는 명목의 물품은 어마어마했다. 파, 마늘, 고추, 후추 같은 자잘한 양념에서부터 철따라 바뀌는 야채 등속이며 쌀, 밀가루 같은 기본 식자재도 어마어마한 양이었다. 그 뿐인가. 리조트를 꾸며주는 때깔 고운 각종 들꽃과 꽃나무에서부터 골프장의 잔디와 정원수는 철따라 실어드려야 했다. 클럽 하우스의 인테리어며 스키장에 붙은 콘도의 보수와 치장에 필요한 벽돌과 시멘트, 변기와 세면대 샤워기까지. 저 남자의 도장 하나로 모든 물건이 그곳으로 흘러들었다. 그가 자재부장의 명암을 호주머니에 넣던 날 서 회장은 단 한 가지만 지키라 명했다. 모든 자재비용의 1%를 비자금으로 돌리라고. 100원이면 1원, 천원이면 10원, 만원이면 100원 이다. 그 정도야 누워 떡 먹기라 생각했다. 자재를 납품하는 업자에게 원가의 1%만 붙여 딴 구좌로 받으면 되는 것 아닌가. 그 남자는 아무도 모르게 아내의 이름으로 저금통장 하나를 개설했고 납품 업자 모두에게 1%를 그 통장에 넣으라 말했다. 양념을 넣는 김 사장도, 쇠고기 돼지고기 닭고기에서부터 양고기까지 납품하는 천 사장도, 가락시장의 배 사장도, 조경업자 박 사장도, 토건업자 김 사장도, 벽지 샘플과 스케치 한 장만 들이밀어도 결제가 떨어지는 인테리어 업자 민 사장도, 골프장을 누비고 다니는 카트와 경비원들이 타고 다니는 자전거와 스쿠터를 수리하고 관리하는 송 사장도, 식당 종업원과 캐디의 교육 관리와 직원들 유니폼을 납품하는 유일한 여자인 임 사장도, 군말 없이 그 구좌번호를 받아갔다. 그들이 보내오는 돈은 달이 지날 때마다 두 배 세배 늘어났다. 그 남자는 겁이 났다. 아니 무서웠다고 하는 것이 맞았다. 그러나 그 두려움도 잠깐이었다.

그 남자는 통장의 숫자를 헤아릴 때마다 그 중 단 1%만 자기가 먹어도 될 것 같았다. 음습한 곳에 숨어 살고 있는 곰팡이처럼 몸집을 부풀리는 안타까운 마음을 억누를 수 없었다. 그런 탐심을 업자들이 읽은 것일까. 어느 날 김 사장이 찾아와 봉투 하나를 찔러 넣고 가더니 경쟁이라도 하듯 천 사장, 배 사장, 박 사장, 김 사장, 민 사장, 송 사장, 임 사장이 번가라 저녁 대접을 하겠다며 밖으로 불러내더니 두툼한 흰 봉투 하나씩을 바지며 상의 주머니에 찔러주었다. 그 액수를 어찌 말할까. 아내 이름으로 된 비자금 구좌에 든 총액의 3%는 조이 되는 듯 했다. 이번에는 그의 이름으로 된 통장을 만들었다. 그 남자는 더 이상 어머니의 집에 있을 필요가 없었다. 양지 땅에 위치한 30평짜리 아파트를 얻었다. 어머니는 어디서 돈이 생겨 집을 얻었냐며, 이제 또 무슨 일이 생긴다면 더는 살 수 없다고 으름장을 놓았다. 그는 자신을 취직시켜준 어머니 친구와 그 사위에게 고맙다는 인사를 단단히 드리라며 10만 원짜리 백화점 상품권 스무 장이 든 봉투를 쥐어드렸다.

어진 사람들이 모여 사는 양지 바른 리조트에서 햇볕 같은 돈이 쏟아져 들어오는 나날을 보낸 지 또 다시 두해가 지났다. 그 남자는 세월의 흐름을 잊었다. 돈 들어오는 재미에 뱃살이 늘고 얼굴이 번들거리기 시작했다. 어머니는 기회만 있으면 아이들 어미를 들어오게 하라고 일렀다. 바다 건너 간 아내는 물론 아들딸조차 그의 안부를 묻지 않았다. 그 남자는 늘어나는 통장을 보며 '어디 두고 보자. 너희들이 날 버리겠다 이거지. 나 아직 안 죽었다.' 남자는 내일을 벼르며 통장의 늘어나는 숫자를 읽고 또 읽었다.

서 회장은 일 년에 두 번 통장의 돈을 현금으로 받아갔다. 그는 그때마다 남자에게 두 줄짜리 롤 케이크가 든 상자에서 케이크 한 줄을 빼고 현금 1,000만원을 넣어 그에게 건넸다. 그 남자는 처음 서 회장의 케이크 선물 상자를 받으며 '피 같은 돈을 모아 주었으면 국물이라도 조금 나누어 주어야지.' 하는 앙탈을 숨겼다. 집에 돌아 와 케이크 상자를 방바닥에 내던지고 발로 밟아댔다. 그러다 영 느낌이 이상하다 싶어 포장지를 풀었다. 산산이 흩어진 롤 케이크 조각이 아이가 똥을 지린 것처럼 만 원짜리 다발에 엉겨 있었다. 그 밤, 남자는 입으로 홀홀 불고 걸레로 살살 털어내며 1,000만원이란 돈 다발을 온전히 거두어 안았다. 일관성 있는 일정한 행동은 습관을 만들고 타성을 기른다. 이제 남자는 서 회장이 건네는 케이크 상자를 허리를 접고 고개를 숙이며 '이 은혜 절대 잊지 않겠습니다.'하며 신주단지 받아 안듯 가슴에 품었다.

그가 양지에 자리를 잡고 혼자 산다는 소문은 거래처 사장들 입에서 입으로 전염병 퍼지 듯 번져갔다. 술자리를 마련하고 여자를 붙여주는가 하면, 혼자 살수록 영양 관리를 잘 해야 한다며 개고기 먹는 날까지 정했다. 그 뿐인가. 임 사장은 여자답게 일주일에 한 번씩 파출부를 보내 청소며 빨래는 물론 갖가지 밑반찬까지 만들도록 배려했다. 남자는 부러울 것이 없었다. 어머니조차 잊어버릴 지경이었다. 양지 땅에 발을 드린 지 삼년 반. 그날은 거래처 사장들의 친목 모임 날임을 핑계삼아 모두 모여 회식을 하는 날이었다. 유일한 여사장인 임 사장의 집에서 판을 벌이기로 했다며 임 사장의 기사가 그를 데리러 왔다. 남자는 왜 하필 임 사장 집이지 하는 생각을 하면서도 너무도 자연스레 너무도 당당히 그녀의 외제 승용차에 몸을 실었다. 그녀의 집은 넓고 화려했다. 임 사장은 가슴이 깊게 파인 자줏빛 드레스 자락을 끌며 달리듯 다가와 그의 상의를 벗겼다. 아이들은 서울에 있고 그녀 혼자 산다는 그 집의 실내장식과 가구는 물론 벽마다 걸린 그림이 예사롭지 않았다. 다른 사장들은 이미 한 순배 했는지 불콰한 얼굴에 웃음을 가득칠한 채 그를 반겼다. 넓은 거실을 지나 안방에 상이 차려졌다. 다투듯건네 오는 술잔을 받아 마시기도 바쁠 지경이었다. 술은 술을 낳고 마침내 정신을 앗아갔다. 그 밤, 그 남자는 여체의 깊숙한 곳에 몸을 박으며 이미 사라졌던 욕망이 알알이 살아남을 느꼈다. 여인의 꿀 향기와 밤꽃 내음이 방안에 가득할 즈음 남자는 임 사장의 가슴에 코를 묻은 채 깊은 잠에 떨어졌다. 그 남자의 메말랐던 육신이 빼곡한 숫자만큼이나 그득하니 채워지고 있었다.

남자는 다음 날도, 그 다음 날도 임 사장의 집으로 퇴근했다.

낮 술

예, 예. 저 유나 애빕니다. 집 사람이요? 지금 외출 중입니다. 유나
하고 같이 나갔습니다. 미숙 씨 감사합니다. 이번 제 집 큰일에 여러모
로 마음을 써 주셔서 정말 감사합니다. 유나 어민 애들 집으로 배달될
물건 재확인하고, 미장원에 들러 마사지를 받는다고 나갔습니다.

그러니 얼마나 바쁘냐고요? 바쁘죠. 아암 바쁘고말고요. 저요? 전
바쁠 거 하나도 없습니다. 다 집 사람 일이지요. 저야 돈이나 주면 되
지요. 아, 아니죠, 아니에요. 제가 돈을 주다니요. 돈도 이젠 다 집 사
람 몫이 아니겠습니까. 저야 뭐 끈 떨어진 연인데요 뭐.

돈이 왜 다 집사람 몫이냐고요? 제가 무슨 힘이 있습니까? 우리 집
경제권 집 사람한테 넘어간 지 오랩니다. 돈 벌어드릴 때야 제 말발이
섰지만, 이젠 어림도 없습니다. 더구나 유나 혼사 일엔 제 말은 씨도
안 먹힙니다.

최소한으로 하라고요? 이제 다 끝난 일입니다. 준비, 그거 언제부터

해 온 일이라고요. 신랑자리 생기기 훨씬 전부터 해 온 혼순데요 뭐. 하긴 구식이라고 다 다시 준비했지만요. 제가 뭘 압니까. 오늘 일만 해도 그렇습니다. 전날 해야 하는 마지막 손질이 있다나요. 신부화장 전날 하는 마사지가 제일 중요하답니다.

저도 그렇게 말했죠. 피부 좋고 얼굴 예쁜데 뭐 그리 만질 게 많으냐고요. 그랬더니, 남들 다 하는 일이라며 미장원 선생님이 하라는 대로 하는 게 제일이라고 하더군요. 나- 참, 언제부터 미장원 원장을 선생님이라 부르게 됐는지 알다가도 모르겠습니다. 어디 미장원뿐입니까. 드레스 맞추고 와서도 선생님, 폐백이며 이바지 음식 맞추고 와서도 선생님. 왜 그리 선생님이 많은지. 아마 사장님보다 많은 게 선생님인 거 같아요. 미숙 씨처럼 30년 근속 퇴직 선생님도 아마 이젠 선생님 소릴 듣지 못하실 겁니다. 유나도 그렇고 집 사람도 그렇고 선생님, 선생님 하며 어찌나 말을 잘 듣는지, 그 선생님이 하라는 대로 다 해요, 다. 학생일 때, 선생님 말씀을 그렇게 잘 들었다면 지금 쯤 뭐가 되고도 남았을 겁니다.

네? 아뇨, 아뇨. 우리 유나야 학교 때도 그렇고 지금까지, 속 썩인적 한 번도 없죠. 다만 결혼을 안 할 것처럼 딴청 피우다 좀 늦어진 게 험이라면 험이었을까요. 결혼을 위한 결혼이 아니라, 이 사람이다 싶은 사람이 아니면 결혼을 안 하겠다고 건방을 떨었으니까요.

네, 그래요. 드디어 우리 유나가 내일이면 웨딩드레스를 입게 됩니다. 하긴 유나 말이 맞긴 맞아요. 요새처럼 결혼식에 갔다 온 지 몇 달 되지 않아 별거니 이혼이니 하는 말이 들리는 세상이고 보면, 평생을 바쳐도 억울할 게 없을 것 같은 사람을 만났다고 하니 믿어도

낮술

되겠죠. 선을 보든, 소개팅을 하든 허구한 날 그 필인지 뭔지 하는 게 없다고 퇴박을 놓더니만, 박 서방한테는 그 필이 꽂히긴 꽂혔나 봅니다. 도대체 그 필이 뭔지. 제 어미가 그 필 한 번 보여 달라고 할 지경이었으니까요.

그 필이 바로 연분이라고요? 그럼요. 다 제 연분 만나느라 늦어졌겠지요. 하긴 인연이 별겁니까. 유나 말이 눈꺼풀에 콩 꺼풀이 씌워지면 그게 인연이요 연분이라고 하데요. 이 사람이다 싶은 믿음 그게 필인지 알 수는 없지만요. 전, 정말 유나한테 불만 없습니다. 특별히 이거다 하고 내세울 건 없어도, 남의 입 초시에 올라 흉잡힐 거 하나 없는 아이니까요.

서운하냐고요? 천만예요. 딸년 나이 들어가는 게, 제 얼굴에 주름 하나 느는 것보다 더 안타깝고 답답하더라고요. 미숙 씨는 아들만 있어서 이런 제 기분 잘 모르실 겁니다. 정말 딸년 시집보낸다는 게 이런 맘인 줄 몰랐습니다.

시원섭섭하냐고요? 아니요. 천만에요. 다만 좀 더 잘 해 줄 걸 하는 아쉬운 마음뿐입니다. 남들이 보기엔 남부러울 것 하나 없이 키운 것 같지만, 내일이면 막상 남의 집 식구가 된다 생각하니, 왜 이리 아쉬운 게 많은 지. 남자야 밖엣 일만 잘 하면 그게 다 인줄 알고 돈 벌어 오는 데에만 열 올렸지, 아이들과 아름답고 재미있는 추억 하나 만들어 놓지 못한 게 여간 아쉽고 서운한 게 아닙니다. 아이들 데리고 그 흔한 어린이 대공원엘 한 번 가봤습니까, 민속촌엘 가봤습니까. 남자는 왜 이리도 바보스러운지 모르겠습니다. 좋은 세월 다 보내고 축 떨어진 뒷방 신세 되고 나서야 뭐가 중요한지 아니 말입니다. 철들자 망령 난

다더니, 이 나이 들어 행복이 뭔지, 인생이 뭔지 알 것 같습니다.

왜 웃으십니까? 그럼 이제까지 무슨 생각하며 살았냐고 묻고 싶으시죠? 이제까지 아이들 담임선생님 이름 하나를 알기를 했나, 학교가 어디 붙어있는지를 알기를 했나. 제가 너무 무심했죠. 참, 그래도 아이들 대학 입학식에는 참석했던 것 같습니다. 아, 그리고 또 있습니다. 우리 유범이 초등학교 입학하던 날, 두 아이 데리고 자장면이랑 탕수육 사준 것도 기억납니다. 그래도 유범이 놈이 첫 아이라고 입학식에 따라갔던 것만도 다행이지요. 그 때는 아이들이 왜 그리도 탕수육과 자장면을 좋아 했는지. 하긴 그 시절에야 그거 먹는 게 제일 큰 외식이었으니까요. 이게 애비라는 제가 아이들한테 해 준 기억입니다. 이게 말이 됩니까? 아이들 자라는 재미 한 번 제대로 보지 못했으니 이거 어디 에비라고 하겠습니까?

우리나라 남자들이 다 그렇다고요? 공부하는 아이들 어깨라도 보듬어 주며 힘들지 않냐고 격려 한 번 해준 적 없으니, 저도 참 한심했단 생각이 듭니다. 서로 살 부비며 사는 작은 기쁨 하나 갖지 못하고 마치 빚 갚듯 한, 제게도 할 말이 있을까요?

그래도 아이들과 마누라 미국 구경 원 없이 시켜주었으니 큰소리쳐도 된다고요? 그럴까요? 그게 뭐 자랑거리가 되겠습니까. 다만 운이 좋고 형편이 그렇게 됐으니 한 거지요. 애비란 사람이 아이들을 제 어미에게만 맡겨 놓고 중동으로 동남아로 서너 해씩 나가 산 것도 미안하고, 미국 임지가 해외 생활의 마지막이다 싶어 온 식구 다 끌고 나갔을 뿐이지요. 그러니 디즈니랜드는 물론이요, 요세미티다 엘로 스톤이다 뭐다 하는 이름 있는 국립공원이야 다 구경시켜주었지요. 그야, 당연한 통과 의례 아닙니까? 귀국하기 전에 휴가 얻어 그 넓은 미국 땅을 대충 훑고 다녔지요. 그것도 다 마누라 바가지 때문이긴 했지만요.

허, 참. 제가 너무 말이 많았죠? 제가 이렇게 정신이 없습니다. 그래 어쩐 일이십니까. 삼우요? 네. 네. 어제 아주 잘 지냈습니다. 서운하죠. 암 서운하구말구요. 서운하지 않다고 하면 전 천벌 받습니다.

유나 결혼 날까지 받아 놨으니, 속이 탔죠. 더구나 사돈댁에서는 어머니 땜에 정 불안하면 내년으로 미루어도 좋다고 했지만, 옳다 좋다며 그렇게 하자고 할 수도 없고 말입니다. 지금 생각하면 양가부모 합의하에 날 미루는 게 뭐 그리 대수라고 어머니 돌아가시기를 그리도 학수고대했는지 모르겠습니다. 빨리 가셔야 하는 데, 빨리 가셔야 하는 데 하며 노랠 불렀으니까요. 사실 어머니 땜에 힘들게 뭐 있습니까. 그림처럼 누워만 계셨는데요.

네, 맞습니다. 제 어머니, 평생 자식 속 타게 하신 분 아닙니다. 이번 일만 봐도 알 수 있지 않습니까. 마치 유나 결혼 날짜를 다 알고 계시다는 듯 어제 삼우제를 지낼 수 있게 딱 날짜 맞춰 돌아가신 거 보면 말입니다. 만약 결혼식 날 돌아가셨으면 어쩔 뻔했습니까. 그야, 아무 일 없는 것처럼 흔연 듯 식 올리고 부랴부랴 장례 치루면 된다고들 하지만, 그게 어디 자식 된 도리로 할 노릇입니까. 그런저런 생각하면 한번 어머니는 정말 영원히 어머니인가 봅니다.

감기 들었냐고요? 아뇨. 아닙니다. 아무도 없는 빈 집에 두 손 놓고 앉아 거실 가득 들어앉은 햇살에 취해 있으려니 영 맨송맨송한 게 기분이 좀 울적해서…. 낼 결혼식을 생각하면 저 청명한 하늘이 더없이 고맙긴 하지만, 파란 가을 하늘하며 남실남실 바람에 흔들리는 나무

잎이 제 마음을 에이는 것 같아 우왕좌왕 안절부절 못하겠더라고요.

가을을 타느냐고요? 지금 이 나이에요? 글쎄요. 아마 그런지도 모르죠. 이래서 가을을 남자의 계절이라고 하나요? 이 나이에 아직도 가을을 탄다고 하면 흉이 되지 않을까요? 제가 문학 소년도 아닌 데 말입니다. 공연히 어머니 누워 계시던 빈자리 쓸어보고, 옷장 열고 어머니 냄새도 맞아 보고…. 그렇게 황황히 가실 줄 정말 몰랐습니다.

뒷정리요? 아직 못했습니다. 날 받아 놓고 그냥 풀 방구리 드나들 듯 백화점으로, 이불 집으로, 가구점으로, 하루도 거르지 않고 돌아치는 것 같더니, 날이 코앞에 닥친 데다, 어머니 상까지 치르고 나니 정말 경황이 없기는 없나 보더라고요. 폐백이다. 이바지 음식이다 맞추고 확인하고, 할 일이 좀 많겠어요. 그 깔끔한 성질 죽이고 어머니 방문 꽉 달아 놓고 그냥 밖으로 돌아치는 걸 보면 좀 안쓰럽기도 합니다.

제가 뭘 알아야 대신 해주죠. 따라 다니다 보면 공연히 잔소리나 하게 되겠지요. 제가 아는 거라곤 숫자 읽고, 도장 찍고, 아랫사람 불러 호통 치는 것 밖에 더 있나요. 생각해 보면 남자는 거저 장가가는 거더라고요. 미숙 씨도 아들 장가만 들여 봐서 자세한 거 모르시죠?

집 장만이 어디 한두 푼으로 되는 거냐고요? 그야 그렇죠. 그러나 배부른 소린지 모르지만, 돈으로 하는 건 고생도 아니죠. 돈은 돈대로 들고, 몸은 몸대로 고된데 비하면 말입니다. 그러고 보면 남자가 편하긴 편해요. 장가 들 때나 든 후에나, 그저 돈이나 벌어드리면 되니까요. 죽어라 돈만 벌면 되는 일 아닙니까.

그게 어디 쉬운 일이냐고요? 알죠. 알아요. 돈이 어디 거저 벌립니까. 직장 초년병일 때는 윗사람 눈치 보느라 손금이 다 닳아 없어질 지경이었고, 차츰 차츰 자리가 높아지니 치고 올라오는 아랫놈들한테 밟힐까 젖 먹은 힘까지 동원해 불철주야 전심전력 달려야지, 윗사람한테 빗보일까 전전긍긍 좌불안석, 정말 미칠 지경이었지요. 어디 그뿐입니까. 부장, 이사, 상무 자리 놓고 동기들과 눈에 보이지 않는 피 터지는 경쟁을 어떻게 다 설명합니까. 그러니 아이들이 몇 살이 됐는지, 마누라가 아픈지 죽는지 알기나 했겠습니까.

그럼요. 그러니 마누라들 바가지가 심해질 수밖에요. 사실 유나 어미야 바가지 한 번 제대로 긁어보기나 했나요. 설사 마누라 바가지가 아무리 심하다고 해도, 생각하면 든든하게 집 지켜주고 어머니 잘 모시고 아이들 잘 키워준 집 사람 없었으면 꿈도 못 꿀 이야기지요. 많으나 적으나 그 돈으로 집 늘리고, 아이들 공부 시키고, 이제는 아이들 시집 장가보내는 두량 잡아야 하고…, 정말 여자들이 대단하다 싶습니다. 정말 머리가 좋아요. 재테크에서부터 육아, 효도, 내조…, 어느 대통령이며 장관이 그렇게 많은 일을 하겠습니까? 여자들 인생, 아니 팔자라고 하는 게 더 실감나겠죠? 한국 여자 팔자 정말 고단하다 싶은 걸 이제야 실감합니다. 저도 이제 철이 좀 드는 것 같지 않습니까.

네, 네. 집 지켜준 아내들이 있어 이 나라가 이만큼 살게 된 거죠. 이래서 나이가 들수록 아내가 불쌍해 보이나 봅니다. 요새 친구들 만나면 하나같이 아내가 측은해 보인다는 말들을 하거든요. 제 몸뚱이 늙는 건 뒷전이고, 펑퍼짐하게 푹 퍼진 마누라가 팔 다리 아프다고 어기적거리고, 거울 보며 깊게 자리 잡은 주름살 당겨보는 걸 보면, 그렇게 고맙고 불쌍할 수가 없다는 말이죠. 다 저 여편네 덕에 여기까지 왔구나 싶은 게 그렇게 고마울 수가 없다고들 하데요. 제 맘도 다르지 않습니다. 옛날처럼 일 손 거들어주는 며느리가 있나, 남편이라고 살갑게 팔 다리를 주물러 주기를 하나. 저도 이제 슬슬 마누라 비위 맞추며 측은지심이 사랑이다, 하고 살아야 할까 봅니다. 남자는 이래서 철이 늦게 든다는 말을 듣나 봅니다.

어머니 짐이요? 아직 손도 못 댔습니다. 유나 어미가 기다렸다는 듯이 어머니 짐을 들어낸다면, 말은 못하고 제 마음이 좀 섭섭했겠습니까. 집 사람도 어머니 생각이 나는지 어제 그제 틈틈이 어머니 방문을 열어보며 눈물을 찍어내더군요.

그럼요. 마냥 두어둘 수는 없지요. 그건 압니다. 동생들도 유나 결혼식 끝나고, 숨 좀 돌리고 나면 어머니 유품을 하나씩이라도 집어 가겠지요. 집 사람 말이 유나 짐 챙겨 신접 살림집으로 보내놓고, 신혼여행에서 돌아오고 나면 대대적인 짐 정리를 하고 한 바탕 내부 수리를 하겠답니다. 시집간 딸 짐 정리해서 보내랴, 돌아가신 시어머니 짐 정리해서 없애랴, 한바탕 북새통을 떨겠지요. 전 안 봐도 본 것 같습니다. 그 깔끔한 성질에 어머니 것이고 유나 것이고 하나라도 남겨 놓겠어요.

그래도 49제는 지나고 하는 게 좋지 않겠냐고요? 그러면 저야 좋지요. 없앨 때 없애더라도 어머니 물건이 당분간이라도 더 집에 남아 있으면…. 하긴 돌아가신 분께 너무 미련을 두면 안 좋다고들 하데요. 영혼이 떠나지를 못하고 구천을 맴돈다면서요? 미신요? 전 아직 신앙이 없어서 그런지, 이말 들으면 그게 그럴 듯하고, 저 말 들으면 또 그게 그럴싸하단 말입니다. 물론 집 사람 하자는 대로 해야죠.

제 맘 이해 하신다구요. 고맙습니다. 다 부질없는 미련이지만 다른 사람 아닌 어머니 아닙니까. 어머니요. 이럴 땐 어머니보다 엄마라고 부르는 게 더 좋을 것 같은 데 말입니다. 도대체 언제부터 엄마를 어머니라고 불렀는지 모르겠습니다. 아마 철이 좀 들고 나서일 텐데⋯, 대학 입학 후부터가 아닌가 싶네요. 사실 어머니란 말이 엄마의 존칭이라 하지만, 엄마라는 말처럼 좋은 게 또 어디 있습니까.

제가 좀 횡설수설하죠? 네. 네. 혼자 한 잔 하고 있었습니다. 그리고 미숙 씨가 어디 우리 유나 어미에 단순한 친굽니까? 우리 집 사람 대모라면서요. 대모. 그래요. 갓 마더. 마론 브란도가 나오는 대부 기억하시죠? 아, 그래요. 알 파치노도 이대 대부로 나오죠. 우리 집 사람이 알 파치노를 하도 좋아해서 어깨너머로 몇 번 봤습니다. 대부라는 사람이 그 휘하의 졸개들을 어찌 돌봤습니까. 대부나 대모나 그게 그거 아닙니까. 그러니 지금 제 이야기를 술주정이라 생각 마시고 사위 놈 투정 들어준다 생각하세요. 그 때 집 사람 영세 받던 날, 제가 미숙 씨께 장모님이라 부르지 않았습니까? 기억하시지요. 그러니, 절 좀 이해하세요.

제겐 장모님도 안계시지 않습니까. 그 양반 돌아가신 지도 벌써 십 년이 되어 옵니다. 그렇잖아도 유나 어미, 이것저것 사들이며 장모님 생각 꽤나 하데요. 어머니가 살아계셨으면 이러셨을 텐데, 저러셨을 텐데 하며 어머니 생각을 많이 하더라고요. 돌아가신 후에 후회하고 가슴치고 그리워하면 뭐 합니까. 살아 계실 때 한 번이라도 더 찾아뵙고 손이라도 한 번 더 잡아드리면 그게 다 효돈데 말입니다. 저도 이제 집 사람 맘 알 것 같고, 집 사람도 제 맘 충분히 이해하겠지요.

좀 쓸쓸하긴 하지만, 빈 집에 이렇게 혼자 있는 게 얼마만인지 모르겠어요. 그렇지 않아도 유나가, 혼자 집에서 청승 떨지 말고 같이 나가 자고 했지요. 그러나 제가 미장원에 가서 마사지를 할 겁니까, 백화점에 가서 살 게 있습니까.

저, 지금 아주 기분 좋습니다. 회사에서 뒷방 늙은이 신세로 지낸 지난 2년이 서러웠다고 하지만, 그나마 아침 먹고 나갈 데 있어 좋고, 집 앞에 기사 딸린 자가용 보내준 그 때가 그립네요. 그 간 사장 노릇하느라 수고했다며 고문이라는 그럴 듯한 직함 붙여 2년이란 세월을 덤으로 준 게 정말 후한 대접이었다 싶습니다. 헌데 집에서는 말이죠, 그런 유예 기간도 없이 바로 집 지키는 셰퍼드로 급추락하고 말았습니다.

내 평생 이렇게 한가하고 팔자 편해 보기는 처음이에요. 이제까지 어디 숨 돌릴 틈이나 있었나요? 그런데 말입니다. 당신이 그렇게 좋아하고 믿으시던 이 못난 맏자식이 백수가 되어 집에 들어앉았는데, 좀 더 사시면서 제 수발을 맘껏 받고 돌아가셨으면 얼마나 좋습니까. 그런데 딸년 날 받아놨다고 어서 돌아가셔야 한다고 학수고대했으니, 제가 죄인이지요. 암, 죄인이고말고요.

미숙 씨. 저 술 한 잔 했습니다. 이 빈 집이 왜 이리도 휑하게 느껴지는지. 당신이야 그냥 자리 보존하고 그런 듯이 누워 계시기만 했는데, 왜 이리 적막한지 모르겠습니다. 여길 봐도, 저길 봐도, 온통 어머니 모습뿐입니다. 이 집으로 이사 올 때 아이들 다 내보내고 나면 집이 좀 크지 않겠냐고 말했다 본전도 못 찾았죠. 어머니 계시고, 손주들 놀러 오면 이 집도 좁다나요? 손주 새끼들하고 어머니하고 온통 뒤섞여 북새통을 칠 줄 알았더니, 어머니는 증손들 생기기도 전에 먼 길 가시고, 딸년은 일 년 후 MBA인가 뭔가 하러가는 제 서방 따라 유학 간다고 하니, 손주는커녕 아이들 얼굴 구경하기도 어렵게 됐어요.

유범이요? 그놈은 아마 그냥 독일에 눌러 앉고 싶은가 보든데요? 회사에 잘 보여서 그런 건지, 아니면 뭐 딴 꿍꿍이속이 있는지…. 제 어민 뭘 좀 아는지 몰라도 전 아무 것도 모릅니다. 저야 뭐 영원한 아웃사이더죠. 전화 통화하는 거 귀동냥해 보면, 뭔가 있어 그냥 눌러 앉으려는 것 같아요. 아마도 빼코에 파란 눈 며느리 하나 들여오는가 보다, 하며 눈치로 때려잡고 다 포기하며 도 닦고 있습니다.

결국 우리 내외 둘만 남는 셈이지요. 남 보기엔 아이들 모두 잘 된 것 같지만, 제 맘은 그렇지 않습니다. 특별히 효도 받으려고 키운 건 아니지만, 같은 하늘 아래 살며 오다가다 얼굴이라도 보며 사는 게 늘그막에 재미라면 재미 아니겠습니까?

글로벌 시대 아니냐고요? 맞아요. 맞아. 글로벌 좋죠. 한 때는 저도 세계가 좁다고 돌아다니며 살았으니까요. 하지만, 이제 돌아와 생각하니, 그게 다 뭘 위한 짓거리였는지 모르겠어요. 이제 돌아와 생각하니? ……, 이거 어디서 많이 듣던 말 같네요. 그래요. 그래. 이제 돌아와 거울 앞에 선…, 어쩌고저쩌고. 서정주던가요? 그래요. 국화 앞에 서군요. 아직 제 머리도 돌은 아닌가, 봅니다.

공부를 좀 잘 했냐고요? 맞아요. 저야 공부 빼면 시체죠. 그저 어머니께서 넌 공부만 열심히 해라 공부, 하며 자나 깨나 입버릇처럼 뇌까리셨으니 까요. 또 어머니 말이 나오네요. 전 어머니 이야기 빼면 할 말이 없는 놈인지도 모릅니다. 전 죄인이거든요. 하긴 누구나 부모님 보내고 나면 다 죄인이로소이다 하며 통곡을 하데요. 하지만 전 다릅니다. 전 정말 나쁜 놈이에요. 어머니께 인생 같은 건 없다고 생각한 놈이니까요.

미숙 씨. 우리 유나가 올해 몇인지 아십니까. 서른 둘이예요. 서른 둘. 물론 좀 늦긴 했지요. 하지만 전, 이 서른둘이란 나이에 시집을 가는 유나가 더없이 고맙고, 또 한 편으론 그렇게 원망스러울 수가 없습니다. 허구 많은 나이 중에 왜 하필 서른둘이냐고요. 육이오가 나고 아버지께서 납치되어 가시고…, 어머니께서 입버릇처럼 하신 말씀이 있지요. 화냥질하고 도둑질 빼고 안 해 본 거 없다고요.

우리 사 남매 부여안고 살기 시작한 우리 어머니 나이가 그 때 몇인지 아세요? 부산으로 피난 갔다 서울로 환도해서 옛날에 살던 집으로 돌아와 보니 남은 거라곤 불에 탄 서까래며 기둥 몇 개 하고 댓돌뿐이었답니다. 외할아버지 집에 얹혀 산 탓인지, 여자 혼자 사 남매를 키우는 건 무리라며 외가에서부터 어머니 재혼 이야기가 나왔습니다. 언제 다시 아버지를 만나겠느냐는 말과 함께 그렇게 오랏줄에 묶이어 끌려 갔으니 이미 죽임을 당했을 거란 말이 오간 다음이었지요. 자식이 넷씩이나 딸린 여자를 데려가겠다는 사람이 어디 있다고 재혼 말이 나왔나 모르겠어요. 하지만 다 인연이 있기는 있나 보더라고요.

잿더미가 된 우리 집 터에 조그만 건물 하나 올려 셋돈이라도 받아 살면 어떻겠냐고 큰 외삼촌이 앞장서 서두르더니, 건축인가 토목인가 하는 외삼촌 친구 한분이 드나들기 시작했죠. 단 며칠이면 전쟁이 끝날 줄 알고 아내와 아들 둘을 함흥에 남겨 놓고 홀홀히 월남한 황 씨 아저씨가 맞춤이라며 건물 이야기는 쏙 들어가고 결혼 이야기가 먼저 오가기 시작했으니까요. 그 때가 바로 어머니 나이 서른둘이었습니다.

우연히 외삼촌께서 어머니를 설득하는 이야기를 듣게 된 저는 그날부터 밥 한 수저, 물 한 모금 입에 대지 않고 엄마에게 시집가지 말라고 떼를 썼지요. 물론 학교도 안 갔지요. 공부는 해서 뭐합니까. 엄마가 우리 사 남매를 두고 시집을 간다는 데.

휴우…. 미숙 씨 저 술 한 잔만 더 하겠습니다. 조금만 기다리세요. 잠깐이면 됩니다. 안주요? 그런 거 필요 없습니다. 서른둘 먹은 제 자식 시집가게 됐다고, 병들어 누워 계신 어머니 빨리 돌아가셔야 된다고 푸념하든 놈이 강술 한 잔도 과분하지 안주는 무슨 안줍니까.

그 때 어머니 나이가 몇인 줄 아세요? 서른둘이었습니다. 서른둘. 지금 우리 유나랑 동갑이었단 말입니다. 얼마나 아름다운 나입니까. 그리고 우리 어머니가 얼마나 고우셨습니까. 미숙 씨도 우리 어머니 얼굴 기억하시죠? 여든이 넘어 아흔을 바라보시는 분이 어떻게 그렇게 고울 수가 있습니까. 그러니 서른둘에는 어땠겠습니까? 달덩이요? 함박꽃이요? 전 기억이 없습니다. 어머닌, 그냥 어머니였으니까요. 예쁘고 밉고 없이, 우리 어머니는 그냥 어머니였단 말입니다. 여자 나이 서른둘. 그게 보통 나입니까. 그러나 제겐 어머니가 여자가 아니라 그냥 어머니였단 말입니다. 어머니요, 어머니. 어머니에게 나이가 무슨 상관입니까. 어머니는 그냥 어머니일 뿐이지요. 그러니 시집이니 뭐니 하는 건 내 엄마에게는 당치도 않은 이야기였죠.

그렇게 물도 안 먹고 학교에도 안가고 오직 시집가지 마, 시집가지 마, 하고 우는, 당신 말씀처럼 하늘같은 맏아들을 보며 제 어머니께서는 무슨 생각을 하셨을까요. 아마도, 그래 내 너를 믿고 사마, 하셨겠지요. 헌데 전 그 때 무슨 생각을 했는지 아무 기억도 없습니다. 어머니께서 저희들을 어찌 키워야 하는지, 또 제 짐이 얼마나 무거운지, 그런저런 생각 같은 건 아예 할 수 없었지요. 다만 어머니가 시집을 간다는 그 말, 그 사실이 그렇게 싫었습니다. 아니 어머니를 빼앗기는 심정이었을 거라 상상할 수 있습니다. 영화나 드라마를 보면 다들 그렇게 말 하니까요. 정말 저도 그렇게 생각했을 겁니다.

육이오가 나던 해 제가 초등학교 이학년이었으니, 휴전하고 서울로 올라온 게 몇 학년이며 나이는 또 몇입니까. 하지만 전, 넌 공부만 해라, 하시던 어머니 음성만은 기억합니다. 물론 전 그 약속을 지켰지요. 전 공부만 했습니다. 마치 제가 공부를 해야만 어머니가 시집을 안 가실 것처럼 말입니다.

미숙 씨. 제가 공부하는 거 하고 어머니 시집가는 게 어떻게 같을 수 있습니까. 하지만 전 이날 이때까지 단 한 번도 어머니가 재혼을 해야 했다고 생각해 본 적이 없습니다. 물론 제가 장가를 가고 제 동생들이 모두 제짝을 만나 결혼을 했는데도 말입니다. 제가 몇 살에 결혼했는지 아십니까. 서른이요, 서른. 정말 미친 놈 아닙니까. 제가 서른에 장가 갈 때 어머니 나이 몇이셨겠습니까. 그런데도 어머니의 재혼을 생각해 보지 않았다니 말이 됩니까. 집 사람 나이요? 스물다섯이요. 우리 유범이를 본 나이가 바로 제 나이 서른둘입니다.

헌데, 미숙 씨. 유나가 시집을 간다고 하고 그것도 어머니를 화장해 그 재를 산에 뿌린지 나흘 후에 그 때 어머니를 말리지 말았어야 했다고 후회하며 낮술을 퍼마시는 저란 놈은 어떻게 된 걸까요.

유나가 시집을 간다고 하니 섭섭해서 그런다고요? 아닙니다. 아니에요. 전 입이 열 개라도 할 말이 없는 놈입니다. 전 정말 저만 아는 놈이었습니다. 그래도 어머니 말씀 따라 공부를 열심히 했으니, 효도하지 않았느냐고 말 하고 싶으시죠? 맞아요. 전 공부 하나는 잘했습니다. 아니요. 정말 열심히 했습니다. 그 덕에 나이 예순 하고도 넷까지 직장 생활을 할 수 있었지요.

공부 잘 한 게 효도라고요? 천만에요. 그건 효도가 아니라 저 살아갈 길을 마련하기 위한 자기 방편일 뿐이었습니다. 그렇지 않았으면, 그 형편에 제가 어찌 대학엘 가고 동생들이 공부를 할 수 있었겠습니까. 우리 사남매 공부 하나는 잘 했지요. 어머니는 늘 그러셨지요. 공부해라, 공부해. 그러면 다 살 길이 생긴다. 정말 그 때는 공부가 살 길인 줄 알았습니다. 그리고 정말 어머니 말씀처럼 공부가 살 길이 됐지요.

우리가 공부할 때 어머니는 무엇을 하셨을까요. 제 기억에 앉은뱅이 책상 앞에는 저랑 바로 밑에 누이동생이, 둥근 밥상 앞에는 나머지 둘이, 희미한 남폿불 밑에 앉아 책을 읽고 또 글씨를 쓰며 공부할 때, 어머니는 쉬지 않고 재봉틀을 돌리셨으며 인두를 뺨에 대 보며 삯바느질을 하셨습니다. 지극히 상투적인 그림이지요? 맞아요. 그 때 당시 그렇게 자식 공부 시키지 않은 사람이 어디 있겠어요. 남편이 있는 사람이나 없는 사람이나 가난하기는 매일반이었으니까요.

미숙 씨, 어머니는 그 외로움을 어찌 달래셨을까요. 전 어머니의, 그 젊디젊은 어머니의 외로움을 말하고 싶은 겁니다. 서른에 장가 든 저나, 내일 서른둘에 시집가는 유나나, 다 혼자라는 외로움이 싫고 누군가 사랑했기 때문에 결혼하는 거 아닙니까. 그런데 전, 단 한 번도 어머니의 외로움을 생각해 본 적이 없었다는 거 아닙니까. 어머니란 이름이 붙은 사람한테는, 엄마라 불리는 여자한테는, 외로움이라는 게 아예 없는 줄 알았어요. 자식 줄줄이 있고, 그 자식들 하나같이 반에서 일등은 물론이며 돌려가며 전교 일등이라고 조회시간마다 앞에 나가 박수 받고 상장 들고 오는 놈들 있는데 외로울 게 뭐 있습니까. 그저 공부해라 공부, 공부가 살길이다, 하시던 어머니 말씀 따라 공부 열심히 하는 자식들이 넷씩이나 있는데 말입니다.

정말 공부가 원숩니다. 제가 공부 좀 덜 하고 세상 돌아가는 이치나, 남녀관계의 은밀한 무엇을 아는 아이였다면 어머니의 외로움이라는 걸 상상이라도 했겠지요. 그 때 제가 영화관엘 갔겠습니까, 집에 텔레비전이 있었겠습니까. 전 공부만 했습니다. 독서요? 했죠. 그것도 선생님께서 추천하는 것만 봤습니다. 그게 언젠가…, 그래요, 중학교 삼학년 때 일겁니다. 로렌스의 차타레이 부인의 사랑 아시죠? 국어 선생님이 로렌스의 차타레이 부인의 사랑만은 절대 보지 말라고 말씀하신 적이 있습니다. 저희 반 아이들 모두 왜 보지 말라고 하시는지 그게 궁금해서, 아마 하나같이 그 책을 다 읽어봤을 겁니다. 하지만, 전 제 짝이 읽어보라고 가방에 찔러주는데도 안 읽었습니다. 왜냐고요? 선생님이 읽지 말라고 했으니까요. 거짓말처럼 들리시죠. 하지만 정말입니다. 전 어머니나 선생님 말씀 하나는 정말 잘 듣는 아이였으니까요.

어머니께서 공부 열심히 하라고 하신 그 말씀이라도 잘 들어드린 게 그나마 다행입니다. 다 저 잘 되라고 이르신 것을 마치 어머니께 생색이라도 내려는 것처럼 유세를 떨며 공부를 했지요. 어머니를 둘째한테 맡겨놓고 아이 둘 데리고 미국 지사로 나가 있을 때도 전 어머니의 말씀 따라 공부를 했습니다. 늦은 나이에 학위는 받아서 뭐에 쓰겠다고 그리 아등바등했는지 모릅니다. 하긴 그 덕에 사장이며 고문 대접까지 받았는지는 모르지만요. 넌 공부만 해라, 공부가 살 길이다. 공부가 밥이고, 공부가 돈이다. 애비 없는 놈이 공부까지 못 하면 넌 죽은 목숨이야. 전 왜 그리도 어머니의 그 말씀을 잊을 수 없었는지 모릅니다. 전 정말로 어머니 말씀처럼 공부가 곧 아버지요, 돈이며, 제 미래라고 믿었습니다. 이런 미련한 놈이 어디 있습니까?

미숙 씨, 조금만 조금만 기다리세요. 이 전화 끊지 마세요. 술 가지러 가느냐고요? 네. 맞습니다. 이렇게 제 말을 들어주는 사람이 있는데, 술이 떨어졌군요. 술은 있는데 이야기를 들어 줄 사람이 없는 사람처럼 불쌍한 사람이 없잖습니까? 하지만, 지금 제겐 술도 있고 이야기 들어 줄 사람도 있습니다. 이게 보통 복입니까. 전 정말 복이 많은 놈입니다. 기다리십시오. 조금이면 됩니다. 제 집에 술 하나는 많거든요. 양주하면 밸런타인 17년 21년 30년, 조니 워커 블랙 블루, 어디 그뿐입니까. 나폴레옹에서부터 헤네시 코냑까지 없는 게 없습니다. 쉬우니 주고받은 게 술이었으니까요. 이것도 다 우리 어머니께서 공부 열심히 하라고 이르셔서 생긴 거 아니겠습니까. 공부가 바로 술이 된 셈이지요. 기다리세요. 제발 기다려 주세요.

이제 됐습니다. 됐어요. 안주도 좀 챙겨오지 그랬냐고요? 그럼요. 그러니 염려랑은 비끄러매십시오. 치즈, 땅콩, 건포도, 육포, 없는 게 없습니다. 집 사람이 안주를 골고루 담아 놓는 그릇이 따로 있거든요. 그거 날름 들고 오면 됩니다. 그런데 어디까지 했지요? 나…, 참. 제 말에 어디까지가 어디 있습니까. 그냥 말 하면 되지요. 미숙 씨. 듣고 계시지요.

네, 네. 고맙습니다. 간간히 숨소리만 내셔도 됩니다. 제가 빈 전화기 들고 주절거리는 게 아니라는 건만 알면 되니까요. 그래도 간간이 추임새삼아 한 말씀 거들어 주시면 더욱 고맙고 좋지요. 감사합니다. 감사해요.

전 어머니 돌아가시기 전까지는 유나가 바로 어머니께서 시집갈 뻔한, 바로 그 나이 서른둘에 시집을 간다는 생각을 미처 못 했습니다. 그저 더 늦어질까 봐 그것만 걱정하고, 쇠털같이 많은 날 중 어머니께서 시집가는 날 돌아가시면 어쩌나 그것만 걱정했지요.

그러니 내리사랑 아니냐고요? 그런 말 마십시오. 내리사랑이 어디 있고 치사랑이 어디 있습니까. 사람이면 당연히 헤아렸어야 하는 생각이지요. 더구나 공부 좀 했다는 제가 말입니다. 그것도 어머니 말씀이 귀에 딱지가 앉도록 들은 제가 말입니다. 누가 그랬죠? 사는 게 소풍길이라고. 압니다. 알아요. 그 정도는 저도 압니다. 저도 천상병이란 시인 압니다. 이것도 공부벌레라 언어 들은 상식이지요. 어머니, 아니 우리 엄마 소풍은 이제 끝났습니다. 당신 혼자 앞장서서 병아리 떼 같은 우리 사남매 이끌고 다니신 소풍 말입니다. 어머니 소풍은 끝났지만, 제 소풍 길은 아직 멀었지요.

소풍 길에 술 한 잔 없다면 말이 됩니까. 술이요, 술. 이렇게 대낮에 술 한 잔 하며 상심을 달래는 거나, 그 어려운 때 어머니가 시집을 가시려고 한 거나 매 일반 아닙니까. 그리고 보면 시집 장가가는 게 모두 소풍 길에 낮술 한 잔 하는 거나 마찬가지란 생각이 듭니다. 고단해서, 외로워서, 슬퍼서, 이면체면 불구하고 낮술 한 잔 걸치는 거 그게 바로 결혼이 아니고 무엇이겠습니까. 맨 정신으로 시간을 죽일 수 없어 술에 취해 보려는 그 심정이나, 짝을 만나 외로움도 달래고 힘도 덜어보려는 거 그거 다 같은 심정 아닙니까.

헌데 전 이렇게 대낮에 고대광실 큰 집에 앉아 해바라기 하며 고급 양주 마시며 복에 겨운 넋두리를 하면서, 어머니께서 그 고되고 긴 소풍 길에 낮술 한잔 하시려는 걸 그렇게 말린 나쁜 놈입니다. 저는 낮술 밤술 다 거둬 마셨으면서 어머니의 그 낮술을 가로 채 버린 놈 이란 말입니다. 술 한 잔 없는 긴 소풍 길. 어머니께서는 얼마나 외로우셨을까요.

미숙 씨, 저 술 한 잔 했습니다. 술이요. 술. 딸년 시집간다고 좋아서 한 잔 마시고, 때 맞춰 돌아가 주신 어머니가 고마워서 한 잔 하고, 그리고 어머니 소풍 길에 술 한 잔 드리지 못해 그게 서러워 또 한 잔 할 랍니다. 지금 제가 술 없이 어찌 어머니를, 유나를, 보낼 수 있겠습니까.

자식이 넷씩이나 딸린 우리 어머니, 그나마 서른둘에 시집가시어 팔자 고치려는 어머니를 울며불며 말려놓은 제가, 제 딸이 서른둘에 시집가게 되었다고 좋아라, 술 한 잔 하고 있습니다. 그 시절 여자 나이 서른둘에 그것도 자식이 줄줄이 넷씩이나 딸린 여자한테 자식 하나 없는 믿을 만한 배필 만나기가 어디 쉬운 일입니까? 그런 자리가 어머니께는 한 점 복이셨는데…. 그런데, 아들이란 놈이 시집가지 말라고 물 한 모급 마시지 않고 떼를 썼단 말입니다. 어머니 나이 서른둘인데 말입니다.

미숙 씨 한 잔 받으세요. 제 술 한 잔 받으세요. 먼 길 떠나시는 어머니 위해 한 잔 하자고요. 긴 긴 소풍 길에 술 한 잔 없이 평생 맑은 정신으로 사신 우리 엄마한테 이제라고 술 한 잔 올리자고요. 술 한 잔 없는 긴 소풍 길, 이거 말이 됩니까.

　자, 어머니 술 한 잔 받으세요. 이 못난 자식 술 한 잔 받으시라고요. 내일 유나가 서른 둘 꽃다운 나이에 시집을 간답니다. 어머니. 유나가 서른둘에…. 어머니가 재혼을 하신다고요. 저희들을 두고요? 서른둘에… 시집을…, 간답니다. 어머니. 어머….

어머니의 눈사람

"어머니가 좀 이상하신 것 같다. 표정이나 행동이 어제와 영 딴판이셔. 어제까지만 해도 내가 자동차 열쇠를 찾으면, '저기 탁자 위에 있지 않니, 그러게 한 곳에 두는 버릇을 들이라고 몇 번이나 일렀냐!' 하시며 챙겨주셨는데…."

오빠는 내 안부를 묻기 위해 전화를 넣은 것이 아니었다. 그는 낮게 가라앉은 축축한 음성으로 곧바로 어머니 이야기를 줄줄이 늘어놓기 시작했다.

"그런데?"

도대체 무슨 일로 호들갑을 떠는지 알 수 없었으나, 공연히 일을 확대하고 있다는 생각에 나는 시큰둥하니 반문했다.

"넌 모시고 있지 않아 잘 모르겠지만, 어머니의 하루 일과는 시계처럼 정확했다고. 새벽 다섯 시에 일어나 세수하시고 옷 가라 입으신 후, 천수경과 반야심경을 외우시는 예불 습관이 있으셨거든."

그 일은 어머니가 평생 해 오신 일이라 내가 모를 리 없고, 새삼스러울 것도 없었다.

"그런데?"

"그런데, 그런데 말이다. 오늘은 아무런 기척이 없으신 거야. 난 이상하다 싶었지만, 이제 방문을 열고 나오시겠지 하고 기다렸다. 그러다 여덟시 쯤 방문을 열어봤지. 그랬더니 글쎄, 얘 창희야, 너 놀래지 마. 어머니가 글쎄 잠옷 바람으로 침대 위에 앉아 멍하니 창밖만 보고 계시는 거야."

여든이란 연세에도 워낙 행동거지가 반듯하시던 어머니의 그런 변모를 도무지 이해 할 수 없다는 듯 오빠의 음성은 갈수록 높아 갔다.

"세수도 안 하시고?"

그 때까지만 해도 나는 다소 의례적인 반문을 건넬 뿐 별다른 감정이 일지 않았다.

"그래. 잠자리에서 일어나신 그 모습 그대로….

"그래서?"

"헌데 더 놀라운 건 내가 선뜻 어머니 곁으로 다가갈 수 없었다는 거야. 어머니가 오늘 좀 이상하시다 싶은 생각이 들자, 머리가 쭈뼛하니 곤두서며 공포에 가까운 두려움이 내 발목을 잡고 늘어지더라고."

침대에서 몸을 반쯤 일으키고 전화를 받던 나는 스르르 미끄러지듯 베개에 머리를 내려놓았다. 오빠의 평소 습관처럼 사건의 핵심으로 바로 들어가지 않고, 자신의 느낌을 장황하게 늘어놓을 것 같은 조짐 때문이었다. 난 오빠의 이야기를 마냥 들어줄 차비를 했다.

"난, 용기를 내서 어머니 곁으로 다가가 어머니, 하며 등을 툭 쳤지.

그랬더니, 날 쳐다보고 히죽하니 웃으시는 거야? 창희야, 너, 엄마의 그런 모습이 상상이 가니?"

나는 아무 대답 없이 가는 숨소리만 흘려보냈다. 오빠의 이야기는 계속되었다.

"난 어머니가 날 놀리시나 하고, 다시 한 번 '엄마', 하고 불러봤지. 그랬더니…, 그랬더니 말이다. 씽긋 웃으시며 뉘슈? 하시는 거야."

그 순간 가슴에 찬바람이 한 줄기 스쳐가며 눈앞에 뿌얀 장막이 드리워지는 듯 했다. 나이를 먹으면 누구에게나 올 수 있는 일이라고 듣고는 있었지만, 내 어머니에게 그런 일이 일어나리라고는 꿈에도 생각지 않았다.

"창희야, 이런 말하면 안 되겠지만, 난 좀 무서웠다. 난 다시 용기를 내서 큰 소리로 엄마, 나야 나. 창환이. 창환이 몰라? 엄마 큰아들, 하고 외쳐봤지만 어머니는 전혀 모르겠다는 표정이셨어. 그래서 이번엔 침대로 올라가 어머니의 두 손을 잡고 내가 누군지 모르겠냐고 다그쳐 물었지. 창희야, 난, 좀 무서웠다."

오빠는 아침에 있었던 상황을 자세히 말하면 말할수록 그 일이 없었던 일이 되리라고 믿는 사람처럼 두려움과 놀라움으로 뒤범벅이 된 자신의 느낌을 횡설수설 낱낱이 설명했다. 난 오빠의 이야기를 논리적으로 해석하거나 그의 두려움을 다독여 줄 여유가 없었다. 오빠의 이야기가 길어지면 질수록 내 생각은 전혀 다른 곳을 헤엄치고 있었다.

"창희야, 창희야, 너 듣고 있니?"

오빠는 묵묵부답인 내게마저 무슨 일이 생겼나 싶은지 내 이름을 서너 번 외쳐댔다.

"듣고 있어."

나는 목울대를 가로막고 있는 안타까움과 설움을 밀어내려 힘들여 대답했다.

"너 지금 우리 집으로 와 줄 수 있겠니?"

"오빠, 지금 제 정신이야. 내가 지금 어떻게 가. 나 아직도 병원에 있다고…."

난 어머니의 모습을 상상하는 것만도 힘겨워 내 상황을 설명하는 것으로 그의 부탁을 잘라냈다.

어머니의 병은 그렇게 시작되었다. 세상 노인 모두가 치매에 걸린다 해도 내 어머니에게만은 그런 일이 일어나지 않으리라고 믿었기에 어머니의 노후를 바라보는 우리 남매가 평화로웠는지 모른다.

나는 처음부터 어머니에게 내 병을 알리지 않았다. 위암말기이며 그나마 위 절제 수술을 받을 수 있는 상태인 것으로 추정된다는 말씀을 드릴 수 없었다.

"일 단 열어 보죠. 열었다, 검사한 것보다 상태가 심각하면 도로 닫겠습니다. 하지만, 지금까지의 검사 결과로 보면 위만 드러내면 될 것 같습니다."

담당 의사의 말은 창문이나 대문을 열어 보고, 문 밖에 거추장스러운 돌덩어리가 있다면 그것을 치워버리겠다는 소리처럼 들렸다. 나는 차라리 그런 비인간적인 말이 좋았다. 제 아무리 듣기 좋은 설명이 이어진다 해도 그의 말처럼 열어보기 전에 어찌 알 수 있단 말인가. 칼을 든 사람의 얼음처럼 단단하고 투명한 이성, 난 의사의 그 결단을 믿어야 했다. 지지부진하게 이어지는 연민이나 동정의 말에 의지할 상황이 아니지 않는가. 의사만큼이나, 남편도 나도 냉정했다.

'얼든 째든 맘대로 해라. 막 말로 죽기밖에 더하겠니. 젖먹이 아이가 있는 것도 아니고, 나 하나 없어진다고 집안이 발칵 뒤집어 질 상황이 아니니까.'

암이라는 말을 들으며 내 가슴을 가장 아프게 한 사람은 어머니였다. 암이란 말도, 수술이란 말도, 더구나 그게 완치를 위한 방편이 아니고 보면 죽음을 목전에 둔 내 병세를 어머니께 알릴 수가 없었다.

수술 날짜를 잡고 입원하기 전날, 언어 연수 차 미국 유학 중인 아들 정우에게는 자초지종을 생략한 채 아버지와 유럽 여행을 간다고 말했다. 자식이나 남편보다 어머니에게 더 연연해하는 내 복잡한 심경을 누가 이해할까. 단지 위염 치료를 위해 잠시 입원한다고 말씀드리던 날, 어머니는 집에 들러 얼굴 좀 보여주고 가면 안 되냐고 하셨다. 나는 그 말씀조차 들어드릴 수 없었다.

"병원이 좋긴 좋은가 봐. 약 먹고, 주사 맞고, 계속 죽을 먹으니까 통증이 많이 가라앉았어. 박 서방이 병원에 들어 온 김에 아예 종합검진도 해 보자고 해서 한 이틀 통화 못할 것 같아. 그러니 내 걱정 말고, 진지 잘 잡숫고, 우리 만날 때까지 오빠랑 재미있게 지내."

수술 전날, 어머니와 그렇게 마지막 통화를 했다.

'우리 만날 때까지 오빠랑 재미있게 지내.'

그것은 있어서는 안 되는 마지막 인사였다. 의사 말대로 배를 열어 보니 다행히 다른 장기로 전이된 곳이 없어 암 세포가 들어 있는 위를 완전히 제거하고 식도와 장을 연결하는 수술을 했다. 엑스레이 사진으로 본 내 뱃속에는 위가 아닌 장으로 만든 위주머니라는 것이 자리하고 있었다. 얼굴에 달고 다니는 것도 아니고, 겉으로 드러나는 것도 아니니 아무렴 어떤가. 다만 죽는 그날까지 소화 장애의 불편을 감수하며 살아야 할 것이었다.

입원 후 어머니는 매일 전화를 주셨다. 숨 쉴 기운조차 고갈된 수술 직후 사흘간은 이런 저런 핑계를 만들어 통화를 피할 수 있었지만 그 변명에도 한계가 있었다. 결국 어머니와 통화할 때만은 애써 목소리에 힘을 실으려 노력했다. 잦아드는 촛불 같은 내 음성을 들으면서도 어머니는 아무런 눈치도 못 채신 듯 했다.

"위염은 병도 아니다. 그러니 병원에서 하라는 대로 잘하고 있어."

어머니는 언제쯤 퇴원하느냐고 묻지도 않은 채 그렇게 담담히 이르셨다. 수술 부위의 실을 뽑으며 미음부터 먹기 시작했다. 위없는 상태에서 식사하는 일은 하나의 싸움이었다. 무엇이든 목구멍으로 넘겼다 하면 물이든 죽이든 토하는 무력함 속에서 링거로 체력을 유지하는 나는 갈수록 살이 빠져나갔으며 급작한 체중 감소에 따른 근육통 또한 무시 못 할 고통이었다. 그나마 수술 경과가 좋아 일단 예정된 날짜에 퇴원할 수 있었다.

그러나 나는 가야지, 어머니에게 가야지, 하면서도 선뜻 길을 잡을 수 없었다. 오빠는 어머니를 뵈러 오지 않는 나를 이해하지 못했다. 나는 변명하거나 내 심정을 말하지 않았다. 어머니가 정신을 놓으셨다니, 난 그 말을 믿을 수가 없었다. 하지만 어찌 보면 그렇게 되신 게 내게는 고마운 일일 수도 있었다. 정신을 놓으셨으니 내 병에 대해서도 알지 못하실 것이고 수술 전에 비해 급작스레 체중의 삼분의 일이나 날려버린 딸자식을 더 이상 알아보지 못할 것이란 생각이 차라리 위로

였는지 모른다.

위없는 생활에 적응하기란 결코 쉬운 일이 아니었다. 새 모이 먹듯 하루에 대여섯 끼를 조금씩 먹어야 했고, 먹기만 하면 토하느라 몸을 제대로 추스를 수가 없었다. 퇴원 후 보름 만에 식도와 장을 이은 부분이 유착되어 내시경 수술을 받기 위해 다시 병원 생활을 시작했다. 병실의 불을 끄면 방안은 가로등 불빛을 받아 어항 속처럼 푸르스름 하니 잦아들었으나 내 머릿속은 갈수록 맑아졌다. 링거 병에서 똑똑 떨어져 내리는 수액에 어머니와 내 모습을 그려 넣다 보면 어느새 새 벽이 되었다.

"그래, 난 너희들을 낳지 않았다. 아이를 낳지 못했어. 네 오라비는 일찍 돌아가신 큰아버지 소생이지. 지금은 어디서 어떻게 살고 있는지 소식조차 모르는 큰어머니의 재혼을 위해 우리가 입양했다. 그건 아버 지가 먼저 제안하시어 할아버지를 설득해서 얻은 결과지. 물론 나도 찬성이었고. 이제 갓 서른을 넘긴 여자가 자식 하나 때문에 혼자 살아 야 한다는 건 말이 안 된다고 생각했으니까. 게다가 내겐 결혼한 지 오 년이 넘도록 소생이 없었으니…."

아무리 어머니에게 소생이 없었다 해도 오빠를 입적시키어 큰어머 니에게 새 삶을 시작할 수 있는 계기를 마련해 준 아버지의 결단은 당 시로는 사뭇 혁명적인 일이었다.

"넌 아버지가 밖에서 낳아 데려왔다. 아마 네 오라비는 기억할 게다. 그 때 오라비가 여섯 살이었으니까. 그리고 작은 삼촌 내외분도 다 아 실 게다."

"그럼, 나만 몰랐단 말이야?"

"글쎄다, 너를 내 품에 안던 날부터 이 날 이때까지 누구도 내 앞에서 네가 어디서 온 아이냐고 물은 적이 없었으니까."

"남이 묻지 않으면 모르는 일이 된다고 믿었어? 언제까지 내가 모르고 살 거라고 생각했어?"

난 싸우 듯 어머니에게 따져 물었다. 출생의 비밀을 안다는 것은 충격이란 단어로 표현하기에는 너무도 큰일이었다. 쉬우니 낳은 정보다 기른 정이 깊다고 말하지만 존재의 뿌리가 송두리째 흔들리는 그 명백한 사실 앞에서 의연할 수 있는 사람이 과연 몇이나 될까.

"난 네가 오던 날을 잊을 수가 없다. 널 받아 안자 내 가슴에 얼굴을 묻던 그 순간부터 넌 내 딸이었어. 구차한 변명은 하고 싶지 않다. 이건 변명할 문제가 아니니까. 다만 좀 더 일찍 이 사실을 알려주지 못한 내 어리석음을 탓하고 싶구나. 굳이 비밀로 하려거나, 알려주어야 한다고 생각했던 적도 없다. 그런 갈등을 했다면 널 내 자식으로 키울 수 없었을 거야. 다만 이런 일로 사실이 밝혀지리란 생각을 미처 못 한 내 미욱함이 원망스럽구나."

어머니는 마치 올 것이 오고 말았다는 듯, 낱낱이 일러주는 것만이 당신의 의무인 듯, 차분한 음성으로 내 출생의 비밀을 알려주었다. 난 내 어머니가 누구냐고 물을 수가 없었다. 친어머니가 누구냐고 난동을 부리는 횡포는 지금까지 친자식처럼 키워준 어머니에게 할 짓이 아니라는 생각만은 갖고 있었다. 당시 일을 생각하면 난 조금 조숙하고, 그런대로 남을 배려할 줄 아는 아이였음에 틀림없었다.

중학교에 입학한 후였다. 학교에서 혈액검사를 했다. 가는 바늘로 귓밥을 살짝 건드리듯 찔러 피 한 방울을 받아 작은 유리판에 떨어뜨리고 그 위에 다른 피 한 방울을 더해 유리봉으로 살살 비빈 후 다시 유리판을 덮어 검사하던 흰 가운의 여자. 그녀가 말했다.

"57번, 김창희. B형."

그 한 마디가 한 사람의 존재의 뿌리를 송두리째 뽑아버릴 수 있다는 사실을 그녀가 상상이나 했을까. 그녀는 다만 자신의 본분에 충실했을 뿐이다. 그녀에게는 혈액형 검사 결과에 대한 알림이 그 대상의 정체성이니, 존재의 뿌리니 하는 거창하고도 실존적인 문제와 연결시킬 이유도 의무도 없었을 것이기에. 그리고 복도 가득 줄을 지은 참새 떼 같은 소녀들의 소음에서 벗어나기 위해 간단명료하게 말하고 해당 서류에 기재하면 그뿐이었을 것이다.

잠시 따끔할 뿐이건만 소녀들은 마치 큰 수술이나 받는 듯 귓밥을 잡고 엄살을 피웠으며, 혈액형에도 점수가 있는 듯 자신의 혈액형을 말하며 우쭐댔다. A형의 성격이 어떠니, 네가 B형인 줄 알았다느니, O형은 남자에게 많은데 넌 어떻게 O형이냐느니. 그 뿐인가. AB형은 변덕이 많다며 마치 단죄를 받아야 할 것처럼 아무 아무개가 AB형이라며 호들갑을 떠는 아이들도 있었다.

"김창희, B형."

난 처음에 그 말이 무엇을 의미하는지 몰랐다. 흰 가운을 입은 곱상한 그녀가 던지듯 뱉어 낸 B형 이란 말을 되뇌며 내 교실 내 책상 앞 의자에 앉았다. B형? B형이라니?

중학생이 된 오빠가 생물 시간에 배웠다며 혈액형 이야기를 해주었다. 난 그 이야기가 왜 그리도 재미있었을까. 오빠는 종이에 A형, B형, O형, AB형, 하며 그림을 그리듯 써가며 어떤 형이 어떤 형과 만나면 어떤 형을 낳을 수 있고, 또 무슨 형이 무슨 형에게 수혈을 할 수 있는지 신명지핀 듯 설명해 주었다. 아버지는 O형, 어머니는 A형이고, 오빠 자신도 O형이라며 어머니는 아버지와 자신의 피를 수혈할 수 있다고 말했다. 오빠는 어머니에게 수혈해 줄 수 있다는 사실이 마치 큰 효도를 할 수 있는 자격이라도 따놓은 것처럼 떠벌였다.

"너도 O형 아니면 A형일 거야. 그래 넌 A형일 거야. 혈액형이 성격을 말해준다는 데 가만 보면 넌 분명 A형이다. 까짓것 필요하면 너한테도 내 피를 줄께. 언제 내 피를 받게 될지 모르니 맛있는 거 있으면 이 오빠한테 한 개라도 더 주라고. 저금하는 셈 치고 말이야. 알았지? 넌 A형이란 거 잊지 마."

난 별나게 영특한 아이도 아니면서 오빠의 그 설명을 잊지 않았다. 오빠가 그림을 그리며 상세하게 일러준 그 혈액형 계보를 눈앞에 그려 보았다. 그 여자의 검사가 틀렸다. 그것은 잘못이다. 실수다. 오빠가 난 A형이라고 하지 않았나. 그 생각이 들자 난 마치 범죄자를 쫓는 경찰처럼 그 곱상한 여자에게 달려갔다.

"난 A형이에요. 아버지가 O형이고, 어머니가 A형이기 때문에 난 A형이라고요. 오빠가 난 A형이라고 했어요."

그 외침이 일으킬 수 있는 파장을 생각했다면 난 조그만 소리로 말했을 것이다. 그러나 난 그 여자가 실수한 것이라 믿었기에 너무도 당당히 그녀에게 항의할 수 있었다. 그녀는 힐끗 날 쳐다보더니 반과 번호를 묻고 서류에 적힌 기재사항을 점검했다.

"김창희, 넌 B형이야. 다시 해 줄까?"

난 그녀가 실수한 것을 밝히고 싶었다. 난 A형이니까. 난 주저 없이 그녀의 코앞에 내 얼굴을 내밀었다. 그녀는 내 귓밥에서 다시 피 한 방울을 채집했고, 유리판에 떨어진 내 피는 다른 피와 응집되는 간단한 검사를 다시 받아야 했다.

'어머, 내가 실수했네. 큰 일 날 뻔했다. 김창희 너는 A형이야.'

난 그 대답을 기다렸고, 그 말밖에 다른 대답은 있을 수 없었다고 믿었다.

"김창희, 넌 B형이야."

그녀는 바쁜 사람 붙잡고 더 이상 실랑이 펴지 말라는 듯 단호하게 말하고는 싸늘한 표정으로 다음 차례를 기다리는 아이의 귓밥을 알코올 솜으로 닦아냈다.

내 출생의 비밀은 그렇게 작은 바늘 하나에 의해 한 방울의 피로 판명이 났다. 그날 난 조퇴를 했으며 그 후 일주일가량 학교에 가지 않은 것 같다. 담임선생님이 가정방문을 하시어 어머니와 장시간 이야기 하신 후 다시 등교했던 기억이 난다. 혈액형 검사 사건이 있은 후 친구들의 숙덕거림이나, 비아냥거림을 견뎌내야 한다고 스스로 중무장을 한 탓에 나는 더욱 단단한 아이가 되었다.

난 내 어머니의 친 딸이 아니다. 그러나 친 딸과 낳아 들여 온 딸이 달라야 할 이유가 없다. 또 아버지나, 어머니를 원망할 터럭만한 피해도 없었다. 글쎄 진즉 말해주지 않았다는 것이 이제 와서 피해라면 피해일까. 하지만 미리 알았다면 내가 지금의 나로 성장하고 자리 잡았을 수 있었을까.

아버지가 나를 거두지 않았다면, 내가 거리에 버려졌다면, 아버지를 원망할 충분한 이유를 찾을 수 있을 것이다. 그리고 어머니가 나를 당신 배를 빌어 낳지 않았다는 이유만으로 소홀히 하고, 나아가 푸대접하여 키웠다면, 친딸이 아니라 업신여기는 게냐며 대거리를 했을 것이다. 그러나 아버지는 당신이 뿌린 씨를 책임을 다해 거두셨으며, 어머니는 출산을 못하시는 당신의 아픔을 오빠와 나를 키우는 것으로 최선을 다했으므로 두 분을 원망할 수가 없었다. 난 분명 어머니의 딸이다.

수술 후 한 달 후부터 시작된 항암치료는 나를 절망의 수렁으로 밀어 넣었다. 어딘가에 숨어 있을지도 모를 암세포를 죽여 전이될 염려를 막아야 한다는 항암주사는 멀쩡한 세포에게도 막대한 영향을 미쳤다. 세포의 복합체인 나는 그 주사 앞에서 여지없이 무너져버렸다. 머리칼은 물론 눈썹과 온 몸의 털이 다 빠져버리고 입속마저 헐대로 헐어 물 한 모금 마실 때조차 아픔을 참아야했다. 갈수록 앙상해져가는 내 몰골은 쇼 윈도우에 버려진 헐벗은 마네킹처럼 차마 눈 뜨고 보기가 민망스러울 지경이었다.

사람을 알아보지 못하는 것에서부터 시작한 어머니의 치매 증세는 두 달이 지나자 대소변을 가리지 못할 지경으로 발전했다. 하루하루 일기를 쓰듯 내게 알려오는 오빠의 음성은 어머니의 병세와 반비례하여 힘이 빠져갔다.

"어머니를 내 서재로 옮겨드렸다. 간병인과 함께 계셔야 하는 데 좀 더 독립된 공간이 나을 것 같아서. 안방과 내 서재를 바꾼 셈이지. 네 올케는 네가 다녀간 다음에 하라고 말렸지만, 하루 이틀도 아니고. 객식구와 한 공간에서 사는 일에 영 적응을 못하겠더라고. 서운하냐?"

"잘 했어. 안 그래도 어머니를 아래층으로 옮겼으면 했거든. 간병인도 드나들기 편하고, 알아보시든 말든 어머니가 마당을 보실 수 있을 테니까."

그 집은 전원생활을 꿈꾸던 두 분의 소망을 위해 아버지가 퇴직 전 온 정성을 다해 지은 집이었다. 그러나 아버지는 그 집에서 삼 년도 살지 못하고 교통사고로 돌아가시고 말았다. 홀로 남은 어머니를 위해 미국에 있던 오빠는 때 마침 제의가 들어 온 서울에 있는 대학의 교환교수 자리를 흔쾌히 받아들여 귀국하게 되었다. 오빠의 두 아이들은 이미 독립하여 따로 살고 있었고, 대형 마트의 약국 책임자로 근무하든 올케는 직장을 포기하기 싫다며 오빠를 따라 들어오지 않았다.

결국 오빠와 어머니 단둘이 살다 하룻밤 사이에 이런 변을 당했으니 오빠의 생활은 난리가 아닐 수 없었다. 서둘러 가정부를 들였고, 대소변마저 가리지 못하게 되자 이십사 시간 보살펴줄 간병인을 또 들일 수밖에 없었다.

"창희야. 너 그렇게 거동하기가 힘드니? 그러다 어머니 얼굴 한 번 제대로 못 보고 돌아가시면 어쩌려고 그래?"

"사람을 못 알아보신다며? 그런데 날 알아보시려고?"

"그래도 간간이 정신이 드실 때가 있어. 그럼 창희, 하시며 네 이름부터 부르신다고. 너, 지금 힘 든 거 알아. 하지만 나중에 더 큰 후회하지 말고 빨리 다녀가."

"알아. 안다고. 나라고 왜 어머니가 보고 싶지 않겠어? 하지만, 오빠, 난 지금 이 몰골로 어머니를 볼 수가 없어. 더구나 정신이 들어 날 알아보시면 엄만 그날로 돌아가실 거라고."

"네 모습을 보여드리고 싶지 않아 그런다고 하지만, 이렇게까지 어머니를 모른 척하는 널, 난 도무지 이해할 수가 없다. 도대체 무슨 맘으로 어머니 가슴에 이렇게 못을 박니? 그러면 안 돼지. 이제까지 잘하다, 왜 그래? 난 좀 섭섭하다."

"그게 무슨 말이야? 내가 딴 맘이라도 먹었다는 거야? 나한테 딴 맘 있을 게 뭐야? 난 한 순간도 엄마를 친 엄마가 아니라고 생각한 적 없어."

친 어머니가 아니라서 어머니를 찾아뵙지 않는다고 생각하다니. 그렇다면 오빠 또한 나를 친동생으로 여기지 않았단 말인가. 오빠의 말은 나를 벼랑으로 밀어내는 것 같았다.

"그런 말 하지 마. 내가 친엄마가 아니라서 찾아가지 않는다고 생각하면 내가 되레 오빠한테 섭섭해. 난 한 순간도 엄마나 오빠한테 서운함을 느낀 적 없어. 다만 고마울 뿐이지. 헌데 그 고마움을 갚을 시간도 없이 내 꼴이 이 지경이 된 게 억울하고 죄스러워 미칠 것 같다고. 나도 자식 낳아 키우는 어미야. 난 내가 사는 게 어머니께 효도하는 길이라 믿어. 이미 정신 놓으신 어머니지만, 내가 최선을 다해 건강을 되찾는 길만이 어머니를 위하는 길이라 생각해. 그리고 오빤 이 추운 날씨에 내가 나다니는 게 몸에 좋으리라고 생각해? 나 지금 감기 들면 치명적이야."

난 끝내 울음을 가두지 못하고 사뭇 흐느끼며 내 설움을 토해냈다.

"친 어미가 누군지도 모르는 박복한 년이 운 좋아 어머니 같은 사람 만나 고이 컸으면, 건강하게 잘 살아야지. 왜 이런 몹쓸 병에 걸려 이 고생이냐고. 아무리 팔자가 사나워도 그렇지, 이 나이에 내 꼴이 뭐야. 자식 하나 있는 거 출가도 못시키고 죽어 봐. 난 살아야 한다고. 난 어머니를 위해서도, 우리 정우를 위해서도 살아야 해. 난, 내 팔자가 기구하고 내 설움이 무겁고 지겨워서, 그렇게 평생을 인내하며 사신 어머니를 차마 볼 수가 없어. 어머니를 보면 내 설움이 터질 것만 같아."

난 내 가혹한 운명의 올가미를 그렇게 울음으로 풀어냈다. 오빠는 듣고 있는지, 아니면 자신이 아차 하는 순간 내뱉은 말실수가 원망스러운지 아무 대답도 못했다.

"그래, 어머니 보러 갈게. 가야지. 그럼, 그분이 누군데. 내 엄마, 내 엄마라고. 날 어머니란 자리에 있게 만든 내 엄마. 어머니는 아이를 못 낳으셨어도 난 아이를 낳았잖아. 난 어머니보다 복이 많은지도 몰라. 내 배 앓아 낳은 내 자식이 있으니까. 헌데, 오빠. 난 지금 내 몸뚱이 같은 자식을 두고 죽을지도 몰라. 난 무섭다고. 내가 지금 살려고 얼마나 안간힘 쓰는지 알아? 난 지금 너무 힘들어. 엄마가 이런 내 심정 아실까? 제 핏줄을 두고 죽음 앞에서 발버둥치는 내 맘을. 어머니는 지금 가신다 해도 원통할 거 하나도 없으실 거야. 당신은 평생 좋은 일만 하시다 그 연세에 가시니까."

걷잡을 수 없이 터져 나온 설움과 분노와 회한의 소리들이 내 귀를 울렸다. 그 말들은 내 입을 짓찧고 싶을 만큼 나를 경악케 했다. 난 무의식 속에서 어머니와 나를 비교하고 있었다. 아이를 낳지 못했어도 제 자식처럼 아이들을 거두고 키워 독립시킨 어머니의 건강을 부러워했단 말인가. 비록 아이는 낳을 수 있었어도 자식의 성장을 끝까지 지켜보지 못할 것 같은 내 처지와 어머니를 비교했단 말인가. 그래서 어머니를 질투하는 마음에 찾아보지 않고 있었단 말인가. 의도적인 것은 아니었다 해도 내 혀가 만들어낸 말은 곧 다른 사람 아닌 내 생각이었다. 나는 어머니로써 어머니를 본 것이 아니라 한 여자로써 그녀의 운명과 내 운명을 비교하고 있었다는 생각을 하니 나 자신이 무섭고, 밉고, 두렵기까지 했다.

"난 어머니가 나 때문에 이렇게 되신 것 같아 미칠 지경인데, 오빠는 어떻게 그렇게 말 할 수 있어? 어머니는 이런 내 꼴을 보기 싫어 정신을 놓아버리셨는지도 몰라."

난 생각지도 않았던 말들을 토해낸 내 마음의 파장을 수습하기 위해 서둘러 말을 돌렸다.

"그건 네 지나친 생각이야. 어머니는 네가 위염인지 아셨잖아? 나도 아무 말 안 했고."

"아냐. 어머니는 다 아신 거야. 그냥 육감으로 다 알아버리신 거라고. 그렇잖으면 그렇게 냉정하고 침착하실 수가 없었어."

"글쎄다. 어머닌 그깟 위염이 병축에나 끼냐, 하시며 네 병에 대해 애써 알려고도 하지 않으셨고, 또 드러내 놓고 걱정도 하지 않으셨어. 다만 이 늙은 게 왜 이리 목숨이 질긴지 모르겠다, 이렇게 오래 살다 무슨 숭한 꼴을 당하려고… 오래 사는 것도 욕인데…, 하시며 혼잣말처럼 자신을 나무라셨지. 그러다가는 두 눈을 지그시 감고 염주만 돌리셨어."

과연 어머니는 딸자식의 병이 얼마나 중한지 모르고 계셨을까. 자초지종을 알려주지 않은 채 열흘 너머 병원에 입원하고 있는 딸년의 건강에 대한 염려를 고작 그런 말로 표현하신 것이 그 분의 진심이었다고 말할 수 있을까. 오히려 다 알고 계신 것은 아니었을까.

"아냐. 엄마는 말은 그렇게 하셨어도 다 아신 거야. 다 아신 거라고."

어머니는 보통 영특한 분이 아니셨다. 노인이 노인답지 않은 것이 탈이라면 탈이었다. 어머니는 분명 병원에 와서 내 이름을 대고 몇 호실인지 알아내셨을 테고, 간호사 실에 들러 병명도 알아보고, 그것도 모자라 내 병실에까지 다녀가셨는지도 몰랐다. 수술 직후 나는 무통 패치를 붙이고 진통제를 맞아 온 종일 잠만 잤다. 누가 다녀갔다고 말해 주지 않으면 난 모를 수밖에 없었다. 마치 병실을 잘못 찾은 사람처럼 내 병실에 들어 와 내 얼굴을 보고 가셨는지도 모른다.

수술 후 며칠간 내 모습은 산 사람이 아니었다. 콧구멍에 매단 코 줄이며, 산소 호흡기, 양팔에는 링거와 수혈용 피 주머니, 그리고 수술부위에서 빼내는 오물 주머니와 소변 줄까지 나는 거미줄에 갇힌 사람처럼 십여 가닥의 비닐 튜브에 감싸여 있었다. 어머니는 그런 내 처참한 모습을 보셨는지도 모른다. 그러고도 태연하게 통증은 좀 가라앉았느냐, 뭘 좀 먹느냐며 전화통을 통해 내 염려를 하시던 끝에 그만 정신을 놓으신 게 틀림없었다.

어머니가 나를 보고 가셨을 것이란 상상이 갈수록 확실시 되어갔다. 그럴수록 오빠에게 쏟아 놓은 내 설움과 분노와 회한의 절규는 온종일 내 귀에서 울어댔다. 아무리 무의식중에 한 말이라 해도 내 머리와 가슴에 똬리를 틀고 있던 생각이 말이 되어 나왔다는 사실은 나를 전율케 했다. 게다가 오빠는 더 이상 어머니를 뵈러 오라는 전화조차 주지 않았다.

다행히 백혈구 수치가 떨어지지 않아 다섯 번으로 예정된 스케줄에 맞추어 네 번째 항암주사를 맞을 수 있었다. 주사 후, 집에 있는 동안 연 이틀 쉬지 않고 눈이 내렸다. 창밖으로 휘날리는 눈발은 하늘에서 내리는 것이 아니라 땅에서 치솟아 올라오는 듯 보였다. 바람의 위력은 하늘과 땅의 개념까지도 뒤바꾸어 놓는 착각을 일게 했다. 나는 온 천지가 잿빛으로 물든 빈 공간에 소용돌이치듯 퍼붓는 눈발을 보며 어머니를 생각했다. 어머니도 저 눈을 보고 계실까, 아니면 눈이란 것조차 모르고 계신 것은 아닐까.

어머니는 눈을 무척이나 좋아하셨다. 마치 어린 아이처럼 '눈이 온다, 눈이 와' 하시며 마당 수북이 눈이 쌓이면 눈사람을 만들어 수문장처럼 대문 앞에 세워 놓았다. 나는 눈이라는 것을 처음 보았을 때부터 어머니를 따라 빨갛게 얼은 손을 호호 불며 눈사람을 만들었다.

눈사람의 크기는 나의 성장과 비례했다. 주먹만 한 눈 뭉치를 이리저리 굴리다 보며 몸통이 되고 얼굴이 되었다. 어머니는 숯으로 눈 코 입을 만들어 붙이셨다. 그리고는 '모자 쓸래?, 무슨 모자? 운동모자?' 하시며 우리 남매가 쓰던 모자를 씌워 주셨다. 마치 어린아이를 어르듯 하는 그 모습이 너무 다정하여 사뭇 질투심을 느낄 정도였다. 어머니는 눈사람을 하나만 만드는 게 아니었다. 우리 집 네 식구라며 크고 작은 눈사람을 고루 만들어 아버지, 엄마, 오빠, 우리 창희, 하며 이름을 붙이셨고, 때로는 고만고만한 것들을 대여섯 개씩 만들어 우리 남매와 그 친구들이라며 손뼉을 치며 좋아 하셨다.

그뿐이 아니었다. 주먹만 한 눈 덩이 두 개를 붙인 눈사람을 만들어 냉동실에 넣어 놓고, 한 여름에도 눈사람을 보여주시며 점점 작아진다고 안타까워 하셨다. 냉동실에 숨겨져 있던 어머니의 눈사람은 내 유년의 기억 속에서 가장 큰 부피를 차지하는 지울 수 없는 추억이다. 먼지 하나 없을 것 같은 냉동실의 눈사람은 시간이 지날수록 까맣게 때에 절어갔으며, 크기도 갈수록 줄어들었다. 눈 코 입은 모두 사라지고 오직 '8'자 모양의 형태만 유지하고 있어도 그것은 여전히 눈사람이었다. 어머니는 내가 우울해 보이면 냉동실의 눈사람을 꺼내 주며 까만 콩으로 눈 코 입을 만들어 보라고 하셨다. 어머니는 그렇게 유난히 눈사람 만들기를 좋아하셨다.

어머니가 저렇게 퍼붓는 눈을 보신다면 또 다시 눈사람을 만드실 텐데. 지난 해 겨울에도 눈사람을 만들어 겨우내 마당을 지키게 하셨다. 햇볕을 받아 얼굴과 몸이 제 형체를 잃은 불구의 눈사람은 차마 볼 수 없을 지경으로 남루해 보였다. 내가 흉하게 일그러진 눈사람을 부셔버리자고 하자 어머니는 내 손을 잡으면서 말리셨다.

"시간 앞에 장사 없다고, 눈사람도 사람이라고 시간이 지나니 늙어가는구나. 내 버려둬라. 다 제가 온 곳으로 가지 않겠니. 사람이 한 줌의 재가 되고 흙이 되듯, 저도 그러다 한 방울의 물이 되겠지…."

눈이 멎자 마치 봄이 온 듯 겨울 날씨 답지 않게 햇살이 두터워졌다. 나는 마침내 어머니를 뵈러가기로 했다. 남편은 하루 휴가를 얻어 벼르고 벼른 내 나들이를 도왔다. 민둥머리가 된 머리에 가발을 얹고 또 모자를 쓰고 햇볕이 무색하게 두터운 코트에 목도리를 단단히 여미고 남편의 차에 올랐다. 병원과 집만 드나들던 내가 맞은 석 달만의 외출이었다.

"잠시 눈을 붙여. 차가 밀려 생각보다 시간이 더 걸릴지 몰라. 여기 플라스틱 통 하나 가지고 나왔으니까 멀미나면 쓰고. 물은 여기 있고, 껌 씹을래?"

남편은 소풍이라도 가는 사람처럼 흥분하고 있었다. 처음 암이란 말

을 듣던 날, 그는 낯 색 하나 변하지 않고 우린 이겨낼 수 있다며 호언
장담했다. 그 후 입원, 수술, 재입원, 그리고 항암치료를 받아오는 동
안 내게 쏟은 정성은 일일이 다 말할 수가 없다. 어디 그 뿐인가. 정우
또한 단숨에 달려오고 싶을 테지만 극구 말리는 어미의 속내를 아는지
의연함을 잃지 않았다. 그 덕에 이나마 내가 버티고 있는 것인지도 모
른다. 차창으로 쏟아져 들어오는 따사로운 겨울 볕을 맞으며 나는 이
생각 저 생각을 떠올리다 잠시 졸음을 즐겼다.

"여보, 다 왔어. 내리자."

가볍게 어깨를 흔드는 남편의 손길이 꿈속인 듯 느껴졌다. 힘없이
들어 올린 눈꺼풀 사이로 보이는 세상은 황홀하도록 신비롭게 다가왔
다. 어머니네 집 뒷산 나목 숲에는 여전히 눈이 쌓여 있었다. 얼굴에
스치는 바람이 더없이 상쾌했다. 내가 온다는 전갈은 받은 오빠가 대
문 앞까지 마중을 나왔다.

"여긴 시내보다 기온이 낮으니 얼른 들어가자. 어머니는 조금 전에
잠이 드셨어. 네가 온다고 말씀은 드렸는데 알아듣기나 하셨는지….
조반 드시자마자 바로 눈을 붙이셨다."

"날씨도 좋은 데 마당 좀 돌아보고. 그리 가도 어머니를 뵐 수 있
잖아."

난 오빠가 사용하든 서재로 향했다. 아버지는 집을 지을 때 샤워부
스가 있는 화장실과 간단한 취사시설이 딸린 독립된 공간 하나를 마당
에서 바로 들어갈 수 있도록 만드셨다. 그 곳은 손님방이라 불렸지만
미국에서 다니러오는 오빠네 식구를 위한 곳이었다. 대문에서 계단을
오르면 그곳에 현관이 있고, 거실, 안방, 식당, 부엌 등이 있어 두 분은

그 공간만으로도 충분했다. 결국 두 분 계시는 곳이 이층이고 손님방이 일층인 셈이었다. 마당에서도 거실에서도 앞산이 훤히 건너다 보였고 집 뒤로는 나지막한 야산이 있어 집이 마치 큰 소쿠리 안에 담겨있는 듯했다.

마당에서는 어머니의 정성이 꽃이 되어 계절마다 다투어 피어났고, 아버지의 자상한 손길을 받은 푸성귀들이 쉼 없이 돋아나고 무럭무럭 자랐다. 아버지 표 야채는 우리 집은 물론 시댁에까지 공수되어 먹는 진짜 유기농 채소였다. 아버지가 돌아가시고 난 후에도 어머니는 열심히 꽃을 가꾸시고 채소를 키우셨다.

난 다시 손에 잡힐 것 같지 않은 그 지나간 시간들을 찾고 싶었다. 이제는 더 이상 마주할 수 없는 아버지의 부지런한 손길을 느끼고 싶었고, 언제나 소녀 같은 마음으로 오밀조밀 가꾸시던 어머니의 동화 같은 마당을 보고 싶었다. 어머니가 다시 정신이 들어 손수 마당에 걸어 놓으신 갖가지 모양의 크고 작은 풍경이며, 바위 위에 올려놓은 너구리 인형 가족, 꽃밭 울타리에 걸어 놓은 청개구리들을 다시 알아보실 수 있을까.

나는 갈수록 강퍅해져가는 나 자신을 볼 때마다 흐르는 세월 앞에서도 그토록 오랫동안 동심을 간직할 수 있는 어머니가 사뭇 존경스러웠다. 하찮은 것에서도 기쁨을 찾아낼 줄 알고, 웃음을 잃지 않으시던 어머니.

나는 어머니가 계신 방 앞으로 걸어갔다. 방 앞 베란다 옆에 조막만 한 눈사람들이 도열해 나를 맞이하는 게 아닌가. 그것은 나만이 알아볼 수 있는 어머니의 눈사람이었다. 내 우울을 달래주려고 냉동실에

꽁꽁 숨겨 두었던 어머니의 눈사람. 눈 코 입 하나 없이 그냥 '8'자 모양으로 생긴, 어른 주먹만 한 눈 덩이 두 개가 겹쳐 있는 바로 그 눈사람이었다.

"오빠. 웬 눈사람이야? 누가 만들었어? 어머니가 만드셨어?"

난 마치 못 볼 것을 본 사람처럼 사뭇 비명에 가까운 소리를 내질렀다. 뒤따라오던 남편도 격앙된 내 목소리에 놀라 걸음을 멈췄다.

"넌 그게 눈사람인 줄 알아보겠니?"

"그럼 이게 눈사람이지 뭐야. 어머니가 겨울에 만들어 냉동실에 넣어 놓고 보시던 눈사람하고 똑 같네."

"나, 참. 넌 눈사람인지 금방 알아보는구나. 난 처음에 이게 뭔지 몰랐다."

"아니, 그럼, 이게 모두 어머니가 그 눈보라 속에서 만드신 거란 말이야?"

"말마라. 어제 그제 있었던 일을 어떻게 다 말로 하겠니? 내가 말을 안 해서 그렇지 어머니 돌보기가 얼마나 힘 든 줄 아냐. 평생 남 괴롭힐 줄 모르고, 고집이라곤 없으시던 분이 웬 고집이 그리도 센지. 아무리 정신을 놓으셨다 해도 그렇지, 해도 참 너무하다 싶더라."

"정말 어머니가 밖에 나와 그 눈보라 속에서 직접 만드신 거란 말이야? 그래? 감기 드시면 어쩌려고, 억지로라도 안으로 모시지 않고."

난 원망하듯 오빠에게 눈을 흘기며 눈사람들을 만져보았다. 까만 콩이 있다면 그 옛날처럼 얼굴에 눈 코 입을 꼭꼭 박아주고 싶었다.

"말마라. 기운이 어찌나 장사고, 고집이 세시던지. 아예 안고 들어가려던 맘을 접고 함께 앉아 이 눈사람을 만들어 드렸다. 눈사람뿐이면 내 말을 안 한다. 어머니 방에 한 번 들어가 봐라. 종이고 헝겊이고 보이는 건 모두 저런 모양으로 잘라 놓으시더니 그것도 모자라, 눈이 오니까 기를 쓰고 마당에 나오셔서 저렇게 눈 덩이를 쌓아 늘어놓고…"

오빠는 문득 목이 메는지 말을 잇지 못하고 두 손에 얼굴을 묻었다.

"손이며 얼굴은 새빨갛게 얼어붙었는데…, 올망졸망 늘어놓은 저것들을 어루만지며, 얘는 창환이, 얘는 창희 하시더니…. 어이구, 내 새끼. 내 새끼, 하시며…, 그 옆에 있는 눈 덩이들을 가슴에 안고 어루만지시며. 얘들이 제 자식입니다. 제가 난 자식이죠, 하며 날 쳐다보고 자랑하듯 웃으시더니, 쟨 아녜요, 얘들이 내가 난 자식이 예요, 하시는 거야."

그랬단 말인가. 어머니는 그렇게 당신 배 앓아 난 자식을 그리워하셨단 말인가. 나는 눈에 가득 고여 드는 눈물을 찍어내며 창문에 코를 박고 어머니 방을 들여다보았다. 오빠는 치마꼬리에 매달린 아이처럼 내 곁에 붙어 서서 쉼 없이 지껄였다.

"그렇게 고집을 피우시더니 오늘은 언제 그랬더냐 싶게 새벽 일찍 눈을 뜨시더니 목욕하시고, 죽 한 그릇 뚝딱 비우시고, 저렇게 주무신단다. 감기 드신 거나 아닌지…."

어머니는 그린 듯 누워 주무시고 계셨다. 간병인도 고단한지 어머니 곁에 나란히 누워 인기척조차 느끼지 못했다.

문득 한기가 드는 듯 어깨가 오싹 오그라들어 서둘러 집안으로 들어갔다. 가정부며 간병인이 든 탓인지 어머니와 오빠 둘이 살 때보다 집안이 조금 부산해 보였다. 안온한 겨울 날씨를 상큼하게 어루만지는 유자차 향기에 이끌려 한 모금 마시자마자 구토가 몰려와 화장실로 뛰어들어 수차례 토악질을 하고 말았다.

"이번에 주사 맞고는 좀 견딜 만하다더니, 매양 그렇게 힘들면 어떻게 하냐? 어머니도 어머니지만 네가 참 걱정이다."

"그래도 다른 사람들보다 잘 견디는 편이라고 하니 그나마 다행이지요."

주사 투여 결과에 대해 묻거나 입에 올리는 것을 질색하는 내 마음을 아는 남편이 오빠의 말을 가로막았다. 남편이 긴 소파에 쿠션을 놓아 주며 나를 당겨 앉혔다.

"차를 너무 오래 타서 그래. 당신, 여기 좀 누울래? 어머니 깨실 때까지 좀 쉬어."

난 쓰러지듯 소파에 누워 눈을 감았다. 눈앞이 분홍빛으로 물들며 온 몸이 아득한 나락 아래로 날아 내려가는 듯 했다. 소파가 빙글빙글 돌며 정신이 아득해지더니 눈사람들이 커다랗게 부풀어 내 앞으로 다가왔다. 눈사람. 어머니의 눈사람. 어머니는 나를 위해 눈사람을 만드신 것이 아니었다. 그렇다면? 소파도, 천정도, 눈사람들도 놀이기구 돌아가듯 마구 돌았다. 아, 이대로 잠이 든다면 얼마나 좋을까. 나는 마치 어지럼증을 즐기듯 눈을 뜨고 싶지 않았다. 그 때 어디선가 비명 소리가 들려왔다.

"할머니, 할머니."

이어 오빠를 부르는 다급한 소리가 들려왔고, 어머니를 외쳐 부르는 오빠의 음성이 갈가리 흩어져 들려왔다. 어머니, 어머니…. 소리들이 문풍지를 울리는 바람 소리처럼 윙윙 울어댔다. 그러나 나는 눈을 뜰 수가 없었다. 눈앞에 버티고 선 하얀 눈사람, 어머니가 손수 만든 사람, 그 눈사람을 보기 위해. 어머니는 그렇게 가셨다. 당신의 눈사람과 함께.

넥타이와 괄약근의 함수관계에 대한 고찰

안녕하십니까. 저는 오늘 '넥타이와 괄약근의 함수관계에 대한 고찰'이라는 거창하고 납득이 가지 않는 제목으로 이야기 할 강사 이광자입니다. 저는 의사도, 사회학자도, 심리학자도, 더구나 수학자도 아닙니다. 글쎄요, 약간의 먹물이 든 늙은이라 할까요.

먼저 본론에 들어가기 전에 이 늙은이란 말에 대해 생각해 보겠습니다. 전 지금 65세입니다. 제 스스로 늙은이라 말했지만, 저 자신은 늙은이라 생각지 않습니다. 이제 세상 살기 편할 만큼 나이를 좀 먹었을 뿐이라 생각합니다. 더구나 마음은 아직도 청춘이지요. 제가 청춘이라고 하니 모두들 웃음을 지으시는군요. 그렇습니다. 65세면 누가 보아도 노인이지요. 그러나 당사자들은 누구도 스스로 노인이라 생각지 않습니다. 게다가 노인 대접, 아니 어른 대접조차 받지 못합니다. 다만 언론이나 정부 관련 통계에서만 이 나이를 늙은이 즉 노인으로 생각합니다. 만 65세가 되면 지하철을 공짜로 탈 수 있는 특혜에서부터 상식

화된 정년퇴직까지 두루 65세를 분기점으로 생각합니다. 우리는 이 나이가 되면 우스갯소리로 스스로를 지공선생이라 부릅니다. 다 아시겠지만 지하철을 공짜로 탈 수 있는 나이라는 말이지요. 여러분 모두 지공 선생, 지공 여사 아니십니까?

여자 나이 65세. 참 별 볼일 없는 나이입니다. 여자로서의 기능과 매력은 물론 어머니라는 이름조차 빛을 발하지 못하는 나이입니다. 아이들 모두 출가하여 제 짝을 찾은 탓에 어머니보다는 제 아내나 남편을 더 좋아하니까요. 자식들이 제 짝과 좋게 지낸다는 것은 분명 좋은 일입니다. 결혼을 했나 보다 하면 어느새 이혼했다는 말이 들리는 세상이고 보면 어미를 잊을 정도로 제 짝과 더불어 알콩달콩 산다면, 그것만으로도 효도를 하는 셈이지요.

따라서 어머니에서 할머니로 이름이 바뀌는 나이입니다. 자식들도 제 새끼를 따라 어미를 할머니라 부릅니다. 어미를 조금 푸대접하는 듯 들리기도 하지만, 아무렴 어떻습니까? 지들만 잘 살면 되지요. 어디 그뿐입니까. 남편도 여보라는 호칭 대신에 할머니라 부르는 판인데…. 드나나나 모두들 할머니라 부르는 세상이니 그냥 할머니인가 하면 되는 게지요. 동생뻘 되는 나이의 사람들도 아주머니라 부르지 않고 할머니라 부르고, 연갑세인 사람끼리도 서로 할머니라 부릅니다. 할머니는 혈연관계를 나타내는 대명사가 아니라 그냥 늙은이를 부르는 호칭일 뿐입니다. 음식점이나 가게에서 어린 점원을 부를 때 언니나 이모라 부르는 것과 같은 잘못된 언어 습관이지요.

일전에 이런 일이 있었습니다. 대학 동창회에서 남학생 하나가 저를 언니라 부르는 겁니다. 남학생이라 하니 누군가 싶지요? 대학동창인 남학생을 말하는 겁니다. 학창시절에 여학생, 남학생 하고 부르던 습관이 있어 아직까지도 서로를 여학생이라 부르고 남학생이라 부르며 키득거립니다. 별다른 호칭이 없기 때문이기도 하지만, 그 말을 들을 때만은 기분이 젊어지고 좋아지기 때문이지요. 우리에게도 그런 시절이 있었다는 울며 겨자 먹기 식, 아니 억지 춘향이 식의 위로라고 할까요. 말이 조금 다른 길로 샜네요. 바로 그 남학생 중 하나가 저를 언니라 부르는 거예요. 그래서 제가 한 마디 했습니다. '술집께나 드나드셨나 봅니다. 언니라니요? 제 이름은 이광자입니다. 이광자 씨라 불러주세요.' 전 조금 정색을 하고 정정을 부탁했습니다. 그 남학생은 얼굴을 붉히며 머쓱해 하더군요. 그러나 전, 그 순간을 그냥 넘어가면 어디서나 동창 여학생을 언니라 부르는 실수를 저지를 것 같아 조금 따끔하다 싶게 나무랐지요. 그 남학생은 나름 유명한 대학 교수입니다. 더구나 박사이지요. 그래서 남학생들끼리는 이 박사 하고 부릅니다. 그 사람뿐이 아닙니다. 장관이었던 사람은 김 장관, 사장이었던 사람은 박 사장, 대학 총장까지 지낸 사람도 이 총장이고 무슨 육영재단 총장인 사람도 박 총장입니다. 친구 사이이지만, '야, 기태야, 민호야.' 하고 이름을 부르기보다는 전직 직책을 붙여 높여 주고 싶은 얄팍한 친절이지요.

이렇게 보면 여학생에 대한 호칭이 문제지요. 저처럼 평생 주부로 산 사람은 정말 호칭이 난감합니다. '이 주부'라고 부를 수는 없으니까요. 그러나 제가 졸업한 대학이 그 시대로 보면 자타가 공인하는 명문대학이다 보니 우리 여학생들 중에는 교수도 있고, 박사도 서넛 되며, 차관까지 지낸 사람도 있습니다. 그들은 여학생이지만 자연스레 교수, 박사, 차관이라는 호칭으로 불립니다. 그러고 보면 저같이 평생 전업 주부로 산 사람의 호칭이 문제이지요. 그렇게 생각해 보면 저를 언니라 부른 그 남학생도 저를 어떻게 불러야 하는지 딴에는 고민을 했을 것이라는 생각이 들기는 듭니다. 하지만, 언니는 좀 너무하지 않습니까?

호칭 이야기를 시작했으니 좀 더 해 보겠습니다. 호칭은, 특히 자신을 이르는 호칭은 상대적입니다. 서로의 관계에 따라 자신을 일컫는 말이 달라진다는 말이지요. 제가 여자니까 여자의 예를 들어보겠습니다. 보다 실감나게 전화로 자신을 지칭할 때를 예로 들겠습니다. 시부모님이나 부모님에게는 '어머니, 저 미영 어미예요.' 라고 말하게 되지요. 미영이가 누구냐고요? 제 딸 이예요. 친구에게는 '나, 광자야.' 하면 되고요. 아무리 나이를 먹어도 친구 사이에서는 광자는 광자니까요.

그런데 제 대학 동창 중 늘 제 신경을 건드리는 대학 교수인 친구가 하나 있습니다. 사실 개인적인 친분을 쌓은 관계가 아니고 보면 친구라기보다는 다만 대학 동창일 뿐이지요. 그 친구 제게 동창회 모임 소식을 전하기 위해 전화를 할 때면 늘 이렇게 말합니다. '광자? 나 서전대 강미애.' 그러면 전 순간 화가 불끈 치솟습니다. 강미애는 불문과이기 때문에 '나 불문과 강미애야.', 하거나 그냥 '나 미애야.' 해도 되지요. 그런데 '서전대 강미애.'라 하면 전 '너 서전대 나왔니?' 하는 말을 하고 싶어집니다. 미애와 선 같은 대학이지만 과만 다를 뿐입니다. 따라서 자신을 분명히 하기 위한 의도라면 '불문과 강미애'라 하는 게 관계상 옳지 않겠습니까? 대학 교수들 간의 모임이거나 불문학회 모임이라면 '서전대 강미애'라 말하는 게 맞겠지요. 이런 제 의견을 열등감 때문이라고 말하는 사람도 있을 겁니다. 제가 좀 까다로운가요? 맞아요. 좀 까칠하다고들 하데요. 하지만 제가 까다롭거나 까칠한 게 아니라 우리의 생각과 의견을 표현하는 언어가 궤도를 벗어나 혼란을 빚고 있기 때문이지요. 더구나 호칭 문제에 대해서만은 제가 무척 까다롭습니다.

사회를 보시는 박정웅 선생께서 그만 본론으로 들어가야 시간이 맞을 것 같다고 시계를 가리키며 눈치를 주시네요. 이러니 별 수 없는 늙은이인 셈이지요. 뭐가 그리도 할 말이 많은지 이야깃거리가 머릿속 레이더에 걸리면 본론을 잊고 그냥 삼천포로 빠지는 겁니다. 막을 수가 없어요. 브레이크 고장 난 자동차인 셈이지요. 그러니 늙은이라 비하해서 칭해도 변명의 여지가 없습니다.

그럼 오늘의 주제인 '넥타이와 괄약근의 함수관계'에 대해 이야기 해보겠습니다. 이건 순전히 제 경험에서 나온 이야기입니다. 우연히 어떤 자리에서 이 이야기를 했더니 '거 참 말 되는 소리'라고 한 분이 맞장구를 치시더니 그 분이 저를 추천하여 오늘 이 자리에 서게 된 것입니다. 모두들 제 연갑이시니 아마도 제 이야기를 들으면 절로 고개가 끄덕여지리라 믿습니다. 저를 이 자리에 추천하신 분도 당시 제 이야기를 들으며 무척이나 긍정적인 반응을 보이였으니까요.

사실, 오늘 강의의 제목을 정할 때 무척 고민을 했습니다. 처음에는 그냥 단순히 넥타이와 괄약근의 관계라 할까 생각했습니다. 그런데 무슨 관계냐는 의문이 들더군요. 관계에도 적대적 관계, 밀접한 관계, 상대적 관계 등 좀 많습니까. 그래서 함수관계라는 말을 붙여보았습니다. 그러고 보니 제가 함수관계를 제대로 이해하는지가 걸리더군요. 전 워낙 수학을 못한 탓에 함수관계가 무엇인지 정확히 모릅니다. 그래서 사전을 찾아보기로 했지요. 헌데 굳이 사전을 들추어 보지 않아도 컴퓨터 바탕화면에 떠 있는 한컴 사전만 클릭해 보면 함수관계에 대한 답이 나오는 편리한 세상이더라고요.

한컴 사전에는 함수관계를 이렇게 정의해 놓았습니다.《함수관계(函數關係)[—쑤—/ —쑤—게]: 두 개 이상의 양(量) 사이의 관계의 하나. 한쪽 양이 다른 쪽 양의 함수가 되어 있을 때 이 양들 사이의 관계를 말함.》 저는 보다 정확히 하기 위해 이번에는 함수를 찾아보았습니다.《함수(函數)[—쑤]【명사】『수』두 변수(變數) x · y 사이에 x의 값이 정해질 때 y의 값이 따라서 정해지는 관계에서, x에 대하여 y를 이르는 말《y=f(x)로 표시함》. 즉 X와 Y의 상관관계라는 말인가 보다 생각했지요. 그래서 제목을 '넥타이와 괄약근의 함수관계'라 해 보았습니다. 함수관계라고 하니 좀 더 멋있고 유식하게 들리지 않습니까.

헌데 '넥타이와 괄약근'에 무슨 함수관계가 있나 싶으실 겁니다. 맞아요. 저도 그런 관계가 성립될 수 있으리라 생각지 못했습니다. '넥타이와 괄약근'이라니 이게 말이 됩니까? 넥타이가 무엇인지는 다들 아실 겁니다. 순수 우리말로 목댕기이지요. 와이셔츠를 입고 목을 조이듯 당겨 매는 헝겊, 남자의 유일무이한 액세서리이지요. 넥타이에 대한 이야기는 후에 다시 언급하기로 하고 이번에는 괄약근이 무엇인지 짚어보겠습니다.

전 또 다시 한컴 사전을 찾았습니다.《괄약근(括約筋)【명사】『생』항문 · 요도 등의 주위에 있는, 마음대로 확대 · 수축할 수 있는 고리 모양의 근육.》이번에는 빨리 이해가 되었습니다. 항문이나 요도 주위에 있는 마음대로 확대, 즉 느슨하게 하거나 수축할 수 있는 근육이라 생각하니 이해가 빨리 되더군요. 한 마디로 소변이나 대변을 참을 수 있도록 조여 주는 근육이지요. 그리고 보면 우리가 이 괄약근을 얼마나 자주, 얼마나 많이 사용하는지 알겠더라고요.

　나이가 들며 바로 이 괄약근이 말을 듣지 않아 소변을 지리는 요실금으로 고생하는 여자 분들이 많지요. 하긴 저도 한 달에 한 번 정도는 이런 실수를 저지릅니다. 그래서 먼 길을 가야할 경우에는 집을 나서기 전에 소변을 보고, 또 보는 버릇이 있지요. 마치 쥐어짜면 마지막 한 방울까지도 다 누어버리고 나갈 수 있다는 듯이 말이지요. 한데 참 이상한 것이 변기에 앉으면 단 한 방울이라도 나와 준다는 겁니다. 이 또한 괄약근을 마음대로 확대·수축할 수 있기 때문이겠지요. 제가 이 괄약근에 대해 남 다른 공부를 한 것은 아닙니다. 다만 나이가 들어가며 스스로 이 괄약근이 꽉 조여지지 않고 헐렁해졌다는 것을 깨달았을 뿐입니다. 그러나 제 괄약근 수축이 시원치 않아 요실금까지 발전하지는 않았다는 것을 분명히 밝혀두겠습니다. 왜 웃으십니까. 이야기가 너무 교양 없고 저질로 흘러가는 듯 보입니까? 맞아요. 나이를 먹으니 좋은 점이 바로 이 교양이라는 것을 홀떡 벗어내도 그리 결례가 되지 않는다는 점입니다. 듣는 이나 보는 이나 다 늙은이가 그렇지 뭐, 하며 그냥 그러려니 해 버리니까요. 전 그래서 늙는 게 편하고 좋아요.

　길을 찾을 때도 찾고자 하는 집을 바로 코앞에 두고도 '여기 이 근방에 「이리 오너라」라는 고기 집이 어디 있우?' 하고 젊은이를 잡고 물으면 그 젊은이 어처구니없다는 듯 팔을 들어 바로 옆에 있는 간판을 가리킵니다. 말이 필요 없지요. 전 「이리 오너라」라는 고기 집이라는 걸 알면서도 눈으로는 '이리이리'나 '이랴이랴' 같이 얼토당토않은 간판을 찾고 있었으니까요. 어디 그뿐입니까. 이건 정말 웃기는 이야기입니다. 하지만 사실이지요. 저 강남구 논현동 관세청 못미처에 아미가 호텔이 있지 않습니까? 지금은 어려운 영어로 된 이름으로 바뀌었지만요. 헌데 제 친구 하나가 택시를 타고 '아미가 호텔요.' 한다는 것이 그만 '아가미 호텔요.' 했다는 거 아닙니까. 헌데 더 재미있는 건 그 기사가 아미가 호텔로 정확히 데려다 주었다는 겁니다. 얼마나 많은 늙은 이들이 아미가 호텔을 아가미 호텔이라 말했으면 다 알아 듣고 그렇게 문 앞에 데려다 주었겠습니까. 웃기는 이야기 하나 더 해 볼까요. 여러분 모두 '예술의 전당' 아시지요. 하긴 서울에 살면서 예술의 전당 한 번 안 가 봤다면 문화인 축에 낄 수가 없지요. 헌데 이 예술의 전당이 문제입니다. 우리 또래들은 예술의 전당이라 하면 고전적이며 어딘가 고상한 예술, 즉 음악으로 말하면 클래식 음악이 떠오른다는 거지요. 그래서 아마도 이런 해프닝이 벌어진 것이 아닌가 싶어요. 예술의 전당에 가기 위해 택시를 타고 '전설의 고향으로 가 주세요.' 했다는 겁니다. 도대체 예술의 전당과 전설의 고향이 무슨 관계가 있습니까. 그런데 이 경우에도 택시 기사 양반들이 척 알아듣고 예술의 전당 앞에 내려준다는 거 아닙니까. 이거야 말로 예술의 전당과 전설의 고향에 대한 함수관계에 대해 한 번 연구해 볼만 한 일이지요.

모두들 웃으시네요. 네 그래요. 웃으세요. 이 나이 먹으니 박장대소 할 일이 없더라고요. 텔레비전에서 젊은이들이 나와 웃기는 개그 프로를 보아도 전 도무지 웃음이 안 나와요. 저들은 웃고 있는데 말입니다. 어디 출연자뿐입니까? 방청객들도 모두 큰 소리로 웃고 있는데 전 웃음이 안 나옵니다. 젊은이들의 감성을 이해하지 못하기 때문인지 모르지만요. 이것이 세대 간, 계층 간 차이일까요. 그렇다면 정말 슬픈 일 아닙니까. 전 국민을 대상으로 하는 공영방송이 보여주는 그 의미조차 이해를 못 한다면요. 그 이유가 우리 세대에게 있는 것일까요? 아니면 방송사 측의 잘못된 시청자 분석에 있는 것일까요. 전 방송사 측의 하향평준화 탓이라 생각해요. 그러니 텔레비전을 바보상자라 일컫는 것 아니겠어요.

이제 정말 본론으로 돌아가겠습니다. 저야 여자니까 넥타이를 매고 산 적이 없지요. 평생 넥타이를 매고 산 제 남편을 보며 오늘의 주제에 대해 생각하게 된 겁니다. 제 남편을 먼저 소개할게요. 그렇다고 그이가 여기에 나온 건 아닙니다. 그는 대학 졸업 후 ROTC 장교로 군 복무를 마치고 대기업에 취직했습니다. 자신의 전공인 독문학과는 전혀 관계없는 직장이었지요. 그러나 운이 좋았는지, 적응력이 좋았는지, 아니면 윗사람에게 잘 보이는 능력이 있었는지, 남들이 승진할 때 승진하여 과장 차장 부장 이사 상무 전무를 지나 대표이사 사장을 거쳐 퇴직을 하고 1년 간 고문이라는 전관예후의 대접까지 받고 지난해에 예순 여덟 나이로 퇴직을 했습니다. 그러니까 지금 나이가 예순 아홉, 내년이면 칠십입니다. 제대하든 서른 살에서부터 시작해 지난해까지 총 38년 간 직장 생활을 한 셈입니다. 참으로 장한 일이지요. 게다가 제 남편이라서가 아니라 그는 꽤 생겼습니다. 지금 아이들에 비하면 그리 큰 키는 아니지만 그 나이치고는 키도 큰 편입니다. 그러니 전 단 돈

십 원도 벌어본 적 없이 그가 벌어다주는 돈으로 잘 먹고 잘 입고 또 아이들 키우며 이날 이 때까지 산 셈입니다. 정말 엎드려 절을 올려야 할 입장이지요.

그가 직장 생활을 그만 둔 지난해에 제가 그의 삶에 대한 결산을 내어 보았습니다. 결산이라야 그의 내심이야 어찌 알겠습니까. 지극히 피상적인 결산이지요. 동산, 부동산, 인간관계 뭐 그런 것들이었지요. 물론 남편에게는 비밀로 한 채이지만요. 예쁘지는 않지만 가정적이고 활달한 마누라, 이곳에서 대학을 나오고 미국에서 MBA를 한 후 결혼 하여 아들 하나를 둔 증권회사 애널리스트로 있는 큰 아들, 그리고 대학 졸업 후 미국으로 언어연수를 갔다가 그곳에서 무슨 로펌 엔가에 다니는 교포 사위를 만나 지금 뉴욕에서 살고 딸. 그러니까 그이가 직장 생활을 시작 한 후 결혼하여 얻은 것이 아내와 슬하에 남매를 두었고, 그 두 아이가 각각 짝을 이루어 며느리 사위를 얻었으며 친손자가 하나, 외손자가 다음 달에 나옵니다. 그 사이 제 친정 부모님과 시부모님은 모두 돌아가셨지요. 네 분 모두 80세 전후해서 앞서거니 뒤서거니 하며 돌아가시어 당시에는 호상이라고들 말했습니다. 그의 혈육으로 보면 두 분이 가시고 네 사람이 늘어난 셈이지요. 이렇다 하고 내세울 것은 없지만 나름 참 성공적 삶이라는 생각이 들더군요. 그 결과의 반은 제 공이라고 생각하고 있지만요.

그리고 재산 상태를 보면 부동산으로는 42평 아파트 한 채와 월 150 만원씩 들어오는 18평짜리 상가 한 칸, 동산으로는 그랜저 자동차 한 대, 골프장 회원권 하나, 그렇게 비싼 곳은 아닙니다만, 없는 것보다는 낫다 싶은데 남편은 그것을 회원권 거래업체에 내어 놓은 상태입니다.

그리고 은행 CMA 통장에 넣어 놓은 퇴직금 1억 7천만 원과 저축예금 통장에 3천4백만 원이 전부입니다. 집은 아들 장가들 때 서울 강남 도곡동에 있던 62평 아파트를 팔아 녀석의 집을 장만해 주고, 지금은 분당에서 십여 분 더 내려가는 경기도 죽전이라는 곳에 삽니다. 그래도 남편이 현직에 있을 때 아들 딸 모두 결혼하여 아들 집 장만하느라 내 집을 줄였을 뿐 빚은 지지 않았습니다. 딸 시집보낼 때 혼수와 예단이 큰 문제라는 데 다행히 사돈댁이 교포라 서울에서 혼례를 치루는 것에 비하면 돈이 별로 안 들었습니다. 예단도 두 양주 옷 한 벌뿐이었으니까요. 하나밖에 없는 딸자식을 그냥 맨 몸으로 보내는 것 같아 딸에게 차를 사주면서 사위 차를 바꾸라고 돈을 좀 주었지요. 친구들 말이 서울에서 시집보내는 것에 비하면 반의반도 안 들었다고 하더군요.

남편에게 남은 것 중 가장 많은 것이 무엇인지 아십니까. 바로 넥타이더라고요. 아들 장가보내며 지금 사는 죽전으로 이사할 때 유행이 지난 것은 버리느라 버렸지만, 좀 좋은 브랜드다 싶은 것 즉 헤르메스나 페라가모 같은 것은 버리기가 아까워 그냥 두었더니 자그마치 87개나 되더라고요. 양복과 와이셔츠 숫자도 만만치 않았지요. 남편이 나이가 들면서 몸이 좀 부해진 터라 양복이며 티셔츠 와이셔츠 등을 한바탕 솎아냈는데도 양복이 동복, 춘추복, 하복 하여 모두 15벌, 와이셔츠가 긴팔 반팔 합쳐 34장이더라고요. 이건 내가 살림을 못해서 그리 옷이 많은 것인가 하고 제 옷장 속도 돌아보았지요. 참 미안한 말이지만 제 옷은 더 많더라고요. 앞으로 죽을 때까지 옷을 단 한 벌도 안 산다 해도 미쳐 다 입어 보지도 못하고 죽겠더라고요.

문제는 남편이 회사를 떠난 후 그 많은 넥타이와 양복을 두고도 정장을 전혀 안 한다는 데 있었습니다. 특별히 양복을 입어야 하는 경우, 다시 말해 남의 집 혼사나 문상을 갈 때 이외에는 양복은 쳐다보지도 않는 거예요. 친구들을 만난다거나 아들 부부와 저희 내외가 외식을 할 경우에도 무조건 티셔츠를 입더라고요. 전 좀 폼 나게 양복을 입었으면 하고 권해 보지만 그는 '됐어.' 하면서 겨울에는 스웨터에 오리털 점퍼나 반코트를 걸치고 여름에는 반팔 티셔츠나 남방 정도로 족하다고 하더군요. 그이가 그러거나 말거나 전 유행이 좀 지난 옷이지만 제법 뽑아 입고 나가려고 애를 쓰지요. 그러니 부부동반 외출을 할 때 제 기분은 엉망이 되고 말지요. 늙을수록 옷매무새가 단정하고 그럴 듯한 옷을 입어야 어디서고 대접을 받는다는 데 말입니다. 전 매번 양복을 입으라고 권하지만, 그이는 전혀 들은 체를 안 합니다. 전 속으로 '어유 저 영감탱이 나이 들수록 웬 고집이 저리 센가.' 하고 구시렁거리면서도 그냥 그러려니 하고 내버려 둘 수밖에요. 그러니 부부동반 외출이 전혀 즐겁지가 않더라고요.

넥타이와 양복을 벗어버리기 시작하더니 참 난감하고 민망한 증세가 나오기 시작하는 거예요. 이건 도무지 그이에게서는 상상도 할 수 없는 일이지요. 깔끔하고 단정하고, 매너 좋다고 소문 난 그이에게 말이예요. '이 사람 내 남편 맞아?', 하는 생각이 들 정돕니다. 무슨 일이냐고요. 웃지 마세요. 저 늙은이 별 투정을 다 부린다 생각지도 마시고요. 그럼 이제부터 그이의 흉측해 가기 시작하는 행동을 쭉 열거해 볼게요.

첫째 때와 장소를 가리지 않고 마구마구 방귀를 뀌어댄다는 것, 둘째 밥을 먹고 난 후던 빈속이든 트림이 잦아졌다는 것, 셋째 밥을 먹을 때 쩝쩝 소리를 내며 걸신들린 사람처럼 식탐을 한다는 것, 어디 그 뿐입니까? 왜 그리 밥이며 국을 흘리는지 마치 턱 밑에 구멍이라도 난 사람 같다고요. 이게 넷째지요. 다섯째, 텔레비전이라고는 9시나 혹은 11시 뉴스, 아니면 골프 경기 정도만 보든 사람이 눈만 뜨면 텔레비전을 켠다는 것, 그것도 볼륨을 어찌나 크게 하는지 곁에서 전화를 받을 수가 없을 지경이지요. 여섯째, 머리 염색을 전혀 하지 않는 것은 물론, 무스며 젤을 발라 머리를 단정하게 빗어 넘기던 사람이 머리를 감은 그 상태 그대로 다닌다는 것, 또 낮이나 밤이나 책이고 신문이고 손에 들었다 하면 그냥 그대로 금방 잠이 들어버린다는 것. 그것도 침이 질질 흘러나올 지경으로 입을 헤 벌리고 말이지요.

웬 미친 늙은이 하나가 판을 벌렸다고 신바람 나서 남편 흉을 맘껏 보는 것 같아 제 스스로도 민망스러워지는 기분을 감출 수가 없네요. 그런데 이게 다가 아닙니다. 또 있습니다. 도무지 말귀를 못 알아듣는다는 겁니다. 말귀뿐이 아닙니다. 말조차 조리 있게 정확한 단어를 짚어내어 하지 못합니다. 아침마다 혈압과 심장 약을 먹는 데 허구한 날 '내가 약을 먹었나?'하고 묻지를 않나, 냉수 한 잔 달라고 하면 될 걸 '나 말이야, 그거 있지 그거 좀 줄래?'하는 겁니다. 그런데 전 그거, 그거 해도 냉큼 알아듣고 물 한 잔을 가져다줍니다. 이건 눈치가 아니라 40년 가까이 산 부부만이 터득할 수 있는 육감이지요. 눈으로 말한다는 경지가 아닌 그냥 안다고 해야 할까요. 더 기가 막힌 건 외출했다 돌아와 길에서 우연히 누굴 만난 이야기를 할 때입니다. '내가 말이야 거길 지나가다 거 누구야 있잖아, 그래 그 사람을 만났어. 그래서 반갑다고 다방에 들어가 커피 한 잔을 했지. 그런데 도무지 그게 누군지,

어디서 만난 사람인지 알 수가 없더라고.' 이게 말이 됩니까. 그럼 전 그의 기억을 되살려주려고 '어떻게 생겼는데?' 하고 묻지요. 그럼 그는 또 '그게 그렇게 생겼지 뭐.' 하는 겁니다. 결국 '그게 말이야 그래서 그렇게 됐어.' 라고 말해도 저는 다 알아듣게 되었습니다.

이런 어처구니없는 나날 중 가장 견디기 힘든 것이 바로 방귀와 트림입니다. 그가 잠만 자든, 텔레비전만 보든, 옷이며 머리 모양이 어떻든, 제게 직접적인 피해를 입히지 않으니까요. 헌데 이 방귀만은 못 참겠더라고요. 앉아서 뀌는 건 그렇다 쳐도 어떻게 걸으면서까지 방귀를 뀝니까. 집 인근 마트에 함께 가 물건을 이것저것 고르는 데 거기서도 뽕뽕 뀌어댄다는 거 아닙니까. 야채 코너에서 생선좌판 있는 데로 이동할 때도, 또 거기서 정육점 앞으로 갈 때도 그이는 움직이는 대로 뽕뽕 거립니다. 냄새요? 그건 차마 예서 입에 올릴 수가 없군요. 한 번은 이런 일이 있었습니다.

바나나를 세일할 때였지요. 시식을 해 보라고 바나나를 접시 가득 썰어 놓은 곳을 지날 때였어요. 아, 글쎄 우리 집 양반이 문득 걸음을 멈추더니 준비되어 있는 이쑤시개 한 개를 들어 쉴 새 없이 찍어 먹는 거예요. 그 때 꼬마 아이 하나가 우리 집 양반 곁에 서 있었어요. 이 양반이 바나나를 찍어 입에 넣는 수만큼이나 뽕뽕 거린 거예요. 이제나 저제나 제 차례가 오기를 기다리던 그 꼬마가 제 엄마 손을 당기며 하는 말이 뭔지 아세요. '엄마, 이 할아버지 똥 쌌나봐. 냄새 나.' 하는 거 있지요. 헌데 이이는 아랑곳없이 바나나를 계속 먹더라고요. 그래서 제가 바나나 한 송이를 짚어 쇼핑카트에 넣었지요. 그랬더니 우리 집 영감이 뭐라는 줄 아세요. '거 뭣 하러 사. 실컷 먹었는데.' 하더니 휑

앞서 휘적휘적 걸어가는 거예요.

이번에는 트림 이야기를 할까요. 이이는 눈을 뜨면서부터 트림을 해요. 끄으윽. 끄으윽. 한 서너 번 이어지는 그 트림 소리에 이제 깼구나 하는 걸 알아채지요. 이게 말이 됩니까. 밤새 빈속이었는데 어떻게 트림이 나오는지 알 수가 없어요. 게다가 전 콜라나 사이다를 마셔도 트림을 안 하는 이상한 체질이거든요. 배만 빵빵해질 뿐 도무지 트림이라는 게 안 나와요. 그러니 우리 집 양반 트림하는 게 얼마나 이상해 보이겠어요. 그렇게 눈을 뜨면서 시작한 트림은 온 종일 이어집니다. 밥 먹고, 물마시고, 커피 마시고도 트림을 하지요. 정말 아래위로 바빠요. 트림하랴, 방귀 뀌랴. 뿌웅 뽕, 끄으윽 끄으윽. 이건 당해보지 않은 사람은 몰라요. 이렇게 제 말을 듣기만 하는 사람은 그냥 웃으면 돼요. 하지만 온 종일 함께 있는 사람은 도 닦는 기분으로 살아야지 도무지 참을 수가 없어요. 함께 밥을 먹고 싶은 생각이 들지 않을 지경이니까요. 그래도 둘이 살면서 따로 밥을 먹는다는 게 말이 안 되니 마주앉아 먹을 수밖에요. 싫은 내색 안하고 밥을 먹다 보니 전 끼니마다 소화제를 먹어야할 지경으로 소화불량이 되었지요.

여러분 이런 이야기 들어보셨어요? 집에서 한 끼도 안 먹으면 영식님, 한 끼만 먹으면 일식 씨, 두 끼를 먹으면 이식 놈, 세 끼를 다 먹으면 삼식이 새끼, 라는 말. 전 이 말에 동의하지도 않고 또 그렇게 말하는 여자들을 나무라는 편입니다. 이제까지 단 돈 십 원도 벌어보지 못한 여자들이 어찌 퇴직하고 들어앉은 남편을 그렇게 비하하고 멸시하느냐고요. 옛날처럼 모시거나 섬기지는 못할망정 세 끼 밥만은 제대로 챙겨주어야 하지 않겠느냐고요. 이제 곁에 누가 있다고 남편을 그렇게 무시하느냐고 강하게 항변합니다. 그러면 제 또래 여자들은 다 이렇게 말해요. '너나 잘 해. 도무지 하는 꼴을 볼 수가 없는데 어쩌니. 다 남자들 탓이지, 여자들이 나빠서 그러니?' 하고 제게 눈을 흘깁니다. 그 뿐이 아닙니다. 영감탱이라는 말을 줄여 영택 씨, 영택이 놈, 아니면 영택이 새끼라고 부르기도 합니다. 아마도 제 남편이 보여주는 것과 같은 그런 괴이한 행태가 영 못마땅하여 이런 말들이 만들어진 것이 아닌가 싶어요.

어느 날, 이젠 더 이상 참을 수가 없다 싶은 생각이 들었어요. 저를 위해서가 아니라 이 양반을 위해서라고 하는 게 옳겠지요. 도무지 퇴직하기 전의 그 사람이 이 사람 맞나 싶을 지경으로 변모했으니까요. 그래서 하루는 정색을 하고 이야기 좀 하자고 했지요. 지금까지 이야기 한 모든 예를 일일이 들어가며 도대체 왜 그러느냐고 물었습니다.

"내 생각에 당신 정신이 조금 어떻게 된 것 같아. 우리 병원에 한 번 가 보자. 이게 병이 아니면 어떻게 그렇게 단정하고 예의바르던 사람이 이렇게 변할 수가 있어? 아니면 당신, 일부러 그러는 거야? 내가 싫어하는지 알면서도 그런다면 내가 싫어서 그런다고 생각할 수밖에 없어. 그럼 우리 따로 살까?"

전 이 말을 하면서 눈물을 글썽였습니다. 정말 이 양반 정신이 어떻게 된 거 아닌가 하는 생각 때문이기도 했지만, 이 나이에 따로 살자는 말을 해야 하는 제 자신이 한심해서요. 그랬더니 제 남편이 뭐라고 했는지 아세요. 이이가 제 손을 잡고 말하더군요.

"당신 내 말 잘 들어. 그리고 내 생각이 당신 맘에 안 들면 당신 맘대로 해. 난 한 일 년 정도 이대로 이렇게 살 테니까."

'넥타이와 괄약근의 함수관계에 대한 고찰'이라는 주제가 이제부터 시작됩니다. 전 남편의 이야기를 들으며 한 없이 흘러나오는 눈물을 주체할 수가 없었어요. '그랬구나, 그랬어.' 하는 말조차 입 안에 가둔 채 휴지통을 당겨 피잉 핑 코를 풀고 눈물을 닦아냈습니다. 그럼 제 남편이 한 이야기를 제가 이해한 대로 말해 보겠습니다.

당신 자동차 A/S 센터에 가보면 그곳에 크게 쓰여 있는 글귀 보았지.「닦고, 조이고, 기름치자」그래, 난 40년 가까이 그렇게 닦고, 조이고, 기름을 치며 살았어. 조직의 일원으로 한 치의 오점도 남기지 않고 승승장구 하고 싶어서. 당신이나 아이들을 위해서였다고는 말 안하겠어. 그건 나를 포함한 우리 모두를 위한 거였으니까. 하지만, 이젠 내 식으로 내 맘대로 살고 싶어. 자유롭고 싶다고. 당신 내가 아무데서나 아무 때나 방귀를 뀐다고 나무라지만, 난 내 맘대로 맘 놓고 방귀를 뀐 게 얼마만인지 몰라. 한 40년 만인가? 회사에서는 방귀 뀌러 화장실까지 달려갔으니까. 이거야 말로 내 결벽증 탓일 거야. 그리고 머리도 그래. 사십년을 머리에 기름 바르고, 부스나 젤을 발랐어. 염색? 그거 하고 싶어 한 거 아냐. 염색을 하면 눈이 나빠진다는 데 뭘 하러 그렇게 열심히 했겠어. 이제 나이 40밖에 안 된 젊은 회장 앞에 흰머리로 앉아 있을 수가 없어서야. '민 상무는 왜 염색을 안 해요?'하고 지적을 받은 그 민 상무가 한 달 후에 난 인사발령에서 전무로 승진을 못해 회사를 떠나야 했던 건 아마 그 흰 머리 때문일 거야. 난 누구에게도 내 허술한 점을 보이고 싶지 않았어. 완벽하고 싶었지. 아마도 그런 저런 점이 나를 사장 자리까지 올라가게 했고, 또 고문이란 이름으로 일 년 더 밥을 빌어먹을 수 있게 했는지도 몰라.

난 나를 찾고 싶어. 내 원래의 모습이 어떠했는지, 사회생활 하기 전의 내 성격이 어땠는지 난 다 잊어버렸어. 기억이 안나. 아침에 넥타이를 매고 집을 나서는 순간 난 회사라는 조직의 일원일 뿐이었어. 언제 어디서 누가 보아도 단정하고 매너 좋고 유식하며 능력 있는 그런 사람으로 살아야 했으니까. 난, 당신이 상스럽다는 그런 짓을 다 해볼 거야. 헝클어질 만큼 헝클어지고 망가질 만큼 망가지다 보면 내가 스스로 알아채겠지. 난 '이런 사람이 아니다.' 라거나 '그래, 원래 난 그런 놈이었다.' 거나, 둘 중 하나로 판별이 되겠지.

넥타이라는 게 내 목을 조이고 있는 동안 내 모든 기관도 그만큼 조여 있었던 거야. 트림과 방귀 같은 육체적 자연현상에서부터 정신적 긴장감까지. 넥타이는 목을 매는 동아줄과 진배없어. 조금 더 조이면 죽고, 조금만 헐거우면 사회와 조직에서 낙오되는…. 가장 적당한 조임으로 내 권위와 명예를 지킬 수 있었던 거지. 남자들이 술자리에 앉자마자 넥타이부터 헐겁게 풀어놓는 이유 알아? 그만큼 자유롭고 싶다는 거야. 규율과 도덕이라는 잣대에서 벗어나고 싶은 작은 반항이지. 난 바로 그 넥타이를 풀어내면서 내가 이제까지 조이고 있던 모든 기관을 풀어버린 거야. 이젠 더 이상 닦고, 조이고, 기름을 칠 필요가 없어진 셈이지. 그런데 당신이 마치 날 A/S 센터에 들어온 중고 자동차 마냥 닦고, 조이고, 기름을 칠하려고 하는 거야. 부탁이야. 날 좀 내버려 둬. 내 맘대로 실컷 날라리로 살다 보면 아마도 다시 닦고, 조이고, 기름을 치고 싶은 순간이 돌아올 거야.

난 지금 답답해. 이제 평균 수명도 늘어 80을 너머 산다는 데 이제부터 10년을 무엇하며 어떻게 사나, 하는 문제만으로도 가슴이 답답해.

이렇게 먹고 자고하며 식충이로 살 수는 없잖아. 난 내가 하고 싶은 걸 하고 싶어. 당신도 말했지. 내가 아주 퇴직하고 돌아오던 날. 이젠 당신 맘대로 하고 싶은 거 하며 살라고. 그런대로 먹을 것 있으니까 취미생활을 하며 살라고. 그런데 난 취미도 없어. 골프? 그거 내가 하고 싶어서 한 거 아냐. 접대상 해야 하니까 한 거지. 모든 거래가 골프장에서 이루어졌으니까. 이젠 골프채도 보기 싫어. 혼자 달랑 배낭을 메고 전국일주 여행을 떠나볼까 하는 생각도 해 봤어. 내가 만약 그렇게 집을 나서면 아무 영문도 모르는 당신 맘이 얼마나 아프겠어.

여보, 나 좀 봐줘. 내 모든 근육과 신경이 헐렁해졌다고 생각해 줘. 난 정말 저놈의 넥타이가 보기 싫어. 당신도 신문이나 뉴스에서 봤지. 그 유명한 빌 게이츠도, 스티브 잡스도 모두 넥타이를 매지 않잖아. 그게 바로 자유야. 영혼의 자유. 목을 옭아매고 있는 넥타이야 말로 목에 칼을 쓰고 있는 거나 같아. 난 이제 지금까지 나를 덮씌우고 있던 그 조직의 규율, 도덕이라고 하는 사회의 덕목에서 벗어나고 싶어. 내 말 이해하겠지?--

전 그 밤 곰곰이 생각했습니다. 그리고 한참을 울었지요. 넥타이가 그의 목에 매어있던 그 시간들이 그의 괄약근을 옥조이고 있었던 것이며 그 덕에 나와 우리 가족이 편하게 살 수 있었다는 것을 알았습니다. 그리고 헐거운 넥타이는 헐렁한 괄약근을 말한다는 것을. 남편은 이제 더 이상 넥타이를 매지 않을 것입니다. 그리고 헐거워진 괄약근으로 수없이 방귀를 뀌고 트림을 하겠지요. 이러한 넥타이와 괄약근의 함수관계를 누가 알았겠어요. 전 남편을 그대로 보아줄 겁니다. 그러나 마음 한편에서는 또 다른 안타까움이 솟구치고 있었습니다. 그건 아들에 대한 연민이지요. 남편이 그런 사회생활을 했다면 내 아들도 그렇지 않으란 법이 없으니까요. 이것이 이 땅에서 성공했다는 남자들의 비애라면 우리의 늙은 남편, 영택이들을 어떻게 하면 좋을까요. 하루 세 끼가 아니라 네 끼 다섯 끼를 달라 해도 전 그들에게 삼식이 새끼니 뭐니 하며 남편을 비하시킬 수가 없습니다. 다만 우리의 문화가 조금 헐거워졌으면 하는 바람입니다. 넥타이를 꼭 조여매야 하는 일본 제국주의식 직장 문화가 아닌 몸과 영혼이 자유로울 수 있는 바지와 티셔츠의 개방적인 문화를 꿈꾸어 볼뿐이지요.

남성들의 유일한 액세서리인 넥타이의 발전과정이 어떠했는지 아십니까? 조금 지루하시더라도 한 번 들어보세요. 이 세상에는 그냥 아무 의미 없이 생겨난 물건이 없으니까요. 저 옛날 산속에서 살던 게르만족들이 짐승가죽으로 옷을 만들어 노끈으로 목에 매어 입고 다녔는데 그것이 어부들에게 전해져 노끈을 매는 습성이 생겼답니다. 이러한 습성이 지금 신사들이 매는 넥타이로 점차 발전된 것이랍니다. 보다 역사적인 기록도 있습니다. B.C 50년경 고대 로마 병사들이 지금의 목도리 같은 것을 목에 휘감은 포칼(Focal)이란 것에서 시작되었답니다. 하지만 지금의 넥타이 모양처럼 패셔너블하게 만들어진 것은 1,600년대 중반 프랑스에서 부터랍니다. 프랑스 용병부대인 크로아티아의 크라바트 병사들이 터키전투에서 승리한 후 당시 왕이었던 루이 14세에게 충성을 맹세하기 위해 '크라바트(Cravate)'라는 멋진 장방형의 천을 앞가슴에 매고 있었답니다. 그 맵시에 반한 프랑스 귀족들 사이에서 이것이 선풍적인 인기를 끌며 유행하기 시작했지요. '충성의 맹세'였다는 것이 의미심장하게 다가오지 않습니까? 제 남편이 회사라는 조직에 충성하기 위해 넥타이를 맨 것과 같으니까요. 이렇게 17세기 프랑스 상류 사회를 휩쓴 유행이 유럽 남성복에 일반화 되어 사용되었지요. 그래서 넥타이를 프랑스어로 크라바트라 부른답니다.

크라바트는 프랑스혁명 후 자취를 감추었다가 19세기 들어 남성복의 주류가 프랑스에서 영국으로 옮겨지자 크라바트 대신 넥타이라는 말이 사용되기 시작했답니다. 처음에는 크라바트 대신 넥 클로스(Neck cloth)라는 말이 사용되었으나 1830년경부터는 넥타이라는 말로 바뀌었지요. 넥타이(Necktie)는 영어 단어 그대로 목둘레에 매는 밴드형의 천이라는 말입니다. 당시 로맨틱한 남자들은 시인 바이런처럼 나부끼도록 길게 맸고, 좀 점잖은 사람들은 목에 꼭 조이게 맸지요. 아마 제 남편도 점잖은 사람이어서 그렇게 괄약근까지 조이도록 꼭 조여 맸나 봐요. 당시 영국 패션은 보우 브러멜(Beau Brummel) 이라는 디자이너가 주도했는데 그가 넥타이 매는 독특한 방법을 창안하여, 많은 사람들이 사례금을 지불하면서까지 배웠다고 합니다. 그래서 브러멜을 현대 넥타이의 아버지라고 부르지요. 브러멜 이후 넥타이는 길이에 따라, 폭에 따라, 무늬에 따라, 여러 가지 형태로 변형되면서 오늘까지 남성의 유일한 액세서리로 자리 잡게 되었습니다.

앞으로 넥타이가 어떻게 변할지는 아무도 예측할 수 없지요. 이처럼 오랜 역사를 지닌 남성 유일의 장식품이 소멸되리라고는 생각지 않습니다. 다만 지구온난화현상 때문에 여름에 더위를 조금이라도 피하기 위해 넥타이를 매지 않는 공무원이나 직장인이 늘어나기 시작하더군요. 이제는 대통령까지도 넥타이를 풀고 각료회의를 주제하는 모습을 자주 볼 수 있으니까요. 하지만 이런 형식적이고도 일시적인 행위가 조직의 일원으로 끝까지 살아남기 위해 괄약근마저 꼭 조이도록 만든 넥타이를 영원히 사라지게 할 수는 없을까요?

긴 시간 두서없는 이야기를 들어주시어 감사합니다.

그날 '엄마'는 죽고 싶었다

　고교 졸업 50주년을 맞은 남편이 동창회 주최로 자그마치 버스를 5대나 대절하여 영호남 지역 일주를 한다며 2박 3일 여행을 떠났다. 50주년 행사 준비 위원을 하라는 것도 마다하고 집에 들어앉아 소파에서 나동글던 사람이 번개라도 맞은 듯 전날 밤 배낭을 꾸려 길을 나섰다. 민지은 여사는 비록 3일간만이라도 혼자 있게 되었다는 사실이 더없이 반가웠다.

　남편이 여행을 떠나기 전날 저녁밥을 지어 먹은 후 남은 밥으로 아침을 챙겨 준 후 민 여사는 이틀 간 밥을 짓지 않았다. 달리 밥을 하고 반찬을 만들 이유가 없었다. 저 먹자고 이것저것 반찬을 한다는 것이 사뭇 체력과 시간과 식재료 낭비처럼 느껴졌다.

　－혼자 밥을 먹더라도 반찬을 챙겨 반듯하게 상을 차려놓고 먹어라. 그게 자기 자신을 위하는 것이며, 남을 위해 상을 차리는 것만큼 자신을 존중하는 것이다. 나를 사랑하고 존중하지 않으면 어느 누구도 사

랑할 수 없어. −

　민 여사는 돌아가신 어머니의 말씀을 실천으로 옮기려 노력했다. 그러나 문득 혼자 있게 된 다음부터는 어머니의 말씀이 귓가에서 맴 돌아도 손끝 하나 움직이고 싶지 않았다. 며늘아기는 혼자 계시지 말고 자기 집에 오라고 성화를 부렸지만 옷조차 갈아입기 귀찮았다.

　남편이 새벽 6시에 집에서 출발한 첫날 점심과 저녁은 남아있는 밥을 덥혀 김치와 멸치볶음과 김으로 때웠다. 다음날 아침은 냉동실에 돌덩이처럼 굳어 있는 쑥떡 두개를 녹여 먹고 점심을 걸렀다. 저녁엔 라면을 끓여 김치와 먹었다. 몸에 기운이 빠져나가는 것처럼 기분도 점차 가라앉기 시작했다. 그 다음 날은 커피 한 잔 마시는 것으로 아침을 대신 한 후 점심 겸 저녁으로 어중간한 시간에 또 다시 라면을 먹었다. 남편이 여행을 갔다는 사실을 알고 있는 친구가 나와서 같이 점심을 먹자고 전화를 걸어주었지만 집에 밀린 일거리가 많다는 핑계를 대며 사양했다.

　참 이상한 일이었다. 남편은 퇴직 후 반 년 가량은 그동안 못 만난 친구들을 만나봐야 한다며 풀 방구리 드나들 듯 바빴다. 백수가 과로사 한다더니 그 말이 맞다며 둘은 웃어댔다. 만날 친구들을 다 만난 것인지 아니면 그것도 심드렁한 것인지 어느 날부터인가 집에만 있기 시작했다. 처음에는 평생 수고한 덕에 아이들 다 공부 시키고 이 정도 덩그런 집에 사는 것만도 고마워 아침 식사부터 따끈한 밥을 지어 바쳤다. 점심은 국수를 만다, 비빈다 하며 변화를 찾았고, 저녁엔 반주를 곁들인 푸짐한 저녁상을 차렸다.

　남편은 갈 곳은 없어도 오라는 데는 많지만 당신과 하루 세 끼를 먹으며 보내는 지금이 내 인생의 최고 황금기라며 더 없이 좋아라 했다.

"신혼 기분 나네. 당신은 어때? 힘들어?"

민 여사는 그 말을 믿기로 했다. 귀찮다고 앙탈을 부려서 벗어날 수도 없는 일이니 즐거운 마음으로 마지막으로 주어진 직분을 다 하기로 했다. 남편 시중드는 것이 새삼스러운 일이 아니고 보편 못할 일도 아니었다.

'누가 먼저 갈지 모르는 일 아닌가. 누구든 죽을 때 후회할 일은 만들지 말자.'

민 여사의 결심은 확고했다. 그러나 차츰 잠자리에 드는 시간이 늦어지고 더불어 아침 식사 차리는 시간도 늦어지는 것이 변화라면 변화였다. 남편은 온 종일 텔레비전 앞에서 보냈다. 리모트 컨트롤러는 늘 그의 손 안에 있었다.

야구 축구 배구 골프 등 운동 경기 중계는 물론이요 온갖 채널에서 방영하는 동물의 왕국프로를 찾아 쉼 없이 채널을 돌렸으며 보고 또 보았다. 나는 듯 달려가 영양을 멱을 물어뜯는 사자의 날렵한 동작을 볼 때는 이를 악물고 두 주먹을 불끈 쥐었다. 영양을 죽이기 위해 영양의 멱을 문 채 이리저리 흔들어 댈 때는 마치 어파 커트(upper cut) 한 방으로 상대 선수를 때려 눕혀 케이 오(KO) 승을 거두려는 권투 선수처럼 눈에 빛을 발하며 비장한 눈길을 멈추지 않았다. 마침내 영양이 가는 숨을 헐떡이며 나동그라지자 수십 마리의 사자 떼들이 달려들어 영양의 살점을 뜯어 먹고 갈기가 피로 얼룩진 얼굴이 클로즈 업 될 즈음이면 회심의 미소를 지었다. 그 무슨 잔인함인가. 민 여사도 한 때는 동물의 세계에서 벌어지는 먹이사슬을 본다는 기분으로 그 프로를 본 적이 있었지만 방금 스쳐지나간 남편의 그 승자의 미소만은 이해할 수 없었다. 잔인한 분노의 표출이랄까 아니면 먹이를 잔인하게 죽인 후 눈물을 흘린다는 악어의 기쁨일까. 그렇다면 그의 가슴에도 말 못할 분노가 가득하다는 또 다른 표현인 셈이었다.

어디 그뿐인가. 그가 응원하는 축구팀이 한 골이라도 빼앗기면 눕듯이 앉아 있던 의자에서 벌떡 몸을 일으켜 세우며 불끈 쥐고 있던 두 주먹을 펴고 '저 개새끼, 저거 저거, 지금 뭐 하는 거야. 야! 이, 새끼야. 죽어라 죽어.' 하며 삿대질을 해댔다. 민 여사는 사자가 축구를 하는 채널이 있으면 시청률이 최고일거라 생각하며 아예 텔레비전 보기를 포기 했다. 어쩌다 만나는 친구들이 드라마 이야기를 해도, 주말의 명화 이야기를 해도 그 프로가 언제 어느 채널에서 하는 것인지조차 알지 못했다.

우리나라 여자 골프 선수가 LPGA에서 우승을 하면 마치 자기 딸이 트로피를 거머쥔 듯 껑충 튀어 일어나 환호했다. TV를 보다가 볼일을 보게 되면 앞 지퍼조차 올리지 않았다. 남대문 열렸다고 일깨우면 '이따 또 내릴 건 데 뭐.' 하며 대수롭지 않게 응대했다. 민 여사는 집 가까운 메가 박스에서 상영하는 금년도 아카데미상을 탄 영화라도 한 편 보러가자 해도 남편은 마다했다. 그의 답은 한결 같았다. 귀찮다는 것이었다. 민 여사는 저 남자가 꼭두새벽부터 정장에 넥타이 반듯하게 매고 다니던 그 사람이 맞나 의심할 지경이었다. 연애 시절에는 주말이면 영화관을 누비고 다녔으며, 마주 앉았다 하면 당시 유행하든 팝송의 가사를 꼼꼼히 적어 건네주던 그 사람의 영혼은 어디로 사라진 것일까. 사람이 바뀐 듯 돌변한 채 소파에 앉거나 누워 그렇게 텔레비전을 보는 것이 일이었다.

그런 저런 불만 탓일까, 하루 세 끼 차리는 일도 재미없고 흥도 나지 않았으며 갈수록 힘겨워 지기 시작했다. '하루 한 끼만 집에서 먹으면 일식 씨, 두 끼 먹으면 이식이 놈, 세 끼 다 찾아 먹으면 삼식이 새끼'라는 말을 하며 박장대소 하던 친구들의 말이 왜 생겨났는지 알고도 남을 일이었다.

"나 내버려두고 당신 볼 일 봐. 나 때문에 못 나간단 말 하지 말고. 난 괜찮아."

민 여사는 그의 말을 믿고 몇 번 동창회에도 나가 보고 친구들도 만나 보았지만 집에 돌아온 그녀를 바라보는 남편의 눈길이 곱지 않았다. 그 분풀이인지 없던 반찬투정까지 해대기 시작했다.

남편이 돌아오기로 된 날 대전을 지나고 있다는 전화가 왔다. 관광버스를 흔들어댈 기세로 떠들어대는 소음과 왁자한 웃음소리에 묻힌 남편의 말소리는 가늠하기 어려울 지경이었다.

"원래 행사 일정은 저녁 먹고 헤어지는 건데 외국에서 온 친구들이 많아 오늘 못 들어갈 것 같아. 오늘 하루만 더 기다려."

남편의 혀는 있는 대로 꼬부라져 입천장에서 맴돌고 있었다.

'기다리는 누가 기다려. 그래 잘 놀아라. 난 밥 안 하는 것만 좋다.'

민 여사는 냉동실 문을 열고 끼니 때울 것을 찾아보았다. 언제 먹다 넣어 놓은 것인지 피자 두 조각이 비닐봉지에 담겨 찌그러진 양은냄비처럼 납작하니 뒹굴고 있었다. 전자레인지에 돌려 녹여 보았지만 가죽껍질 씹는 듯한 느낌을 떨칠 수 없어 그대로 버리고 말았다. 2박 3일이 3박 4일이 된 아침이었다. 언제 집으로 들이닥칠지 몰라 민 여사는 서둘러 밥을 짓고 그가 좋아하는 시래기 된장국을 끓이고 고등어를 졸여 놓았다. 정오가 지나도 남편에게서는 연락이 없었다. 이제는 더 이상 참을 수가 없어 국에 밥을 말아 한 술 뜨고 커피 한 잔을 만들어 들고 베란다에 나가 앉았다.

꽃샘바람이 잦아들고 계절의 여왕이라는 5월답게 날씨는 청명했다. 마주 내려다보이는 아파트 정원에는 개나리 진달래는 물론 시든 목련 꽃 잎새 하나 찾아 볼 수 없었다. 너나없이 춥다고 진저리를 쳐대며 치러 낸 반세기만에 찾아왔다는 그 혹독한 추위도 모두 옛 이야기가 된 지 오래였다. 노란 개나라, 분홍 진달래가 너나없이 마구 피어대던 꽃 그늘 밑에는 초록빛 잔디가 포근하게 깔려 있었다. 며칠 전만 해도 보이던 낙화(落花)의 흔적조차 찾을 수 없었다.

두 손 안에 잡혀 있던 커피 잔이 싸늘하게 식어가는 것조차 느끼지 못한 채 파란 하늘과 듬섬듬성 떠 있는 흰 구름을 망연자실 바라보든 민 여사는 이제 그만 이 생활을 접고 싶다는 생각에 휘둘리기 시작했다.

그 날 민지은 여사가 왜 그만 죽어버리고 싶다는 생각을 했는지 그녀 자신도 알 수 없었다. 좀 더 깊이 그녀의 속내를 말하자면 죽고 싶다가 아니라 이제 그만 이 생활을 접고 싶다는 작은 새순이 그만 살고 싶다는 생각으로 자라나기 시작했다. 그만 살고 싶다는 것은 곧 죽고 싶다는 의미라고 민 여사는 생각했다. '그만 이 생활을 접고 싶다'에서 '그만 살고 싶다'로 이어진 생각인지 마음인지 알 수 없는 바람은 곧 '죽어 버리자'라는 결심으로 이어졌다. 그 결심이랄까 생각이랄까 하는 막연한 상상은 가슴 속에 든 돌덩이를 떼어낸 것 같은 홀가분함마저 안겨주었다. 그 돌덩이의 정체는 무엇일까. 민 여사는 굳이 그 돌덩이의 정체를 알아내고 싶지 않았다. '죽어 버리자'라는 생각과 함께 모처럼 찾아 든 가벼운 마음을 오래 간직하고 싶을 뿐이었다. 마음이 가벼워지자 몸도 가뿐해지는 것 같았다. 이미 냉커피도 아니고 따끈한 커피도 아닌 커피 잔을 들어 마치 사약 마시 듯 한 입에 털어 넣고 집안으로 들어왔다.

죽음은 스스로 찾아오는 것이며 딱히 그녀가 죽어야 할 뚜렷한 이유도 없다는 사실을 그녀는 잘 알고 있다. 그날이 그날이고, 매일 반복되는 일상의 권태가 '그만 살고 싶다'라는 생각으로 이어졌고 그 생각이 '살고 싶지 않다'로 비약했으며 그 생각이 '살아있다', 혹은 '삶'이라는 말의 반대말인 죽음이라는 결말에 이르게 한 셈이었다.

'죽는다?', '내가 죽는다?'하는 의문 부호가 달린 질문이 마침내 '죽어 버리자'는 결말에 이르는 시간은 그리 길지 않았다. 결심이 굳어졌다고 할까, 아니면 언제 어떻게 어떤 방법으로 죽는 것이 가장 타인의 입에 회자(回刺)되지 않는 깨끗한 죽음일까를 생각하면 될 뿐이었다. 그 때 문득 민 여사의 마음을 흔들어 댄 것은 혼기(婚期)를 놓치고 직장 가까운 곳에 집을 얻어 나가 혼자 사는 딸아이의 장래가 궁금했다. 그것을 걱정이 아닌 다만 궁금이라 말하는 것은 현재 딸아이가 민 여사의 삶에 큰 영향을 미치지 않고 있기 때문이기도 했다. 더구나 그 아이는 독립심이 강하여 굳이 어미의 손길을 기다리거나 여느 딸자식처럼 어미에게 살갑게 엉겨 붙지도 않았다.

그렇다면 그 아이는 엄마의 부재(不在) 혹은 상실(喪失)을 어떻게 받아들일까. 민 여사는 마치 물세례를 듬뿍 받은 작은 화분처럼 생기를 되찾으며 조금은 장난기 어린 문장으로 딸아이에게 문자 메시지를 보냈다.

―― 만약 엄마가 없다면 네 기분이 어떨 것 같니?

딸의 답은 간단했다.

―― 엥. 갑자기 왜?

―― 그냥 물어본 거야

민 여사는 자다가 웬 봉창 두드리는 소리냐는 듯한 딸아이의 반문 앞에서 할 말을 잃었다. 그리고 곧 딸의 새로운 메시지가 도착했다.

―― 지금도 없는 게 많아서. 회의 중.

'없는 게 많다고?' 민 여사는 딸의 문자를 한동안 들여다보아도 도대체 무슨 말인지 알 수가 없었다. 게다가 회의 중이라고 따라 붙은 말은 메시지를 더 보내지 말라는 암시가 아닌가. 그렇다면 오늘 중 언제고 회의가 끝날 테니 직접 대화를 해 보기로 했다. 미친 척 메시지를 또 보냈다.

―― 회의 끝나고 전화 줘.

―― OK.

'지금도 없는 게 많아서….'

민 여사는 그 메시지를 들여다보며 뭐가 없다는 말인가 고개를 갸웃거렸다.

'그래 너라고 없는 거 없이 다 있으란 법 없지. 없는 것도 있겠지. 어떻게 다 갖추고 산담. 하지만 엄마의 상실을 묻는 어미에게 없는 게 많다고 대답하는 이년의 속셈은 무엇일까. 도대체 엄마의 상실과 맞장을 뜰 수 있는 가치가 무엇이란 말인가.'

'그만 살고 싶다'에서 '죽어 버리자'로 비약했던 덧에 걸린 쥐새끼 같던 심사가 우리에서 벗어난 들짐승처럼 활기를 찾아가기 시작했다. 한 십여 분이 지난 후 다시 문자를 보냈다.

── 회의 언제 끝나.

── 방금. 차 한 잔 할 참. 전화할게.

평소 같으면 '바빠'라거나 '퇴근 후에'라는 단문으로 끝낼 수도 있는 아이의 성격이건만 전화를 걸겠다니 민 여사는 큰 횡재라도 한 기분이었다. 아마도 어미의 생뚱맞은 질문 때문이리라 생각했다. 민 여사는 판 차리고 따져볼 셈으로 옆구리에 쿠션까지 끌어당겨 놓고 전화기를 들고 앉았다. 물이라도 한 잔 떠다 놓고 '없는 게 많다니, 그게 무슨 말이니?' 하며 따지듯 물어야겠다는 생각을 하며 막 자리에서 일어나려는 순간 벨이 울렸다.

"왜 그래? 어디 가? 아님 죽고 싶어. 엄마가 없다면 네 기분이 어떨 것 같냐니?"

속사포처럼 몰아붙이는 아이의 이어지는 질문으로 민 여사는 '지금도 없는 게 많아서가 무슨 말이니? 네가 뭐가 부족해서?'라고 쏘아 붙이려던 선수를 빼앗기고 만 셈이었다.

"가긴 내가 어딜 가니? 그리고 죽긴 내가 왜 죽어?"

민 여사의 음성은 태엽이 다 풀린 축음기의 소리처럼 느릿느릿 힘없이 이어졌다.

"그럼 왜 그럴 걸 물어 봐. 어디 아파?"

"그냥 엄마가 없다면 네 상실감이 어떨까 싶어서?"

"그 말이 그 말이잖아. 왜 엄마가 없다는 상상을 해 봐야 하냐고? 난 남편도 없고, 집도 없고, 아이도 없고, 없는 게 너무 많아서 엄마가 없다는 상상을 해 볼 여지도 이유도 없는 사람이라고."

민 여사는 그제야 없는 게 많다는 말이 그 말이었구나 하는 생각을 떠올릴 수 있었다.

"그래서, 누가 너더러 시집가지 말랬어? 네가 선택한 길이잖아. 일이 더 좋다며. 그래도 엄마가 없으면 네 기분이 어떨 것 같냐고?"

민 여사는 빼앗긴 기선을 되찾아야겠다는 다부진 마음으로 첫 질문으로 돌아갔다. 아이의 반응은 순순했다.

"그래. 그럼 지금부터 생각해 볼게. 엄마가 없으면…, 지금보다 더 엄마 집에 가고 싶지 않겠지. 내가 시집을 간 게 아니니까 친정이라 말할 건 아니지만 친정이 없어지는 셈이니까."

그 순간 민 여사는 맥이 확 풀렸다. 어미인 이 민지은이 아이에게는 고작 친정과 같은 의미일 뿐이었단 말인가, 하는 생각은 말 할 수 없는 서운함으로 다가왔다.

"엄마 없는 이야기는 드라마에도 영화에도 많이 나오잖아. 내가 어린아이도 아니고 나이가 몇인데…."

하긴 딸아이의 나이는 아이가 아니었다. 민 여사는 그 나이에 이미 두 아이를 출산하고 그것들을 키우느라 눈코 뜰 새 없이 살았으니 아이가 아닌 게 분명했다. 그래도 어미에게는 나이에 관계없이 자식은 모두가 아이가 아닌가.

"난, 보통 명사 엄마가 아니라 민지은 이라는 고유 명사인 엄마의 상실을 말하는 거야. 그냥 엄마라는 존재가 아니라 나, 이, 민 지 은 말이야?"

민 여사는 조금 과하다 싶게 자신의 이름을 한 음절 한 음절씩 또박

또박 불러댔다. 민 여사는 아이가 조금은 당황하리라 기대했다. 그러나 아이는 의외로 차분했다.

"글쎄. 그런 생각 해 본 적 없는 데. 내 엄마는 민지은 이니까. 민지은과 엄마는 같은 거 아니야? 그 의미가 꼭 달라야 해?"

아이의 질문은 민 여사를 더욱 당황스럽게 만들었으며 마침내 할 말을 잊게 만들어가고 있었다.

"엄마 생각에는 꼭 달라야 해? 민지은 여사."

마치 놀리듯 '민지은 여사'라는 꼬리말을 붙인 아이의 되돌아 온 질문은 치밀어 오르는 민 여사의 서운함 내지는 화에 기름을 부은 셈이었다. 화는 알 수 없는 새로운 힘을 불어넣었다.

"그래. 나 민지은이 너에게 어떤 의미인지 알고 싶어?"

"의미? 민지은 이퀄(equal) 엄마 아니야? 내게 다른 엄마가 있는 게 아닌 한 민지은은 엄마와 동격이지. 다를 수 없는 거 아냐? 헌데 정말 왜 그래? 무슨 일 있어? 말해? 변죽만 울리지 말고….”

"일은 무슨 일이 있니? 그날이 그날인 걸."

"그날이 그날인 게 좋은 거라며? 오늘이 어제 같고, 내일이 오늘만 하면, 그게 가장 좋은 거라고 누가 말했지. 엄마가 그랬잖아. 왜 그날이 그날인 게 싫어?"

"그래 이젠 싫다. 지겨워. 이건 살았는지 죽었는지 알 수 없는 생활이잖아. 모든 감각이 그냥 그대로 기계처럼 움직여 질 뿐이잖아?"

민 여사의 음성이 턱 없이 올라가더니 찰떡 한 덩이라도 삼킨 듯 목구멍이 콱 메는 느낌이었다.

"그건 숙달됐다는 거지. 생활이 기계처럼 웽웽 잘 돌아가니 좀 좋아.

난 만날 삐거덕거려 죽을 지경인데. 살림의 달인, 결혼 40년 차 주부 구단께서 지루하시구먼. 아니 아빠 뒤치다꺼리에 지치셨구먼. 헌데 엄마가 지루한 거 하고 고유 명사 민지은의 의미를 찾는 이유는 뭐야?"

딸아이는 사뭇 놀리듯 그녀에게 물어왔다.

"난 그냥 너희를 나아 키운 엄마가 아니라 다른 의미이고 싶어. 넌 만날 '엄마까지 그럴 줄 몰랐다', 는 말 자주 하잖아. 그럴 때 내가 너에게 어떻게 보였기에 난 다른 엄마들과 다르리라 기대했을까, 하는 생각을 했거던. 그러면서 속으로 난 다른 엄마와 다른 무엇을 지니고 있고, 아이들이 그런 면을 인정해 주는구나, 하며 나쁘지 않다고 생각했어. 마치 칭찬이라도 들은 것처럼."

생각지도 않던 말이었다. 아이들에게서 '엄마까지 그럴 줄 몰랐어.' 라는 말을 들을 때 그 말을 '우리 엄마는 다른 사람과 다르니까' 라는 말로 이해 한 적이 없었다.

"엄마, 아니 민지은 여사. 그럼 '엄마도 그럴 줄 알았어.' 하고 말하면 그게 인정 안하는 거고 불평하는 거야? 그거 같은 의미야. 너무 오버했네. 엄마는 지금 자아(自我)를 찾고 싶구나. 하지만 너무 늦은 거 아닐까? 아냐. 엄마는 너무 자아가 강하지. 난 누가 뭐라 해도 엄마, 주부, 아내라는 직분을 백 프로 완수하겠다는 자아. 너도 나도 자아상실이니 자아실현이니, 뭐니 하는 핑계를 대며 자기계발을 하겠다고 밖으로 나가 설쳐도 나만은 굳건히 아이들과 남편을 위해 살겠다는 사명의식 강한 그 자아 말이야."

"그래 그게 바로 네 엄마 민지은 이야. 난 한 순간도 그런 내 신조를 회의하거나 남에게 뒤쳐졌다고 생각한 적 없어. 그걸 안다면 너만

이라도 고유 명사로써 네 엄마의 상실에 대한 느낌이 있어야 되는 거 아니니?"

딸아이는 한동안 말을 하지 않았다. 멀리서 아이를 부르는 소리가 들려왔다.

"누가 널 찾니? 또 일이야?"

"아니. 급한 거 아냐. 그럼 엄마는 내게서 어떤 답이 나오기를 기대했어?"

"그건 나도 몰라. 나도 돌아가신 외할머니가 보고 싶으면 그냥 허공을 향해 '엄마'하고 불러볼 뿐이니까. 그러면 곧 이어 할머니의 얼굴, 웃음소리, 이야기 소리 그리고 할머니가 해 주시던 음식들, 그리고 그 맛들이 구체적으로 떠오르지. 할머니 제삿날 외삼촌들이랑 하는 이야기가 있지. 엄마가 해 주신 그 갈비찜이며 신선로가 참 맛 있었는데 하거나, 할아버지 퇴근 전에 할머니랑 우리 삼남매 둘러앉아 저녁밥을 먹을 때 들려주신 갖가지 이야기들을 떠올리며 울다 웃다 하잖아. 아마도 난 네가 '엄마가 끓여주는 떡국이 제일 먹고 싶을 거야, 엄마의 떡국이 먹고 싶어 집에 갈 때가 많았으니까' 라던가, 아니면 '언젠가 삼청동 카페에서 엄마랑 이야기 하든 때', 또 '우리 둘이 발리 여행 했던 거', '둘이 런던과 파리여행을 했던 때, 뭐 그런 구체적인 추억들이 그리울 거야' 하는 답을 기대했는지도 몰라."

"그래 엄마. 난 다른 사람보다 엄마와 단 둘이 여행도 많이 했고 그 때에 대한 추억도 많지. 그건 엄마가 늘 할머니와 단 둘이 여행을 못해본 게 가장 후회된다며 그런 기회를 많이 만들어 줘서 그럴 거야."

아이의 음성이 낮게 가라앉으며 물기가 어려가기 시작했다. 민 여사도 뺨을 타고 흐르는 눈물을 손등으로 닦아냈다.

"하지만 엄마. 그건 엄마의 질문에 대한 답이 아니야. 엄마는 '만약 엄마가 없다면 네 기분이 어떨 것 같니?'하고 물었잖아. 사람은 누구나 꿈에서도 엄마가 없다는 생각을 하고 싶어 하지 않아. 엄마가 기대한 답은 만약 엄마가 죽고 없다면 내가 어떤 추억을 그리워할까 하는 거지. 그 추억은 엄마가 말하는 고유 명사인 엄마 민지은과의 추억이지. 나만이 갖고 있는 민지은과 함께 한 추억. 누구도 공유할 수 없는 슬프고 달콤한 추억."

아이의 말이 잠시 멈추더니 팽하고 코 푸는 소리가 들렸다. 민 여사도 그 틈을 이용해 휴지통을 당겨 눈가를 거칠게 닦아냈다.

"엄마. 난 엄마가 민지은이 아니더라도 엄마라는 이름을 사랑해. 엄마라는 보통명사가 있고 난 후 민지은 이라는 고유 명사가 있는 거 아냐? 엄마, 사람들은 왜 엄마를 보내고 슬퍼할까. 만약 엄마가 없다면 난 엄마가 아닌 민지은과 함께 한 달콤하고 슬픈 추억이 있어서 엄마를 그리워하는 게 아냐. 사람은 누구나 엄마를 그리워하잖아. 왜 그렇다고 생각해. 다른 사람 아닌 엄마이기 때문이야. 엄마가 누구야. 그리고 난 누구야. 내 뿌리는 엄마라고. 엄마라는 사람의 뱃속에서 사람의 꼴을 갖추도록 열 달 동안 자란 후 이 세상에 나왔잖아. 그건 엄마도 마찬가지고 나도 마찬가지며 사람, 아니 모든 포유동물이 다 같아."

민 여사는 어안이 벙벙했다. 지극히 상식적이며 누구나 다 알고 있는 이야기를 마치 큰 철학적 사념(思念)을 터득한 양 지껄여대는 딸아이가 더없이 얄밉고 야속했다.

"너. 내가 그런 사실을 몰라 널 붙잡고 이런 이야기를 한다고 생각하니?"

마음과 달리 민 여사의 음성은 차분했다.

"엄마 내 안에는 엄마의 반쪽이 살아 있어. 나의 반이 엄마라고. 그런데 어떻게 고유 명사 민지은 이라는 여자를 생각하지 않을 수 있어. 만약 엄마가 없다면 네 기분이 어떨 것 같냐고? 엄마, 그게 엄마가 딸에게 할 말이야. 엄마가 없다는 사실을 단 일초도 상상하지 않은 채 엄마는 그냥 내게 공기 같은 존재이며, 내가 두 발로 딛고 선 이 굳건한 대지와 같기 때문에 난 엄마의 상실을 상상하지도 않고 상상할 수도 없어."

누구보다 영민하고 그 나이 또래 누구보다 자신감 넘치며 책임감이 강한 탓에 비록 대기업은 아니지만 여자로서는 보기 드물게 상무(常務)라는 직책까지 차고앉은 아이였다. 대차고 건강한 탓에 잦은 해외 출장에도 흔들림 없이 살아갔다.

"그래, 나도 그랬지. 늙어가는 엄마를 보는 것조차 괴로웠어. 늙음의 끝이 바로 죽음이라는 자명한 사실을 알기 때문에. 헌데 난 내가 죽으면 네가 누구보다 허전하리라 생각했어. 결혼도 하지 않은 것이 의지가지없겠구나 하는 생각 때문에. 그래서 넌 내 부재에 대해 달리 생각하리라 믿었어. 만약 네가 난 엄마 없인 못 살아. 내가 누굴 믿고 살아. 내게 남편이 있어, 자식이 있어. 하며 네게는 내가 전부라는 말을 듣고 싶었는지도 몰라. 그럼 좀 살아간다는 게 희망적이지 않을까 생각했지."

"엄마, 그게 그 말 아니야. 엄마 말처럼 난 다른 여자들처럼 남편이 있는 것도 아니고 아이가 있는 것도 아냐. 그러니 갖은 게 없을 수밖에. 그런데 엎친 데 덮친 격으로 엄마까지 없다는 상상을 하라고? 난 할 수 없어. 아니 하고 싶지 않아. 지금 내가 이렇게 혼자 고군분투 당당하게 살아갈 수 있는 건 함께 살지 않아도 내 뒤에는 엄마라는 사람이 있기 때문이야. 엄마는 내가 마지막으로 돌아갈 수 있는 쉼터라고고. 그건 민지은 이라고 하는 사람이 내게 나누어 주고 심어준 유전인자 덕인 거야. 난 내 엄마가 다른 사람 아닌 민지은 이라는 사람인 게 자랑스러워."

"난 네게서 그런 말이 나오길 기대했는지도 몰라."

민 여사는 휴지 한 장을 뽑아 콧물과 눈물로 범벅이 된 얼굴을 쓸어내리듯 닦아냈다.

"맞아 엄마. 내 엄마 민지은은 오직 하나야 내게는. 민지은 그 사람은 고유명사로서도 보통명사로써도 온리 완(only one)이지. 엄마라는 테두리 안에서 뿐만 아니라 인간으로서. 그런데 엄마, 사람은 누구나 다자기 엄마만은 다르다고 믿고 싶어 해. 자기 엄마는 다른 누구의 엄마보다 나를 위해 희생했고, 누구보다 고생했고, 누구보다 자기를 사랑한다고. 그 마음이 마지막 순간까지 남아있기 때문에 힘들어도 살 수있는 거야. 그래서 엄마가 돌아가시고 나면 세상 모두를 잃은 기분을맛보게 되는 거라고 생각해."

민 여사는 긴 한숨을 풀어내며 슬그머니 옆에 놓인 쿠션 위에 머리를 내려놓았다. '살고 싶지 않다'는 생각에서 출발하여 '죽자'로 이어진 그 꼬인 심사의 진행과정이 더없이 싫고 부끄러웠다. 자식들이 엄마라는 존재를 그렇게 대단하게 믿고 의지한다는 말을 다른 사람 아닌 딸자식에게서 육성(肉聲)으로 듣고 나니 삶의 가치를 더욱 알 수 있을 것 같았다.

"엄마가 좀 지쳤나 보다. 너무 집에만 있어서 그래. 특별히 할 일이 없어도 좀 밖으로 나와 봐. 세상 사람들이 사는 걸 보라고. 언제 나올 수 있어? 내가 엄마 좋아 하는 스시 사 줄게. 이건 그냥 엄마가 아니라 민지은 여사가 특별히 좋아하는 음식 스시를 말하는 거야. 나 이제 일 해야 해. 바이어를 너무 오랫동안 기다리게 했어. 그럼 다음 주에 미리 전화해 줘. 엄마, 아니 민지은 여사."

민 여사는 전화기를 끄고 한 동안 먼 산 너머 하늘을 바라보았다. 그곳에는 수많은 엄마들의 영혼이 빙그레 미소를 짓고 있는 듯 조각구름들이 흘러가고 있었다. '하긴 언제 남편 때문에 살았나, 아이들 때문에 살았지.' 하지만 내 엄마는 다르다고 말한 딸아이의 음성은 잊을 수가 없을 것 같았다.

"내 엄마 민지은은 오직 하나야. 민지은 그 사람은 고유명사로서도 보통명사로써도 온리 완(only one)이지. 엄마라는 테두리 안에서 뿐만 아니라 인간으로서."

민 여사는 그 달콤한 말을 되뇌며 자리에서 몸을 일으켜 화장실로 들어갔다. 거울 속 민지은은 시든 양상추처럼 누렇게 변색되어 있었다. 민 여사는 서둘러 세면대에 물을 받아 얼굴을 꼼꼼히 씻어냈다. 새롭게 존재 이유를 다듬는 신성한 예식이었다.

"민지은 그 사람은 고유명사로서도 보통명사로써도 온리 완(only one)이지. 엄마라는 테두리 안에서 뿐만 아니라 인간으로서."

민 여사는 브러시로 머리를 곱게 빗어 넘기고 얼굴에 로션을 바르며 생각했다. 남편에게서 비롯된 생활의 권태 때문이든 우울증에 가까운 화 때문이든, 그 무엇이든 민지은 이라는 온리 완(only one)의 인간을 흔들 수 있는 이유는 없다고. 그녀의 일상은 그녀가 만든 것이며 그 일상이 남을 위한 것이 아니며 그녀 자신을 위한 일상으로 믿고 살 때만 오늘과 같은 급추락을 막을 수 있었다.

남편은 어둠이 깔리기 시작해도 돌아오지 않았다. 민 여사는 냉장고에 가득한 밑반찬을 비롯해 국과 생선조림까지 고운 접시에 예쁘게 담아 식탁을 반듯하게 차려놓고 밥을 먹기 시작했다.

'나는 나야. 내 일상도 바로 다른 사람 아닌 나를 위한 거야.'

그 순간 딸아이의 음성이 울려왔다.

'나는 없는 게 많아. 엄마가 없다는 것을 상상할 여유도 여지도 이유도 없어.'

그것은 절대 고독을 움켜쥔 채 몸부림 하는 딸아이의 비명인지도 몰랐다.

"그래 너도 한시 빨리 엄마가 되어라. 지금의 너도 보기 좋고 훌륭하지만, 엄마라 불리는 순간처럼 행복한 것도 없단다. 엄마라는 이름이 오늘 나를 살린 거 아니겠니."

민 여사는 오물오물 밥알을 꼼꼼히 씹어 삼키며 기도하는 마음으로 딸아이의 결혼을 기원했다. 시계는 7시를 가리키고 있었다. 대문 밖 엘리베이터 정지음이 울리는가 싶더니 요란한 벨소리가 집안의 정적을 깨웠다. 민 여사는 달리 듯 현관으로 뛰어가며 맑고 힘찬 목소리로 외쳐댔다.

"나가요. 나가."

'전자키로 바꿔 놓은 지 일 년이 넘었는데 왜 자기 손으로 대문을 따고 들어오지 않고 벨을 누르누.'

남편을 향한 비아냥거림은 사라진지 오래였다. 등산화를 벗는 남편을 현관에 남겨두고 민 여사는 안으로 들어와 거실이며 방 부엌 식당 등 집안 전등을 모두 밝혔다. 나 민지은, 아니 엄마로써 당당하게 살아가는 내가 서 있는 자리는 이처럼 밝고 화려해야 한다는 마음으로. 거실 천정에 달린 샹들리에의 무지갯빛 빛살이 하얀 천정에 가득 퍼져 있었다. 민 여사는 그녀가 바로 이 집안의 저 무지갯빛 햇살이라 생각했다. 그리고 불빛처럼 마음이 화사해짐을 부정할 수 없었다.

가장 고귀한 만남

'마담, 턴 업 프리즈.'

어슴푸레 잠이 들었나 보다. 낮게 가라앉은 탁한 음성이 정신을 들게 했다. 가볍게 실눈을 떴다. 가무잡잡한 피부에 유난히 눈이 크고 눈자위가 검은 얼굴 하나가 보인다. 처음 나를 이곳으로 안내한 그 소녀가 아니다. 소녀가 나를 침대에 누이고 발에 따뜻한 물수건을 올려놓고 요리조리 주무를 때 저 어린 것이 무슨 힘으로 마사지를 한단 말인가, 하는 걱정이 앞섰다. 헌데 깜박 조는 사이, 손길이 바빠지고 힘이 가해지는 강도를 느끼자 괜한 기우였다고 생각하며 몸의 긴장을 풀고 잠을 청했다는 기억이 났다.

그랬구나. 그 사이에 마사지 하는 사람이 바뀌었구나. 나는 그런 생각의 갈피를 가다듬으며 눈이 커다란 가무잡잡한 피부의 여인을 바라보았다. 이곳 여인 치고는 몸집이 실팍했다. 몸이 저렇게 튼실하니 그런 힘이 나왔나보다. 어느 순간부터 내 온 몸을 어루만지는 감촉은 부드럽고 따뜻하다는 느낌뿐이었다. 오일을 바른 내 몸 위로 두 손이 춤추듯 너울거리는가 하면 드럼 치듯 두드렸고, 잔잔한 호수의 물안개가 피어오르듯 살랑거리며 장단지에서 허벅지로 오르내리는가 하면 실개천의 가느다란 물줄기처럼 재잘거리며 등에서 허리 아래로 흘러내렸다. 눈 코 입 모두 닫고 두 귀만 열었어도 그 부드럽고 탄력 넘치는 손놀림은 오감을 자극하기에 충분했다. 그것은 피부 곳곳을 어르는가 하면 나무라고, 두드리는가 하면 쓰다듬는, 강약이 자연스레 교차하는 여인의 부드러운 손놀림 때문이리라.

소녀가 안내한 침대에 엎드려 하얀 타월로 둘러싸인 구멍에 얼굴을 놓으니 코와 눈은 자연스레 둥근 구멍이 뚫린 곳으로 들어갔고, 이마는 결 고운 부드러운 타월에 놓았다. 탈의실에서 바꾸어 입은 하얀 가운이 벗겨지고 큰 타월 한 장이 어깨에서부터 등으로 덮어졌다. 에어컨 바람에 얼어있던 몸을 따뜻하게 싸안아주는 기분이었다. 이어 또 다른 타월 하나가 허리에서부터 발끝까지 감싸준다. 뜨겁지 않으면서도 따뜻함을 뼛속 깊이까지 느끼게 할 수 있는 온도라니. 침대는 딱딱했으나 느낌은 부드러웠다. 구멍 밖으로 빠져나온 눈은 바닥에 놓인 하얀 둥근 수반(水盤) 속에 띄워진 자줏빛 양난을 들여다볼 수밖에 없었고, 코는 은은히 풍겨나는 이름을 알 수 없는 남국의 향기를 들이마시며 숨을 쉬어야 했다. 이제 잠을 청하자. 불면증에 시달리는 내 몸과 정신을 잠들게 하자.

내 몸은 언제나 깨어 있지만 나른하니 늘어져 졸고 있었고, 조는가 하면 온 몸의 세포가 낱낱이 흩어져 나를 에워싸고 있는 모든 감각들을 날름날름 먹어 삼켰다. 따라서 낮도 밤이었으며 밤도 낮이나 다름없었다.

'마담, 턴 업 프리즈.'

여인이 다시 한 번 말을 건넸다. 참, 돌아누우라 했지. 나는 말 잘 듣는 아이처럼 천정을 보고 바로 눕기 위해 몸을 일으켰다. 눈이 큰 여인이 하얀 타월 한 장을 펼쳐들고 내 몸을 가려준다. 다시 몸을 침대에놓았다. 높지도 낮지도 않은 베개가 머리와 목을 받쳐준다. 가슴과 복부를 덮은 타월도, 허리에서부터 다리까지 감싼 타월도 따뜻하다. 뜨거운 습기를 머금은 젖은 타월보다 마른 타월의 보송보송한 느낌이 나를 더욱 편안하게 만든다. 물기를 머금은 뜨거운 타월은 몸을 데치는듯 하여 긴장감을 일으키지만, 건조한 따뜻한 타월은 어머니의 품처럼포근하다. 유난히 따뜻하다는 느낌에 감동하는 이유는 무엇일까.

혹한을 피해 춥지 않은 곳을 찾아 이곳에 왔으니 따뜻한 것은 당연하다. 그러나 이곳에서도 뼛속까지 파고드는 냉기를 피할 수는 없다. 호텔 식당이건, 병원이건, 푸드 마켓이건 가는 곳마다 추위를 느끼게한다. 대기에 질펀히 고인 높은 온도와 습도를 거두어내기 위해 냉방장치가 쉼 없이 돌아가기 때문이다. 피부가 느끼는 차가움보다 뼛속까지 얼어붙는 듯 한 냉기를 더욱 견딜 수가 없다. 나는 이 방으로 안내되자마자 에어컨부터 꺼 달라고 부탁했다. 따뜻하다는 느낌은 마음까지도 푸근하게 만든다. 모든 것이 쾌적하다. 눈을 감았다. 눈두덩이 위로 거즈 한 장이 놓인다. 눈 큰 여인의 모습이 한 점 잿빛 잔영이 되어눈앞에서 어른거린다. 여인의 모습이 흰 구름 사이로 사라진다. 사물의 위치만 간신히 식별할 수 있던 흐릿한 방안의 불빛도 조각구름 같은 거즈에 가려 모든 형상을 하얗게 물들인다.

사람들은 흰색을 무색이라 한다. 하지만 색이 있다. 세상의 모든 색이 다 합쳐지면 검정색이 된다고 한다. 그러나 세상의 모든 빛이 모이면 백색이 된다. 백색은 세상의 모든 빛을 포용하고 있는 셈이다. 빛은 순간순간 다른 색을 보여준다. 투명하고 강렬한 햇빛 아래에서 눈을 감아보면 노랗게 혹은 빨갛게 보이다 어느 순간 분홍색으로 자리한다. 어둔 밤은 밤대로 그 색을 느끼게 한다. 단 한 번도 검다고 느낀 적이 없다. 눈꺼풀 탓인지 보잇한 그 어떤 빛을 의식하게 만든다. 빛은 사라지는 것이 아니고 잠시 자리를 양보하는 것인가 보다.

여인의 손길이 춤을 춘다. 부드러우면서도 강약이 분명한 손놀림이 내 의식을 흔든다. '마담, 오케이?' 여인이 묻는다. 강도가 괜찮으냐는 질문이다. 나는 고개를 주억거린다. 여인의 얼굴이 떠오른다. 눈이 참 크기도 하더니. 하긴 이곳 여인들은 대부분 눈이 크고 눈자위가 검다. 실팍하던 몸피도 그려진다. 작고 마른 여인이 많은 곳이라 그런지 여인의 몸이 유난히 건장해 보였다. 순간 그 얼굴이나 몸집이 낯설지 않다는 생각이 들었다. 마치 매일 만나는 친구처럼 어딘가 친숙하다는 느낌, 어제도 그제도 내가 앉아 있던 의자처럼 익숙하다는 기분이 의식의 밑바닥에서 맴돈다.

무엇 때문일까. 눈을 가린 흰 거즈를 떼어내고 화들짝 일어나 여인의 얼굴을 다시 한 번 보고 싶다. 그러나 알 수 없는 당김이 나를 침대에 묶어 놓는다. '그럴 리가.' 내가 그럴 리가, 라는 말을 떠올린 것은 그녀의 얼굴이 누군가를 닮았다는 것을 의미했다. 누구지. 나는 그때부터 그 여인이 누구를 닮았을까 골똘했다. 세상에 닮은 사람은 많다. 닮았다고 느끼는 것은 추측하는 대상이 아니라는 것을 반증(反證)한다.

그렇지만 그 여인의 얼굴이 친숙하다. 누구를 닮은 것일까. 의문은 답을 찾기 위한 궁리로 이동하였지만, 나는 끝내 그 답을 찾지 못하고 잠이 들었다. 잠은 달콤하다.

그 마사지 집, 펄(Pearl)에 세 번 찾아갔다. 두 번째 방문에서 주인 여자로부터 첫날 마사지 해 주었던 여인의 이름이 케이라는 것을 알았다. 나는 케이에게 마사지를 받고 싶다고 했다. 그날은 비번이란다. 세 번째 갔던 날 K라고 쓰느냐 물었으며 Kay라 쓴다는 것을 알았다. 케이를 어디서 많이 본 것 같다는 말을 했다. '이곳이 첫 방문이 아니지요? 그럼 그럴지도 모르지요. 마사지만 10년 너머 했다니까요. 언제 다른 곳에서 손님을 만난 적이 있을 지도 모르지요.' 주인 여자는 상냥한 미소를 지으며 케이의 능숙한 솜씨를 자랑했다. 나는 또 케이를 선택했다. 손님이 밀려 오래 기다려야 한단다. 나는 너무 추워서 기다릴 수가 없었다. 나를 위해 대기실 에어컨을 꺼달라고 할 수는 없는 일 아닌가. 다시 오마 했다. 유리창에 써 놓은 안내문에서 문 닫는 시간이 11시인 것을 확인 했다.

'누구지. 누굴 닮았지. 케이라고. Kay? K? K라면 Kim? Kim. 김.' 내 상상력은 날개를 달았다. 케이에서 K를 거쳐 마침내 김으로 날아갔다. 내가 아는 김 씨를 모두 떠올렸다. 내가 아는 사람 중에 케이처럼 몸이 건장하고 눈이 크며 눈자위가 검은 김 씨 성을 가진 여자가 쉽게 떠오르지 않는다. 알 수가 없다.

나는 케이를 만나지 않으면 안 될 것 같은 조바심을 멈출 수가 없었다. 케이를 다시 보기 위해 마감 시간에 맞추어 마사지 집으로 향했다. 거리는 대낮처럼 밝다. 인파도 여전하다. 그러나 시간은 밤이다. 마사지 집이 있는 빌딩도 불야성이다. 얼음가루를 흩뿌리는 것 같은 에어컨 바람도 여전하다. 마사지 집 출입문이 마주 보이는 곳에 있는 긴 의자에 앉았다. 춥다. 허리에 동였던 스웨터를 풀어 어깨에 둘렀다. 시계는 11시 5분을 가리킨다. 펄의 유리창 불빛은 희미하다. 낮에도 희미했다. 형광등을 감싸고 있는 아크릴 간판만 우윳빛으로 빛난다. 춥다. 어깨가 옴츠러든다. 스웨터에 팔을 꿰고 앞 단추를 여몄다. 팔짱을 낀다. 내 가슴에 남아있는 온기라도 가두어 두기 위한 임시방편이다. 펄의 불이 꺼졌다. 간판 글씨를 밝히던 형광등 불빛이 더욱 선명해 보인다. 통 넓은 검은 바지에 검은 티셔츠를 입은 여인이 밖으로 나와 자물쇠를 채우고 보안시스템을 가동시킨다. 케이다. 케이를 향해 마사지 집 앞으로 걸어 나갔다. 여인이 내 앞에 선다. '마담, 지금 여기서 뭐 하세요?' 여인이 놀란 듯 큰 눈을 더 크게 뜨며 묻는다. '그냥. 이야기 하고 싶어서.' 나는 죄 지은 아이처럼 말을 더듬는다. '우리 걸을까요?' 케이가 앞장서서 걷는다. 그녀는 자신의 튼실한 몸집을 감추기 위한 의도인지 검은 바지에 검은 반팔 셔츠를 입고 있었다. 나는 그녀를 놓칠세라 검은 옷에 감싸인 그녀를 잰걸음으로 따라간다.

케이가 말한다. 나는 듣는다. 그녀는 유창한 영어로 말한다. 나는 그녀의 모든 말을 알아들을 수 있다는 것이 신기하다.

마담, 이야기 하고 싶다고 했지요. 하세요. 이야기 하세요. 이곳에 오게 된 경위를 말하고 싶으세요? 아님 케이가 궁금하세요? 마담은 누구입니까. 무엇이 마담이라 생각하십니까. 케이가 마담을 알아보지 못했다 하여 마담이, 마담이 아닐 수는 없지요. 마담은 언제 어떤 모습이든 마담입니다. 케이는 마담이 우리 가게에 들어서는 순간 누군지 알아보았어요. 하지만 너무 변해 혹시 잘못 보았나 했지요. 그래서 중간에 케이가 마담의 방에 들어갔던 겁니다. 케이를 못 알아보겠더라고요? 케이가 그렇게 변했나요? 다행이네요. 마담이 기억하는 케이는 누구입니까? 케이에 대해 무엇을 아십니까? 기억하고 있는 모습이 케이가 아니어도 좋아요. 그러나 케이는 케이일 뿐입니다.

그녀는 '나'라는 단어를 쓰지 않았다. 자신을 케이라는 이름으로 말했다. 자신을 마치 다른 사람 부르듯 케이라 칭하는 그 어투가 낯설었다. 처음 말을 배우는 어린아이 같았다. 그러나 곧 친숙해져 나는 그녀를 오직 케이로 볼 수 있었고 케이로 들을 수 있었다. 그리고 나는 그녀가 부르는 대로 '마담'일 뿐이었다. 케이가 말하란다. 나는 무슨 말이 하고 싶은지 모른다. 목구멍에서 올각거리는 분노, 설움과 억울함을 토해내고 싶다. 나는 억울하다는 생각을 떼어낼 수가 없다. 살아온 세월이 억울하고 얼마 남지 않은 살아갈 날이 억울하다.

'나이 60도 안 되어 죽는다고?' 자문해 보면 질문에 앞서 '누군 안 죽나?', 하는 반문이 먼저 입을 막는다. '내가 뭐라고 이 나이에 죽으면 안 돼. 죽음이 뭔데. 죽어야 한다면 죽는 거지. 누군들 죽음을 피해 갈 수 없는 것 아닌가.' 내 삶의 에너지가 고갈되어 다시 흙으로 바람으로 돌아가는 거 아닌가. 그렇다. 나는 안다. 그런데 그런 말들은 오직 머릿속에서만 시인된다. 몸과 마음으로는 받아들여지지 않는다. 나는 더 살고 싶다. '살아서 뭐 하려고?' 또 자문한다. 지난 5년간의 투병이 억울해서 죽을 수 없다고 앙탈을 부린다. 하지만 5년을 더 살지 않았냐고 나는 내게 쏘아붙이듯 말한다. 그 5년간 나는 무엇을 했나. 다만 생명을 이어간 것뿐이다. 숨 쉬고, 먹고, 싸고, 자고. 그 이상도 그 이하도 아니었다. 그것만이 내가 할 수 있는 일이었고 그게 삶이라 믿었다.

봄이 되면 긴 동면 끝에 언 땅을 비집고 올라온 새싹이 잎을 돋우고 마침내 꽃을 피우고, 여름이면 세찬 장대비를 맞으면서도 몸을 키워가는 꽃과 나무들. 나는 그 나무와 꽃만도 못했다. 나는 늘 겨울의 문턱이었다. 누렇게 변색하고, 시들시들 말라가고, 그러다 불어오는 바람 한 점에 땅에 떨어지는 낙엽. 낙엽도 제 할 일이 있다. 바람에 밀려 이리저리 뒹굴다 제 몸을 흙으로 만들어 다른 생명의 거름이 된다. 그러나 나는 지난 5년간 무엇도 한 짓이 없다. 새싹을 틔우지도 꽃을 피우지도 못했고, 더욱이 몸을 키우기는커녕 새들새들 시들어가기만 했다. 한 장 낙엽이 되어 다른 나무들에게 힘을 보태줄 준비를 하기 보다는 가족들의 생기마저 모두 빼앗아 먹었다. 그리고 이제 남은 시간이 6개월이란다.

나는 준비가 되어 있었던가. 죽을 준비. 나는 오직 살기 위해 안간힘을 썼을 뿐 죽을 준비는 하지 않았다. 죽음이라는 상황이, 그 마지막 상태가 나만은 빗겨 가리라 믿었을까. 나는 그것도 믿지 않았다. 다만 어제 살았으니 오늘을 살 것이며 오늘을 살아냈으니 내일도 살아가리라, 그냥 그렇게 살아지리라 믿었다.

마담 지금 무슨 생각을 하십니까? 지금 여기, 이렇게 케이와 마주 앉아 있는 상황이 낯설다 싶습니까? 왜 지금 여기서 이 케이와 이야기

하는지 이해가 안가십니까? 마담. 우리의 삶은 지금 여기라는 순간의 연속입니다. 지금, now와 여기, here가 우리 인생의 전부입니다. now 와 here를 합치면 nowhere입니다. nowhere의 의미가 무엇입니까? 마담이 지금 여기 있는 이 순간 이 자리 이외의 어느 곳 어느 순간에도 마담은 존재하지 않습니다. 바로 nowhere이지요. 그러나 우리는 생각 속에서 과거에도 살고 미래에도 삽니다.

생각이란 무엇일까요. 그 생각이라는 것은 과거의 일에 뿌리를 두거나 미래의 일을 상상하는 것을 말하지요. 지금 여기에 존재하지 않는 과거의 일을 떠올려 곱씹고 분노하고, 미래의 일을 상상하며 걱정하고 두려워하며 그것을 생각이라 말합니다. 그러면서 지금 살고 있다고 말하지요. 그러나 과거와 미래는 지금 존재하지 않습니다. 걱정과 분노가 아니더라도 생각은 지금이 아닙니다. 과거나 미래라는 시간 속에서 무엇인가를 건져내어 머리를 굴리고 마음을 쓰지요. 지금은 과거와 미래의 중간이 아닙니다. 매 순간 순간이 지금이지요. 우리가 숨을 쉬고 있는 바로 이 호흡지간이지요. 숨을 들이마시고 내쉬는 여기가 지금입니다. 마담, 지금을 느껴보세요. 지금 여기에 의식을 모아보세요.

케이가 코끝을 가리키며 숨을 들이마시고 내쉬며 '여기'라는 말을 했다. 순간, 어머니의 죽음이 떠올랐다. 어머니는 숨을 들이쉬고 내쉬기를 가쁘게 하더니 한 순간 머리를 옆으로 떨어뜨리며 숨쉬기를 멈췄다. 난생 처음 숨 쉬기를 멈추는 것이 바로 죽음이라는 것을 실감한 순간이었다. 서둘러 침대 머리맡에 있는 비상벨을 누르니 간호사가 달려오고 뒤이어 의사가 왔다. 의사는 어머니 코에 손을 대어보고 가슴에

점을 찍듯 청진기를 몇 번 대어본 후 저희들끼리 몇 마디 주고받더니 하얀 시트 한 장을 어머니 얼굴까지 덮었다. 그것으로 어머니의 삶은 끝이 났다. 그것이 끝이었을까. 다만 어머니의 숨 쉬기가 끝났을 뿐인데. 그 때도, 어머니께서 숨 쉬기를 멈춘 그 때도, 나는 아무 노력 없이 아무 생각 없이 숨 쉬기를 계속하고 있었다. 아니 숨을 쉬고 있다는 것조차 깨닫지 못했다.

마담, 인생이 순간순간의 연속이라면 우리가 만나는 순간순간, 즉 지금 여기(now, here)가 모두 좋을 수만은 없지요. 아마도 지겹고 짜증나고 피하고 싶은 순간들이 더 많을 것입니다. 그렇다면 그 순간들을 어떻게 하여야 할까요. 우리가 할 수 있는 방법은 그것을 부정(否定)하거나, 변화시키거나, 그냥 그대로 수용(受容)하는 방법뿐일 것입니다. 사람은 누구나 부정 즉 거부하고, 변화시키고 싶어 합니다. 그러나 그 순간이라는 것은 결코 부정될 수 없습니다. 변화도 마찬가지입니다. 우리는 결코 그 순간을 피해갈 수 없습니다.

예수님이 십자가에 매달려 마지막으로 하늘을 보며 하신 말씀을 기억하십니까. 그 순간을 피해갈 수 있게 해 달라 애원합니다. 그러나 결국 이렇게 고백합니다. '제 뜻대로 마시옵고 당신 뜻대로 하소서' 하고요. 이것이 수용입니다. 그렇다면 수용의 자세는 어떠한 것일까요. 그것은 그 순간을 바라보는 것입니다. 바람을 보듯, 소리를 보듯, 잡을 수 없고 볼 수 없는 것을 그냥 바라보는 것, 바로 그것입니다. 지금 여기 이 순간을 그냥 지나가도록 할 수만 있다면 평화로운 순간이 오겠지요.

생각하는 '나'를 바라보세요. 생각은 내가 아닙니다. 생각하는 '나'를 바라볼 수 있는 '나'가 참 나입니다. 그렇게 나를 바라보다 보면 그 순간은 지나갑니다. 바로 그 지금을 인식하세요. 지금 여기에 존재하지도 않는 과거의 허상에 매달려 분노하는 나, 지금 여기 존재 하지도 않는 미래의 희망과 허상에 매달려 애걸복걸하고 고민하는 '나'를 바라보세요. 그러다 보면 그 순간들은 다 지나갑니다. 그러다 또 다시 분노하고 희망에 좌절한 순간들을 만난다면 또 그렇게 그 순간을 바라보며 지나가도록 하세요. 웃을 일도 울 일도 없이 순간순간을 그냥 지내 보낸다면 인생이라는 것이 고해(苦海)도 지옥도 아닐 것입니다. 그냥 사라져가는 순간이지요. 그 순간순간들을 어떻게 바라보느냐고 묻고 싶으시지요?

그럴까. 케이가 말하는 그 방법 이외에 고통과 분노와 허탈한 시간을 부정하거나 변화시킬 재간은 없는 것일까. 코앞에 닥친 반갑지 않은 순간들, 그것이 바로 내 삶이었다. 나는 그 시간들을 그냥 바라보며 무사히 그 시간들의 위기를 헤쳐 나가려 했을까. 아니 그 시간들이 위기라 느낀 것 자체가 케이가 말한 생각일 뿐이었는지도 모른다. 더 나아가 왜 내게 이런 시간들이 주어졌느냐 절규하며 보낸 것은 아니었을까. 그랬다. 나는 시간들을 거부하고 부정하고 억울해 하며 기진맥진 나동그라지고 말았는지 모른다. 나는 내게 닥친 그 시간들을 그냥 바라보며 케이가 말하는 참 '나'를 지키기 위해 그 위기의 순간을 지혜롭게 극복할 수 있도록 노력하지 않았다. 그것은 내게 주어진 시간들을 부정하고 거부하고 싶은 생각의 연속 이었다. 지금 여기라는 대 전제에서 내게 주어진 상황을 부정한다는 것은 곧 나 자신을 부정하는 것이나 같았다. 그렇다면 나는 왜 케이처럼 그렇게 깨달을 수 없었을까.

케이는 무엇이라 불려도 케이입니다. 케이라는 이름이 싫다면 제이면 어떻고 메이면 어때요. 메이든 케이든 같은 사람입니다. 이름이란 상표와 같지요. 다른 사람과 구분하기 위한 방법이지요. 케이가 자신을 '나'라 하지 않고 '케이'라 부르는 것은 그 때문입니다. '나'가 누구입니까? 케이는 압니다. '나'라는 사람을 잊기 위해, 다시 말해 '나'를 지우기 위해 케이는 '나'라는 말을 쓰지 않았습니다. 내가 나를 나라고 부르는 한 나는 지워지지 않을 테니까요. 그리고 내가 아는 나, 내가 생각하는 나는 과연 누구이며 무엇일까 생각했습니다. '나'는 생각이며 내가 나라고 믿고 살며 선택한 경험들이 바로 다른 사람 아닌 '나'라고 믿었습니다.

그렇다면 계속 마담이라 불리는 나는 누구일까? 꼬리를 물고 이어지는 케이의 말은 나를 앞으로 내닫게 하는 채찍과 같았다. 처음에는 케이가 무슨 소리를 하는지 알 수 없었지만 시간이 흐를수록 그녀의 말이 주는 의미를 조금은 알아들을 수 있을 것 같았다. '나'는 다만 '나'일까. '나'는 내가 생각하는 '나', 그 이상도 그 이하도 아닐까. 나는 내가 생각하는 그 모습이 아니다. 나는 생각이며 내가 선택한 경험의 집합체다. 케이의 말이 머리에서 시작해 가슴으로 울려 퍼졌다. '나'라고 하는 조약돌 하나가 수면 위에 만들어 놓은 작은 파문은 서서히 그러면서도 거칠게 그 소용돌이를 넓혀갔다. 나는 허공에 매달린 회전열차에 몸을 실은 듯 출렁출렁 밀려오는 어지럼증을 감당하기가 어려웠다.

　케이는 '나'를 지우기 위해 내가 생각할 때 사용하는 말, 타인과 대화를 나누는 말, 즉 언어를 지워버리기로 했지요. 케이가 '나'라고 생각하는 '나'는 다만 생각일 뿐이기 때문이지요. 생각이라는 것은 자신이 알고 있는 말 즉 언어로 합니다. 그 언어가 무엇입니까. 소통하기 위한 약속된 소리입니다. 우리는 그 언어로 생각합니다. 기억하는 언어를 잊기 위해서는 다른 언어를 배워야 했습니다. 그러나 케이는 그 어떤 다른 말도 배우지 않았지요. 말은 생각을 만들고, 생각은 선택을 강요하며, 선택은 왜곡된 경험을 만듭니다. 누구에게나 선택에는 기준이 있지요. 그 기준 또한 그 사람의 경험입니다.

　마담. 마담은 누구입니까? 무엇이라 정의할 수 있습니까? 케이는 알았습니다. 케이 안에는 케이의 어머니도 있고 아버지도 있으며 또 그 어머니 아버지가 살아있다는 것을. 케이의 몸은 아버지를 닮아 크고 건강합니다. 손도 발도 아버지를 닮았지요. 눈은 어머니를 닮았습니다. 어머니의 눈은 외할아버지를 닮았습니다. 따라서 케이 안에는 수많은 사람의 형체가 존재합니다. 그뿐이 아니지요. 성격도 그렇습니다. 무엇이든 열심히 해야 하고, 시작한 일은 끝을 보아야 합니다. 이 성격은 어머니를 닮았습니다. 그렇다고 침착하거나 차분한 성격도 아닙니다. 성급하고 세상사에 관심이 많습니다. 하나를 보면 둘을 알아야 하지요. 그래서 늘 분주합니다. 이 성격은 아버지를 닮았습니다. 상반된 이 두 성격이 케이라는 한 사람 안에 존재하니 케이는 늘 불안하고 자신이 없습니다. 이것도 완벽하게 해야 하며 저것도 알아야 하니 불안정 하지요. 만족할 수 있는 것이 아무 것도 없었습니다. 그게 저를 불행하게 만들었지요.

　나는 케이의 말을 들으며 나를 돌아보기 시작했다. 나는 늘 불안하다. 행복이나 평화를 느끼기보다 불행하다고 비관하고 자신을 비하한다. 유전인자라는 것에 의해 아버지와 어머니에게서 물려받은 내 안에 존재하는 상반된 두 개의 성격 때문일까? 그런 것 같다. 나는 정서적으로 안정되고 싶다. 그러나 그 안정된 상태라는 것을 알지 못한다. 나는 내가 싫다. 내 안에 존재하는 아버지와 어머니를 닮은, 보이는 것과 보이지 않는 것, 그것들이 다른 사람 아닌 바로 나라면 나는 그 모든 것을 부정하고 싶다. 그러나 그것은 부정할 수도 지울 수도 없었다. 나는 인정받고 칭찬 받고 싶었다. 내가 생각하는 '나' 라는 존재 그 자체로 인정받고 싶었다. 나는 인정받는다는 느낌이나 행위 모든 것이 타인에게서 오는 것이라 생각했다. 타인으로부터의 인정, 칭찬 그것만이 내가 힘차게 살아갈 수 있는 힘이라 믿었다. 그것만이 내 존재의 이유이며 내가 살아갈 수 있는 에너지였다. 그 에너지의 고갈이 나를 병들게 했다. 그러나 인정은 자신에게서 먼저 오는 것이 아닐까. 그것이 자신감 아닐까. 나는 나를 인정하지 않는다. 내 모습, 내 생각, 내 판단, 내가 살아온 삶, 그 모든 것이 싫다. 부정하고 싶다. 부정할 수 없다면 새롭게 바꾸고 싶다. 바꾼다. 변모? 보이는 것의 변모가 내적인 것까지 바꾸어줄 수는 없다. 결국 나는 내 모든 것을 부정하고 싶을 뿐이다. 그러나 '나'는 나를 부정하거나 지울 수 없다. 극복이란 더욱 불가능한 것이었다. 내가 나를 지금의 나로 기억하는 한. 그렇다면 케이의 말이 옳은 것일까.

　케이는 생각을 버리기 위해 말을 잊으려 노력했고, 그 말을 잊기 위해 말을 버렸습니다. 말은 다만 소리일 뿐이니까요. 말을 잊은 사람도 느낌이 있습니다. 그 느낌이란 것도 경험에서 옵니다. 유전자에 의해 물려받은 성격이 선택한 기준. 그 기준이 모여 경험이 되지요. 그 경험들이 나를 만듭니다. 그 경험들이 가치를 만듭니다. 그리고 그 가치에 따라 옳고 그르고를 판단합니다. 자신이 선택한 그 판단이 과연 옳은지 그른지는 누가 판단할까요?

　마담, 마담은 종교가 있습니까. 케이는 종교를 믿지 않습니다. 처음에는 기독교였지요. 기독교의 가장 근본은 원죄(原罪)에서 시작됩니다. 하느님의 아들 예수도 인간의 원죄를 속죄하기 위해 인간의 몸으로 이 땅에 왔고 그 원죄를 대속(代贖)하기 위해 십자가에 못 박히셨다지요. 우리가 그것을 믿는 한, 우리는 죄인으로 살고 죄인으로 죽어야합니다. 우리 모두 죄인이라는 이 기막힌 사실 앞에서 어찌 고개를 들 수 있겠습니까.

　죄인으로 태어났다는 사실은 절망을 낳습니다. 저는 죄인입니다, 하고 고백하는 순간 희망을 잃게 됩니다. 다만 죄인이라는 사슬에서 벗어나기 위해 선행을 하여 죗값을 탕감하려 하지요. 이것을 박애요 사랑이라 말합니다. 그러나 하느님께서 우리 인간을 만드실 때 당신의 모습대로 만드셨다고 합니다. 하느님이 사랑이라면 우리 인간도 사랑입니다. 따라서 우리 인간은 죄인이 아닙니다. 사람 하나하나가 하느님이며, 그 하나하나가 사랑이지요.

케이의 말은 켜켜이 쌓여 하나의 울타리를 만들었고, 그것이 모여 하나의 성곽을 이루어갔다. 나는 케이의 말이 이루어 놓은 성곽 안에 갇혀 있었다. 말의 벽, 말의 울타리에는 틈이 없었다.

'6개월. 길어야 6개월입니다.' 의사의 말은 정말 사형 선고였을까. 누가 알까. 6개월이 될지 5개월이 될지. 아님 1년이 될지. 그러나 어처구니없게도 그 사형선고가 나를 자유롭게 했다. '뭐가 제일 하고 싶어?' 남편과 아이들의 첫 번째 위로가 그 말이었다. 이제 죽을 목숨이니 하고 싶은 일이라면 뭐든지 다 들어주겠다는 동정으로 들렸다. 아마도 그들은 그런 의미에서 내게 묻지 않았겠지만 나는 그렇게 생각했다. 그것은 적선이며 깨진 쪽박에 던져주는 찬밥 덩이와 다름없었다. 이제까지 내게 주어진 임무를 제대로 수행하지 못하고 산 시간만도 5년인데 무엇을 더 바란단 말인가. 나는 입이 있어도 할 말이 없었다. 그보다 하고 싶은 일이 무엇인지 알지 못했다. 다만 살고 싶을 뿐이었다. 살고 싶다는 욕망은 어디에서 비롯된 것일까. 살아서 무엇을 하고 싶기에 살고 싶다고 버둥거리는 것일까.

그 때 생각지도 않게 새어나온 말이 여행이었다. '아는 사람 하나도 없는 따뜻한 곳에서 쉬고 싶어.' 쉬고 싶다니. 언제는 쉬지 않았는가. 무엇을 했다고 또 쉬고 싶다는 것일까. 내 안에 있는 또 하나의 내가 나를 비웃었다. '그래, 엄마. 금년 추위가 혹독하다는 데 따뜻한 곳에 가서 맘껏 자고 쉬고, 엄마가 좋아하는 책 읽고, 음악 듣고 해. 하지만 엄마 혼자 가도 괜찮겠어?' 자고, 쉬고, 좋아하는 책 읽고, 음악 듣고. 언제는 맘껏 자고, 쉬고, 책 읽고, 음악 듣고 하지 않았던가.

좋아하는 책이라고? 책이 좋아서가 아니라 그것만이 하루라고 정해진 시간을 줄여줄 수 있는 유일한 수단이었다. 책을 들고 한두 장 정도 읽다 보면 저절로 잠이 왔고, 자다 보면 하루가 빨리 지나갔다. 책이란 시침과 분침이 돌아가는 속도를 알아챌 수 없을 만큼 빠른 속도로 시간을 몰고 가는 요물이었다. 내가 그 요물을 좋아한다고? 나는 입을 다물었다. 남편도 아이들도 내 병치레에 이제쯤은 신물이 나리라 짐작됐다. 나는 침묵했다. 그들이 나를 알아서 따뜻한 곳으로 보내주겠지.

그 준비로 6개월 남은 시간에서 1달을 소모했다. 이곳은 신혼 시절 주재원으로 근무하는 남편을 따라가서 살던 곳이어서 동서남북 정도는 구분할 수 있었다. 그리고 따뜻하다. 나는 가족의 치밀한 계획에 온전히 나를 맡겼다. 그것만이 내가 죽기 전에 그들에게 해 줄 수 있는 마지막 도움이며 위로이기라도 한 양. 세계적으로 유명하다는 국제병원 가까이에 위치한 아파트 같은 호텔에 가사도우미 겸 간병인 역할을 할 수 있는 아주머니까지 대동하고 이곳에 왔다. 트렁크 안에는 약이 그득했다. 식전·식후·취침 전 복용하는 약, 매일 투여하는 영양제, 상태를 체크하여 일주일에 한 번 맞아야 하는 항암제. 서울의 담당 의사가 이 병원 암 센터 의사와 그간의 병력과 치료과정, 처방이 담긴 내용을 수차례 메일로 주고받은 후 내려진 모험이었다. 처음에는 한 달을 기약했으나 상태가 호전되는 것 같다는 의사의 전갈을 받은 남편이 주말을 이용해 다녀간 후 1달이 연장되었다. 나는 정말 좋아지는 것일까. 달라진 것이 있다면 이곳 의사가 내게 개인 트레이너를 붙여 운동을 시켰다는 것이다. 처음에는 트레이드 밀 위에서 시속 2Km로 5분간 걷고, 하루건너 2분씩 늘리더니 이제는 시속 4Km로

20분 걷는다. 그리고 마음 내키는 날 마사지를 받으라고 펄 마사지 집을 소개해 주었다.

마담, 마담은 자신을 사랑하십니까? 사랑하십시오. 죽도록 사랑하십시오. 자신을 먼저 사랑하지 않으면 누구도 사랑할 수 없습니다. 이웃을 내 몸처럼 사랑하는 것이 아니라 나를 이웃처럼 존중하고 아끼십시오. 무엇 때문에 자신을 사랑할 수 없는 것일까요. 그 잣대가 내 것이 아니고 남의 것이기 때문입니다. 마담, 자신을 자랑스럽게 생각하십시오. 남의 잣대로 나를 보면 나는 내가 될 수 없습니다. 남의 잣대로 나를 다루어 무엇이 남을까요. 비하될 뿐입니다. 나를 뺀 모든 사람들은 서로 자신만의 잣대로 타인을 보며 그들을 비방하고 무능하다고 비난합니다. 그 타인의 잣대에서 나를 지키려면 누구도 침해할 수 없는 '나'가 견고해야 합니다. 이제까지 '나'라고 믿었던 그 허물을 벗어내야 견고한 '나'를 만날 수 있습니다. 스스로 믿었던 '나'는 '나'가 아니니까요. 그것은 허상입니다. 남들이 규정한 '나'일뿐이지요. 참 나를 찾으려면 그 허상을 벗어버려야 해요. '나'라 불리는 모든 것을 버리세요.

케이는 자신을 버리기 위해 말과 생각과 판단을 버렸습니다. 그러고 나니 케이 자신을 사랑하게 되었습니다. 맘에 들지 않는 이 얼굴 몸뚱이에서부터 시작해 좋고 싫고를 판단하던 그 많고 많은 기준, 그 기준에 얽매인 체면, 강요받은 예의와 도덕, 그런 것들을 훌훌 벗어 던지고 나니 비로소 케이가 보이더라고요. 얼굴과 몸뚱이를 조이고 있던 가면, 그 철가면이 벗겨지고 나니 때맞추어 웃어야 하고 울어야 하며, 하고 싶지 않은 일도 해야 하고, 강요받은 일을 하느라 온 몸과 신경이 곤두 서 있던 지친 육신이 날개를 단 듯 가벼워졌습니다. 케이가 스스로 케이를 돌보게 된 것이지요. 그 첫째가 이 케이가 하고 싶은 일인가, 하면 즐거운 일인가, 이것에 따라 살아가는 것이었습니다.

나는 '나'라 불리고 '나'라 보이던 그 모든 관념과 허상들을 눈앞에 그려보았다. 내가 '나'라고 믿는 '나'는 그곳에 없었다. 나는 '나'라는 생각을 지울 수밖에 없었다. 바로 케이가 이제까지 말해주던 그 방법, '나'라는 허상과 생각, 관념, 가치, 판단 그 모든 것을 지워야 했다. 시간이라는 흐름 또한 잊으려했다. 지금, 여기라는 것에 마음을 모았다. 지금, 여기. 내가 아는 '나'가 아닌 참 '나'가 존재하는 지금, 여기. 나는 나를 찾기 위해 케이가 알려준 대로 천천히 내 들숨과 날숨에 의식을 모았다.

숨을 들이쉰다. 내쉰다. 그런 나를 내가 지켜본다. 지금 여기서 내가 느끼는 내 오감을 의식한다. 내가 아는 나는 없다. 다만 나는 숨을 쉴 뿐이다. 내가 나를 본다. 나는 숨을 쉰다. 들이 쉬고 내 쉬고. 코끝에 묻어온 냉기가 가슴을 거쳐 온 몸을 돌아 따뜻하게 밖으로 나아간다. 들이 쉬고 내 쉬고. 내 들숨과 날숨에 집중하고 있는 한 그 숨길을 놓지 않을 것 같았다. 나는 지금, 여기에서 오직 내 숨쉬기에만 몰입했다. 집중한다는 것은 그것을 거부하거나 부정하는 것이 아니라는 믿음으로.

얼마간의 시간이 흐른 것일까. 도우미 이 씨가 내 곁에 앉아 내 손을 잡은 채 고개를 접고 졸고 있었다. 그녀는 온 종일 잔다. 시간 맞추어

약 챙겨 먹여주고, 트레이너와 약속된 시간에 피트니스 장에 데려가고. 내가 걷기를 하는 동안 의자에 앉아 고개를 접고 존다. 그러다 마치 누군가 시간을 알려준 것처럼 벌떡 일어나 나를 부축해 방으로 데려간다. 그리고 또 의자에 앉아 존다. 앉았다 하면 졸고, 조는가 하면 코를 곤다. 하품을 하나 싶으면 어느새 고개를 접고 코를 곤다. 그녀는 자기 위해 깨어 있다. 아니 어쩌면 깨기 위해 조는지도 모른다.

죽이 먹고 싶다면 죽을 만들고, 된장국이 먹고 싶다면 장을 봐다 국을 끓인다. 마켓에 따라 가고 싶다면 내 팔짱을 끼고 기듯 걸어가 쉬엄쉬엄 장을 본다. 고기를 먹어볼까, 하는 말이 떨어지기 무섭게 소고기 돼지고기 닭고기를 훑어본다. 이곳은 돼지고기가 맛있다. 비게라곤 한 조각도 붙어 있지 않은 고기를 200g 정도 산다. 이 씨는 곁들임 야채도 산다. 양념하지 말고 그냥 구워 먹을까. 내 입에서 그런 말이 나오면 고기를 노릇노릇 구워 소금 후추만 뿌려 준다. 나는 두 저름 정도 먹고 나머지는 이 씨가 먹는다. 나는 과일을 많이 먹는다. 파파야, 망고, 파인애플, 포멜로, 패션 푸르트 등등. 나는 이곳 열대 과일보다 사과와 배가 먹고 싶다. 이 씨는 비싼 일본 후지 사과 한 개를 사온다. 나는 한 입 정도 먹는다. 이 씨는 나머지를 비닐봉지에 넣어 냉장고에 넣어둔다. 아마 값이 비싸기 때문이리라.

케이가 없다. 어디 간 것일까. 나는 이 씨 아주머니를 깨울 수가 없었다. 나는 그녀가 깨기를 기다린다. 불을 끈 상점의 검은 창문들이 어두운 동굴처럼 입을 벌리고 으르렁거린다. 건물은 잠이 들어가고 있다. 그러나 천정의 전구들은 지칠 줄 모르고 빛을 쏟아낸다. 작고 가벼

운 깃털 같은 존재가 빛 사이를 떠다닌다. 그것이 바로 나다. 나는 그
것을 느낀다. 그리고 안다. 나는 계속 불빛 사이의 빈 공간을 떠다녔
다. 천정의 불빛도 하나 둘 사위어간다.

고갯방아를 찧던 이 씨가 화들짝 놀라 눈을 뜬다. 두 팔을 허공으로
뻗어 올리며 입이 찢어져라 하품을 한다. 그리고 일어나려 허리를 편
다. 그녀가 잡고 있던 내 손이 그녀의 무릎 위로 떨어져 내린다. 나는
그녀의 가슴팍에 머리를 묻는다. 나는 여전히 작고 가벼운 깃털 같다.
이 씨가 내 가느다란 몸뚱이를 부여안는다. 뺨을 비벼대며 신음한다.
그리고 마침내 어깨를 들썩이며 오열한다. 작고 가벼운 깃털 같은 나
는 그녀의 체온을 느낄 수 없다. 그녀가 호주머니를 뒤적여 전화기를
찾아 들고 말을 한다. 그것은 말이 아니라 외마디와 다름없다. 그녀의
몸이 와들와들 떨린다.

작고 가벼운 깃털 같은 내가 '나'를 본다. '나'는 백자 항아리 속에 담
겨있다. 가무잡잡한 피부에 유난히 눈이 큰 얼굴. 아버지를 닮아 몸집
이 크고 건강하며 어머니의 눈을 닮은 나. 긴 병치레 탓에 눈자위는 검
게 죽어있고 몸집은 어린아이같이 조그맣게 오그라들었다. 그러나 '나'
는 어디에도 없다. 어머니를 닮아 무엇이든 열심히 해야 하고, 시작한
일은 끝장을 보아야 하는 나. 그렇다고 침착하거나 차분한 성격도 아
닌 나. 아버지를 닮아 성급하고 세상사에 관심이 많아 늘 분주하고 하
나를 보면 둘을 알아야 하는 나. 이렇게 상반된 두 성격이 한 사람 안
에 존재하니 늘 불안하고 자신이 없던 나. 그러나 그곳에 그런 '나'는
없었다. 남편의 체온이 전해온다. 거친 숨결 탓에 그의 가슴이 출렁

거린다. 항아리에 붙어 있는 종이쪽지에 검은색으로 굵게 쓰여 있는 KAY라는 글씨가 도드라져 보인다. Kim Ah Yune. 김아윤. 사람들은 나를 그렇게 불렀다. 그러나 그곳에는 아무도 없다. 죽음이란 참 나가 아닌 모든 것을 벗겨내는 것이었다. '나'는 가벼운 깃털 같은 '나'를 느낄 뿐이다. 나는 더 이상 숨을 들이 쉬고 내 쉬지 않는다. 그러나 나는 지금 여기에 있다.

스위트 빌리지

　서울 인근 신도시 서 판교에 6채의 단독 주택이 아름답게 자리했다.
VVIP 여섯 분만 모신다는 공고가 주요 일간지에 뜨자 그 날로 분양이
완료되었다. 부동산 시장의 침체가 경기 활성화를 저해한다는 여론에
찬 물을 끼얹은 이변이었다. 단지의 보안 관리를 위한 차량 출입 게이
트와 경비실이 마련되어 있어 입주민 이외엔 출입이 차단되었다. 해발
300m 언덕에 마련된 단지여서 풍광도 뛰어났고 공기도 맑았다. 각 집
의 분양 대지는 150평이었으며 건평은 3층 구조로 75평이었으나 공동
으로 사용하는 정원이나 조경은 상상을 초월했다. 세계적으로 유명한
일본 건축가 안도 다다오가 설계했으며 6채의 구조가 모두 다르다는
것만으로도 화젯거리였다. 광고를 보고 자그마치 삼 백 명이 몰려들어
집 구경을 했다지만 입주자는 6세대일수밖에 없었다.
　재벌 2세, 탄탄한 기업으로 성장한 벤처기업 사장, 아들에게 사업
을 맡기고 일선에서 물러앉은 회장, 서울에 최고급 아파트 한 채를 두

고 소위 2nd 하우스(house)로 주말에만 내려온다는 대기업 사장, 재벌 2세의 연인이라는 연예인까지 누가 알세라 숨어 산다는 소문이 공공연한 사실인 양 떠돌았다. 연예인이 산다는 소문 탓인지, 멀리서라도 집 구경 한 번 해 보자는 심사인지, 단지 주변을 기웃거리는 사람이 적잖았다. 더구나 주변이 온통 산이요 멀지 않은 곳에 호수가 있어 유럽 풍 카페가 하나 둘 생겨나자 서울에서까지 여인들이 떼를 지어 몰려들었으며 누가 산다더라 하는 소문은 점점 더 입에서 입으로 전해졌다.

그러나 정작 단지에 들어와 살고 있는 사람들은 이웃에 관심이 없었다. 그들은 사생활 존중을 위해 필요 이상의 관심을 갖는 것은 예의가 아니라 믿었다. 그들은 이름도 성도 알려하지 않았다. 단지 분양할 때 칭하던 1호, 2호 하면 그뿐이었다. 그러나 공연히 관심이 가는 집은 입주를 시작한지 반년이 지나도록 이사를 하지 않고 관리실에 얼굴 한 번 내보이지 않는 2호 집이었다. 관리실에서 들려오는 이야기로는 대학 교수 부부의 집이며 방학을 해야 이사를 할 수 있다는 것이 전부였다. 물론 그런 저런 말을 물어 오는 것도 가정부의 역할이었다.

이웃이 사촌보다 낫다는 속담이 무색할 지경으로 소 닭 보듯 살던 그들이 자리를 함께 마련한 계기가 생각보다 일찍 찾아왔다. 겨울방학이 시작되기 전 10월 말 주말에 2호집에 이삿짐이 들어왔다. 그리고 이제까지 누구도 행한 적이 없던 이사 떡을 젊고 예쁜 안주인이 직접 들고 찾아왔다. 더구나 부부의 명함이 나란히 얹혀 있었으니 스스로 자신의 신분을 노출시킨 보기 드문 일이었다. 떡을 받은 집들은 놀라지 않을 수 없었다. 놀랄 정도가 아니라 그간 자신들이 이웃 간에 너무 견고한 성을 쌓고 지낸 것이 아닌가 하는 반성에 이를 지경이었다. 여섯 집 중 한 집의 파행이랄까 미덕은 나머지 다섯 집에 작은 파문을 일으켰으며 가장 연장자인 3호집 김 회장에게는 부끄러움으로까지 작용했다.

남자 이름이 K대 전자 공학과 교수 박기석 박사로, 여자 이름이 S대 신문방송학과 교수 서영란 박사로 알려진 2호 집이 떡을 돌린 지 열흘 후였다. 김 회장은 시간적 여유를 배려하여 그 다음 주 토요일 오후 7시에 간단한 와인 파티를 열겠다는 초청장을 돌렸다. 당연히 초청장 하단에 참석 여부를 알려달라는 R,S,V,P라는 문구를 잊지 않았다. 그리고 단지 입구의 게시판에도 커다랗게 써 붙였다. 모두 참석한다고 알려왔으나 4호집만은 불참 내용을 적은 메시지를 경비원을 통해 전해왔다. 그 내용은 다음과 같았다.

－먼저 초대에 응하지 못해 죄송합니다. 결혼 후 30년 간 아파트며 빌라 등에 살며 이웃과 소통하기 위해 부단히 노력했습니다. 동 대표에서부터 작은 단지지만 주민회장까지 맡아 솔선수범하며 친목을 도모하려 노력했지요. 허나 돌아온 것은 불화와 불만이었으며 비난과 경쟁심뿐이었습니다. 이곳이 저의 부부의 마지막 안식처라 생각하고 경제적 무리를 무릅쓰고 찾아들었습니다. 인간에 대한 기대, 사람과의 관계에 대한 환멸이 아직까지도 가시지 않아 불참하려 합니다. 하지만 가까운 시일 내에 찾아뵙고 인사드리겠습니다. 가내 두루 평안하시기 바랍니다. 4호 거주자 민성삼 내외 올림－

도대체 그간 이웃과 어떤 일이 있었기에 이렇게 짧지 않은 글로 자신의 심정을 내보이며 불참을 통고한 것인가. 김 회장 부부는 민성삼이라는 4호 거주자에 대한 관심이 커져갔다. 그렇다고 어디다 알아볼 곳도 없었다. 그의 말을 감안한다면 김 회장 부부가 벌리는 모임 또한 이 단지의 작은 불씨가 될 수도 있다는 말이 아닌가.

"여보, 괜한 일을 벌인 거 아닌가요. 생판 모르던 사람들이 어쩌다 한 울타리 안에 살게 되었다는 이유만으로 무슨 우애를 나누고 인간적 교분을 쌓겠어. 더구나 달동네, 쪽방 촌도 아니고 하나같이 나 잘났소, 하는 맘으로 이사 온 사람들인데. 박 교수 부부도 그렇잖아요. 떡을 돌리려면 그냥 남편 명함 하나 얹어도 될 걸 뭐 하러 마누라 명함까지 돌리냐고. 그거 모두 잘 난 척 하는 거 아냐. 물론 생각 나름이지만."

장 여사는 처음 남편과 상의 할 때만큼 신바람이 나지 않았다. 주인인 김 회장 부부를 빼고 모두 네 집이 참석하는 셈이었다.

"이 바쁜 세상에 한 집 빠지는 건 데 뭘 그래. 이건 백 프로나 같아. 뭐가 두려워. 당신은 예정대로 김 선생 불러 정성껏 준비해. 식후에 모여 와인 한 잔 하는 거니까 너무 거창하게 하지 말고. 거창해지면 그게 바로 잘난 척이야."

서울에서도 수시로 벌어지던 남편의 사업상 파티를 도맡아 진두지휘하던 전문 조리사 김 선생을 부르면 일은 간단했다. 장 여사도 이제 70이었다. 김 회장이 오늘날 이처럼 성공하기까지 장 여사의 내조가 없었다면 불가능한 일이었기에 김 회장은 손님이 오는 날만은 장 여사가 안주인답게 앉아서 손님을 맞아주기를 바랐다.

해방되던 해에 태어난 장 여사의 삶은 우리나라 근대사의 축소판이었다. 도적질과 화냥질 빼고 안 해 본 게 없었다는 말은 그녀의 입에 붙은 고생담의 첫마디였다. 배운 것이 짧은 김 회장이 부산 고무신 공장 보조에서 출발하여 이제 세계적인 자동차 타이어 회사로 성장해 국내 생산 자동차는 물론 해외 유명 자동차 회사에도 납품할 정도로 성장했으니 그 노력도 노력이지만 타고난 팔자가 남달랐다는 것이 옳았다.

드디어 토요일이 되었다. 초대된 손님들은 일이 분 간격으로 찾아들었고 하나같이 예쁘게 포장된 선물꾸러미를 현관 옆에 내려놓았다.

"이렇게 초대해 주셔서 감사합니다."

그들은 한껏 예의를 차려 허리를 굽혀 인사하고 악수를 나누었다. 그러나 한편으로는 힐금힐금 집안을 돌아보기에 바빴다.

'이 집은 어떻게 해 놓고 살지? 가구는 어디 젠가? 벽에는 어떤 그림을 걸었을지? 회장이라더니 뭐 별거 없잖아'

여인들의 눈동자는 분주했다. 서 교수가 입을 열었다.

"사모님께서는 참 규모가 있으시네요. 딱 필요한 것만 가지고 사시는 걸 보니…. 저 같이 젊은 것들은 이것저것 늘어놓고 정신없이 산답니다. 이런 자세를 배워야 할 텐데…"

장 여사는 미소만 지을 뿐이었다. 김 회장이 앞서 거실과 연결된 식탁으로 안내했다. 진보라 치마에 같은 색 회장과 고름이 달린 레몬 빛 저고리를 입은 장 여사가 그 뒤를 따랐다. 식탁은 부부가 나란히 앉을 수 있도록 배치되어 있었다. 불참을 알려온 4호 집을 빼고 네임 카드에 따라 1호, 6호가 나란히 앉고, 그 맞은편에 2호, 5호가 앉았다. 마주 보이는 뒷산을 배경으로 한 정면에 오늘의 호스트인 김 회장이, 그 맞은편에 장 여사가 앉았다. 식탁에는 다양한 카나페와 각종 치즈, 싱싱한 야채샐러드 그리고 캐비아(철갑상어 알)가 별도로 담겨 있었으며 미처 식사를 못한 사람을 위한 샌드위치도 준비 되어 있었다. 참석한 부부들이 제 자리에 나란히 앉자 소믈리에 미스터 이가 김 회장의 잔에 와인을 따랐다. 샹들리에 불빛을 받은 오리 모양의 디켄터 주둥이에서 레드 와인이 졸졸졸 조심스레 흘러나왔다.

"이 와인이란 게 뭔지…, 모르면 몰라 망신, 아는 체 하면 잘난 체 한다고 비아냥거리니 도무지 알다가도 모르겠더라고요. 그래서 난 언제나 우리 미스터 이가 추천하는 것을 마십니다. 오늘 이건 어떤 것인지 설명 좀 해 주겠나?"

김 회장이 미스터 이를 바라보았다.

"회장님께서는 색이 진한 카베르네 소비뇽(Carbernet Sauvignon) 품종의 와인을 즐기십니다. 이것은 1978년산이지요. 다음에 드실 것은 색이 조금 연한 그르나슈(Grenache)와, 피노누아(Pinot noir)로 준비했습니다. 오늘 준비된 안주와 잘 어울릴 겁니다."

잔을 살살 흔들어 냄새를 맡고 입에 대어 본 김 회장이 와인의 맛이 흡족하다는 듯 고개를 두어 번 주억거리며 미소를 지었다. 만삭인 임산부의 배처럼 둥글고 투명한 유리잔에 붉은 와인이 같은 높이로 따라졌다. 김 회장이 잔을 들어 좌중을 돌아보며 입을 열었다.

"이렇게 모여 살게 된 것도 인연이 아니겠소? 이웃사촌이라는 말도 있듯이 우리 모두 한 가족처럼 서로 돕고 의지하며 삽시다. 자, 우리의 건강하고 행복한 내일을 위해 건배!"

그 순간 박석기 교수가 벌떡 일어서더니 마주 건배 소리를 우렁차게 외치며 고개를 깊이 숙여 인사를 한 후 입을 열었다.

"감사합니다. 이런 좋은 자리를 마련해 주셔서. 제일 늦게 입주한 저희가 선배님들을 모셔야 하는데 학회다 세미나다 해서 두 사람 모두 분주하여…."

모두들 어안이 벙벙하다는 듯 그를 쳐다보았다. 김 회장과 사적인 친분이 있는 것은 물론 나이로 보나 뭐로 보나 곁에 앉은 심 사장이 답례를 하는 것이 옳은 순서였다. 심 사장은 답례를 할 기회를 노친 것 같은 무안함마저 감출 수가 없었다. 이 어색한 기회를 재치 있게 무마한 사람은 장 여사였다. 자리에서 일어선 장 여사는 애써 미소를 지으며 치맛자락은 살며시 거머잡고 현관 앞에 놓여 있는 선물 더미 앞으로 다가갔다.

"내 집이려니 생각하시고 즐거운 시간 갖으세요. 빈손으로 오시면 어때서 이렇게 선물까지…. 선물은 뜯어보는 게 예의라면서요? 제가 선물을 하나씩 들어 올리면 선물을 갖고 오신 부부가 일어나 호수도 알려주시고 자기소개를 하시면 어떨까요. 외람되지만 안주인의 제안으로 아시고 자연스럽게 서로를 알아가는 기회로 하지요. 편하게 와인을 즐기시고 부족한 게 있으면 언제든지 말씀하세요."

장 여사는 황금빛 포장지에 싸여있는 작은 상자를 들어올렸다. 박 교수 부부가 일어섰다.

〈2호〉

"저희 부부가 재차 일어나게 되는군요. 이사 와서 돌린 변변찮은 떡에 얹어 인사드린 것처럼 저희 부부는 대학에 있습니다. 지금 제 나이는 쉰둘이고 아내는 마흔 여섯입니다."

큰 키에 떡 벌어진 몸매 탓인지 박 교수의 목소리가 힘차게 울렸다.

"그렇게 여자 나이를 함부로 말 하는 법이 어디 있어요?"

곁에 섰던 서 교수가 눈을 샐쭉하니 흘기며 남편의 옆구리를 쥐어박으며 말했다.

"우리 박 교수가 제 나이를 밝혔으니 다른 분들도 모두 나이를 밝혀주세요. 그렇잖으면 저만 손해니까요."

"여보, 여보. 됐어. 이제 한 가족이나 마찬가진 데 나이가 무슨 상관이야. 이 점이 서 교수의 매력이지요. 철이 없다고 할까요? 샘이 많다고 할까요?"

그들 부부의 하는 양이 귀엽다고 할까 어처구니없다 할까. 모두들 짐짓 소리를 내어 웃음을 흩트렸다.

"그럼 하던 말을 잇겠습니다. 저희는 뉴욕 콜롬비아 대학에서 만났습니다. 한인 유학생 모임에서 아내를 보고 첫눈에 반해 반년너머 밥 사고 술사며 호감을 얻어 마침내 서울에서 다니러 오신 장인어른의 허락을 받았습니다. 아들 하나 있는 데 미국에서 태어난 놈은 지금 유학 중입니다. 미국 국적인 데도 제가 군대엔 꼭 가야한다고 우격다짐을 해 병역의무를 완료하고 지난달에 학교로 돌아갔습니다."

"아드님이 군대까지 마쳤다면 도대체 몇에 아들을 낳으신 거예요?"

유난히 키가 크고 곱상한 6호 집 여인이 놀랍다는 듯 질문을 던졌다. 서 교수는 모욕이라도 당한 듯 불덩이 같이 뜨거운 무엇이 목구멍으로 치솟아 오르는 것을 참아야했다. 그녀는 이미 추켜올려간 눈에 애써 미소를 지으며 설명했다.

"제가 초등학교 때 한 번 월반하고, 고교 때 또 한 번 월반을 해, 남들보다 두해나 일찍 대학을 졸업했어요. 그래서 미국에 갔을 때 스무 살이었고 박 교수 만나고 일 년 후에 결혼 했죠. 게다가 저희 부부가 여섯 살 차이고 또 박 교수가 3대 독자라 출산 후 힘들면 학업을 중단

할 수도 있다는 각오로 허니문 베이비를 가졌어요. 그러니까 제 나이 스물 둘에 아이를 낳은 셈이죠. 다행히 아들이라 더 낳을 필요 없다 싶어 이 악물고 공부를 계속했어요. 컬럼비아 대학 신방과라면 모두 알아주는 데, 애 하나 낳았다고 포기할 제가 아니거든요. 저는 무슨 일이든 지고는 못 배기는 성미라….”

그녀를 쳐다보며 미소 짓던 사람들은 그녀의 설명인지 변명인지 알 수 없는 장황한 이야기에 약속이나 한 듯 일제히 와인 잔을 들어 입에 대었다.

“죄송합니다. 서 교수는 아이를 일찍 낳은 것에 무척 민감한 편이지요. 전 자식 농사 일찍 지어놓고 힘겹게 박사 학위까지 따낸 서 교수가 자랑스럽고 대견한 데 이렇게 과민하게 군답니다.”

감추는 것 없이 자신들의 모습을 있는 그대로 내 보이는 그들 부부로 하여 분위기가 스스럼없어졌다고 하기보다 모두의 표정이 냉랭해졌다. 말끝마다 부부 간에 서로 박 교수니 서 교수니 칭하는 어투도 거슬렸지만, 자기들 학벌을 자랑하는 것 같은 장광설이 질 좋은 와인이 안겨주는 부드러움이나 향기를 무색하게 만들었다.

이번에도 장 여사가 그 어색하고 살얼음판 같이 아슬아슬한 분위기를 바꾸었다.

“어머, 이렇게 예쁜 잔을 어디서 구했어요? 여보. 이 새 좀 봐요. 손잡이가 새잖아요. 물총새. 당신이 아침에 드시는 홍차를 여기다 준비해 드릴게요. 헌데 이 잔과 당신이 어울릴까 몰라. 호 호 호.”

장 여사는 애써 호들갑을 떨며 어울리지 않는 넉살 웃음까지 덧붙였다. 이번에도 서 교수는 그 기회를 노치지 않았다.

"사모님은 확실히 안목이 높으시네요. 지난해에 터키의 겨울 풍경이 보고 싶어 한 달 간 이스탄불에서 카파도키아까지 자동차 여행을 했어요. 코리언이라 하니'브라더, 브라더' 하며 친절을 베푸는 데 물건을 안 살 수가 없더라고요. 카파도키아 동굴 속에 있는 도자기 공장에서 그 잔을 봤지요. 마치 저를 향해 재재거리는 것 같아 냉큼 집어 들었어요. 새의 보랏빛 깃털도 예쁘고 가늘고 긴 물총새의 부리가 하도 정교해서 도저히 안 살 수가 없더라고요. 우리 박 교수는 여행 중에 물건 사는 걸 제일 싫어하는 데 그것만은 흡족해 하더라고요. 하지만 돌아온 후 집으로 학교로 뛰어다니다 보니 조용히 차 한 잔 마실 여유조차 없어 그냥 찬장 안에 모셔 두었지요. 보랏빛 깃털이 오늘 사모님 치마 색깔과 너무 잘 어울리네요. 마치 사모님께서 보라색 치마를 입으실 줄 알기나 한 것처럼 말이죠."

서 교수의 그 설명 속에는 자신의 안목이며 취향을 넌지시 알려주는 최고의 효과가 숨겨져 있었다. 입을 다물고 살포시 미소를 머금고 있는 여인들 모두'그래, 너 잘났다.'하는 속내가 눈빛에서 섬광처럼 뿜어져 나왔다.

"제가 여행 중에 물건 사는 것을 말리는 것은 애국하자는 이야기입니다. 보이는 대로, 갖고 싶은 대로, 사들인다면 그건 배운 사람으로서 할 일이 아니지요. 하지만 우리 서 교수가 물건을 집어들 때는 도저히 말릴 수가 없어요. 그 안목을 믿으니까요."

점입가경, 설상가상, 목불인견, 안하무인…, 갈수록 태산이었다.

"정말 대단한 안목이네요. 귀한 물건 잘 쓰겠습니다. 이 답례를 언제 어떻게 갚아야 하나…. 자, 그럼 다음 선물을 볼까요?"

어색한 분위기를 파악한 장 여사는 자연스럽게 다음 순서로 넘어갔다. 이번에는 뒤쪽에 서 있는 둥근 상자를 들어올렸다. 그녀의 자연스러운 행동은 박 교수 부부를 슬그머니 자리에 앉도록 유도했다. 지름이 십여 센티미터나 되고 길이가 꽤나 긴 상자였다. 정수리에서부터 포장지가 찢기어 나갔다. 검은 원통이 드러났다. 이번에는 뉘 집에서 무엇을 갖고 왔을까 하는 호기심에 모두들 숨을 죽이고 있었다. 일어나는 사람이 없었다. 장 여사가 뚜껑을 열고 통을 거꾸로 세우자 한 장의 두툼한 종이 두루마리가 나왔다. 그때 5호 집 부부가 일어섰다.

〈5호〉

"저희 차례군요. 5호에 사는 김 호라고 합니다. 백수지요. 은퇴 한 백수가 아니라 처음부터 백수였습니다. 아내는 백조고요. 이름도 누가 백조 아니랄까 봐 백수아입니다. 원래는 백수자였는데 수자라는 이름이 싫다고 수아로 개명을 했습니다."

유난히 키가 큰 탓인지 식탁을 두 손으로 짚고 선 그의 구부정한 어깨도, 느릿느릿 낮은 음성으로 자신과 아내를 소개하는 그의 어조도, 무척이나 자조(自嘲)적이고 자신감을 잃은 모습이어서 듣는 사람 또한 어떤 표정을 지어야 할지 난감할 지경이었다. 그쯤에서 남편이 말을 끝내는 것이 좋을 듯 하다는 무언의 압력인 양, 백 여사가 두 손을 맞잡은 채 목례를 했다. 백조의 목례와 동시에 김 호가 무너지듯 의자에 몸을 놓고는 와인 잔을 들어 숨 가쁘게 마셔댔다. 백조 또한 오직 목례만 건넸을 뿐 더 이상 이렇다 할 소개의 말 한 마디 없이 사라지듯 의자에 내려앉았다. 마치 무언극의 한 토막처럼 섰다 앉은 두 사람의 태도는 무어라 표현할 수 없이 분위기를 가라앉게 만들었다. 그것은 바로 앞서 있었던 박 교수 부부와 무척 대조적이어서 더욱 그렇게 느끼게 했는지도 몰랐다.

장 여사 손에 펼쳐진 것은 수화(樹話) 김환기 선생의 판화 한 점이었다. 흔히들 환기 블루라 칭하는 농담(濃淡)이 조금씩 차이가 나는 군청색 점들이 수없이 소용돌이치며 이어지는 그림이었다. 모두들 입을 다물지 못했다. 얼마 전에 열린 그의 대형 전시회에 관객이 물밀듯이 몰려들었다는 사실은 한동안 문화계의 화젯거리였다. 적어도 이런 곳에 둥지를 튼 사람 정도라면 전시회를 직접 관람하지 않았다 해도 성황리에 전시회가 열렸다는 소식은 알고 있을 터였다. 재치와 순발력의 여신인 듯 장 여사는 어색한 분위기를 다시 띄우기 위해 과하다 싶을 지경으로 칭송의 말을 마다하지 않았다.

"아니? 이렇게 귀한 것을…. 그렇잖아도 전시회를 보고 나오면서 저런 그림 한 점 걸지는 못해도 판화 한 점이라도 있었으면 싶었어요. 그런데 그것도 한정판으로 제작한 것이 매진되었다 하여 구하지 못했답니다."

장 여사가 잃었던 자식을 만난 듯 입을 다물지 못하고 그림을 펼쳐든 채 서 있었다.

"헌데 어디다 표구를 맡겨야 좋을까요? 아시는 데 있으면 소개 좀 해 주세요."

"좋아하시니 감사합니다. 이럴 줄 알았으면 아예 표구를 해 오는 건데 그랬네요. 전 아시는 화랑이 있으실 줄 알고…."

백조가 화사하게 웃으며 장 여사 곁으로 다가가 그림을 돌돌 말며 조용히 이야기했다.

"사실 저희 부부 모두 화가예요. 큰 상 한 번 못 타보고, 신문 지상에 이름 한 번 올라보지 못한 별 볼일 없는 화가지요. 하지만 화가가 뭐 별 건가요. 글을 쓰면 작가고, 대학 강단에 서면 교수고, 사업하면 사장인 세상인데요. 다행히 저희 부부는 부모 잘 만나 굶지 않고 그림만 그릴 수 있었어요. 한 때는 부모님 뵙기가 뭣해 대학 입시 전문 미술학원도 열어 봤지만 그것도 아이들에 대한 사랑이 없으면 못 하겠더라고요."

백조는 그림을 조심스레 통에 넣고는 장 여사를 다정하게 바라보았다.

"여사님 제가 표구해서 다시 갖다 드리겠습니다. 환기 블루를 돋보이게 하려면 화이트 프레임으로 단순하게 꾸미는 게 좋을 것 같네요."

"당신 정말 잘 생각했어. 그림이 마음에 드신다니 다행입니다. 처음부터 프레임에 넣어야 하는 것 아닌가 하다 반기시지 않으시면 어쩌나 싶어 그대로 갖고 왔지요."

장 여사와 백조가 이야기를 주고받는 동안 연거푸 두어 잔의 와인을 마시던 김 화백이 놀라울 정도로 활기 찬 음성으로 말을 받았다.

"어휴, 어휴, 그건 말도 안 돼지요. 표구 대금은 제가 낼 거예요."

장 여사는 마치 그림을 빼앗기라도 하려는 기세로 손을 힘차게 가로 내저었다.

"어떻게…. 그건 경우가 아니지요."

백조도 만만하게 물러나지 않았다.

"처음부터 표구된 그림을 구입한 것도 아니고, 갖고 싶던 그림을 선물 받은 것만도 황감한데 생으로 표구를 떠맡기다니요."

샌드위치 조각을 덥석 베어 물고는 맛있게 씹고 있던 김 회장이 그 모습을 바라보다 마침내 판사가 판결을 내리듯 한 마디 했다.

"김 화백, 우리는 그림에 대해 아무 것도 모르는 문외한이요. 우리 집을 봐요. 쓸 만한 그림 한 점 있나. 하지만 집 사람이 하도 성화를 부려 그 전시회는 관람했습니다. 그림이 주는 감동이 이런 것이구나 하는 것을 처음 알았지요. 갖고 싶던 것을 선물해 주신 것만도 행복하니 표구 값은 받으세요. 안 그러시면 우리가 사람 시켜 다른 곳에서 해 오겠습니다."

"잘 알겠습니다, 어르신. 말씀 마땅히 들어야지요."

김 화백은 이번에도 좀 과하다 싶게 고개와 허리를 접으며 김 회장의 말을 받았다.

"그래 지금은 집에서 그림을 그리시오?"

김 회장은 어수선했던 분위기를 바로 잡으려는 듯 김 호에게 질문을 던졌다. 어느새 김 화백은 와인에 취했는지 불쾌해진 얼굴로 연신 잔을 입에 대었다 떼었다 하며 말을 이었다. 백조는 남편의 입을 틀어막기라도 하려는 듯 틈틈이 안주를 집어 그에게 건넸다. 와인을 마셔대는 횟수만큼이나 김 화백은 말이 많아졌다.

"아닙니다. 다행히 아버지께서 인사동에 조그만 빌딩을 하나 갖고 계시어 지금은 그곳에서 카페와 화랑을 하고 있습니다. 아름아름 아는 작가들 그림 팔아주고, 갈 곳 없어 방황하는 신인들에게 전시 공간 대여해 주고. 이건 노는 건지, 일 하는 건지 알 수가 없습니다. 물론 집에 우리 두 사람 작업실도 각각 갖추어 놓았지요. 그러나 그림이라는 것이 앉았다 섰다 나오는 것도 아니고, 섬광처럼 떠오르는 영감이랄까 그 무엇이 캔버스 앞으로 끌어내기 전에는 쉽게 진척이 되지 않습니다. 억지로 그리는 그림은 그 억지가 그대로 보이지요. 우리나라만 해도 박수근, 이중섭, 수화 선생 모두 가난과 삶에 대한 집착 그리고 사랑이 예술의 핵이었지요. 우리 부부에게는 처음부터 그런 것이 없었습니다. 공부하기 싫어 그냥 멋으로 미술대에 간 것이지요. 그러나 후회는 없습니다. 미대에 갔기 때문에 이 사람을 만났고, 같은 길에서 방황하기에 대화가 되고…. 둘 다 두각을 나타내지는 못하지만 루저(loser)라고 생각지는 않습니다. 선수 모두 홈런을 칠 수는 없는 일 아닙니까?"

김 호는 다시 무너지듯 의자에 앉아 앞에 놓인 와인 잔을 들어 입에 댔다. 백조가 가볍게 남편의 어깨를 감싸 안으며 토닥여 주었다. 그 모습은 다정한 연인만이 연출할 수 있는 최상의 모습이었다.

"저희 부부는 아이가 없어서 단 둘이 지내는 시간이 많습니다. 결혼한 지 20년이 넘도록 아이가 안 생기네요. 출산도 못하고, 예술도 못하고. 저희 부부에게는 창조 능력이 없는가 봐요. 그러다 보니 둘이 의지할 수밖에 없지요. 다행히 시아버님의 이해와 가르침이 있어 나름 행복하답니다. 누구보다 아이를 기다리는 저희 부부가 제일 힘든 것이니 누구도 입대지 말라 이르셨지요. 아이는 사람이 만드는 게 아니라 하늘이 내려주시는 것이다. 산에 정상이 있다면 계곡이 있게 마련이다. 그러니 정상만 아름답다고 말할 수 없는 것 아니냐. 모 난 돌이 정 맞고, 우뚝 서려면 누군가를 짓밟아야 하고, 잘 난 척 하면 못난 사람을 무시해야 하니 차라리 잘나지도 무시당하지도 말고 편하게 살라고요."

백조는 정말 백조처럼 고개를 살포시 접고 한 손은 여전히 남편의 어깨를 보듬어 안은 채 천천히 이야기 했다. 장 여사는 달려가 그녀를 꼭 안아주고 싶은 마음이 들 정도로 그녀가 측은해 보였다. 진솔한 그녀의 어투 때문인지 모두들 숙연한 기분을 감출수가 없었다.

"아이가 없으니 친정 부모님께서 시댁 어른들 만나기가 민망하시겠어요."

이번에도 6호집 여자가 촉새처럼 분위기를 깨고 끼어들었다. 키 크고 싱겁지 않으면 배내병신이라더니 얼굴만 예뻤지 하는 짓이나 말본새가 영 달갑지 않았다. 더구나 쉽게 할 수 없는 말을 마치 냉수한 잔 마시듯 던져버리는 그녀의 교양이 자못 의심스러웠다.

"허…, 그런 것까지…. 불행히도 저희 장인 장모님께서는 15년 전, 교통사고로 두 분 모두 돌아가셨습니다. 혹시 기억하시는지 모르겠습니다. 추석 성묘 길에 중앙선을 침범한 트럭과 충돌하여 외아들과 함께 세 가족이 즉사한 사건이요. 결국 시댁 제사 참례로 빠진 이 사람 하나 남은 거지요. 이 사람에게는 오직 저 하나 뿐입니다. 그래서 더더욱 아버님께서 이 사람을 어여삐 하시는 거죠. 손 끝 여물고, 음식 솜씨 좋고, 사치 안하고, 어른 알아보고, 무엇보다 자신의 불행에 순응하며, 오직 좋은 점만 바라보며 살려는 긍정적인 태도를 칭찬하시지요. 인사동 건물까지 제게 넘기신 거 보면 제가 이 사람 덕 톡톡히 봅니다. 정말 며느리 사랑은 시아버지란 말이 맞긴 맞나 봅니다."

김 화백은 이미 술에 취해 버린 것인지 아니면 그런 이야기에 괘념하지 않는다는 듯 덤덤한 표정으로 이야기를 실 풀어내듯 했다.

"시아버지도 시아버지 나름이지요. 아무리 잘 해도 재산 움켜쥐고 얼마나 잘 하나 두고 보자는 심사로 이리저리 가늠해 보는 사람이 얼마나 많다고요."

화살이 시위를 벗어난 듯 공기를 가르며 날아가는 날카로운 소리를 내지른 것은 교양의 상징으로 보이던 서 교수였다. 그곳에 모인 다섯 집 구성원의 나이로 보면 더러는 시아버지요 더러는 아들 며느리 뻘인 셈이었다. 그런데 시아버지를 통칭하여 비난의 거품을 물다니, 아연 실색한 것은 나이 드신 분들일 수밖에 없었다.

"여보. 서 교수. 거 음성이 너무 높은 거 같은 데…"

그 와중에도 박 교수가 아내를 여전히 서 교수라 부르는 것이 사뭇 기이할 정도였다. 장 여사는 뒤뚝거리는 분위기의 대화가 불안했다. 불참한 4호 집 민성삼 씨의 말처럼 공연히 이런 자리를 만들어 이웃 간에 화를 키우는 것이 아닌가 하는 우려마저 일었다.

"자아, 그럼 다음 선물입니다. 기대하세요. 이렇게 하니 내 차례는 언제인가 기다리게 되고, 이번에는 누가 무엇을 갖고 왔나 하는 호기 심으로 조금은 흥분도 되네요."

장 여사는 노련한 언술(言術)로 다시 분위기를 장악했다. 그것이 모두 연륜 덕일까 아님 회장 사모님이란 자리에 오르며 찾아온 능숙함일까. 장 여사가 분홍 한지에 쌓인 네모난 상자를 들었다.

〈1호〉

"지리산 야생 녹차일세."

김 회장 옆에 앉아 있던 심 사장 부부가 일어섰다.

"자네가 녹차를 즐긴다는 말을 들은 것 같아서. 야생이란다고 모두 믿을 수는 없지만 내 딴에는 아름아름 부탁해서 좋은 것으로 구해봤 네. 그 덕에 내 것도 좀 샀지"

심 사장은 곁에 선 부인의 얼굴을 보며'우리 집 소개는 당신이 하는 게 어때?'하며 의자에 몸을 놓았다. 나이에 비해 몸이 유난히 가랑가랑한 심 사장 부인이 마치 독창을 하라는 지적을 받은 듯 두 손을 맞잡아 배 위에 얹으며 입을 열었다.

"이 양반 성함은 심 자, 덕 자, 현 자고 제 이름은 주명혜 입니다. 김 회장님 댁과는 오랜 친분이 있어서 함께 이곳으로 내려왔습니다. 친구 따라 강남 온 셈이지요. 저는 평생 전업주부로 살아 세상 물정 하나도 모릅니다. 10년 전 위암진단을 받고 위를 다 들어내 이렇게 말랐습니다. 남들은 성인병 고생 안 해 좋고, 옷태 나서 좋겠다지만 맘 놓고 먹지도 못하고 재발의 불안감도 있어서 불편한 점이 많지요. 남매를 두었는데 둘 다 결혼해서 서울에 삽니다. 동생인 아들아이가 먼저 결혼했는데 아직 아이가 없어요. 딸아이는 서른다섯에 결혼했는데 아이가 빨리 들어서지 않는다고 성화를 부리는 시어머니 덕에 인공수정을 한 탓에 딸 쌍둥이를 두었지요. 아까 백 여사의 이야기를 들으며 제 며느리 생각을 했습니다. 저의 부부도 백 여사의 시아버님처럼 넓고 큰마음을 키워가야겠다고 결심했지요. 이런 자리가 아니면 들을 수 없는 감동적인 이야기였어요. 김 화백 부부의 솔직한 이야기며 다정한 부부 금슬을 보니 그게 행복이 아닌가 싶어요. 우리와는 다른 가치관을 가진 세대답게 참 현명한 생각을 하고 있다고 느꼈습니다. 다음 모임은 저의 집에서 갖도록 하겠습니다."

주 여사는 그 이야기를 하는 것만도 힘이 드는 지 말을 마치기 무섭게 자리에 앉아 물 한 잔을 들이켰다.

"헌데 인공수정을 하면 왜 쌍둥이가 생기지요? 제 주위에도 보면 세 쌍둥이까지 낳은 사람도 있더라고요."

이번에도 6호 집 촉새였다. 장 여사는 그녀의 말을 묵살해버리기라도 하려는 듯 마지막 선물을 들어 올렸다. 명품 중에 명품이라는 H사의 로고가 찍힌 오렌지색 종이가방이 장 여사의 손에서 흔들렸다. H사 마크가 점점이 이어진 셀로판 봉투에 든 그 유명한 H사의 스카프가 나왔다. 장 여사는 천천히 봉투를 열어 정방형의 스카프를 대각선으로 접어 목에 두르고는 몸을 빙그르르 돌려 보였다.

"이런 명품이 내게 어울리려나 몰라. 여보, 오늘이 내 생일인가? 준비한 것도 없는 데, 너무 과한 선물을 많이 받는 거 같아 어쩌지. 정말 과용했어요."

〈6호〉

촉새와 새하얀 얼굴에 존 레논이 즐겨 쓰던 둥근 금속 안경을 쓴 남자가 일어섰다. 이제까지 낄 때 안 낄 때 마구 끼어들던 촉새가 마치 벌을 세운 듯 고개를 깊이 떨어뜨렸다. 네크라인이 깊게 파인 검정 원피스에 손가락 한 마디는 족히 됨직한 흑 진주와 백 진주가 교대로 박힌 목걸이를 하고 왼쪽 가슴에 세트를 이루는 브로치를 하여 무척이나 성장(盛裝)한 느낌을 주었다. 다른 집 여인들의 옷차림이 세미 캐주얼 정도라면 촉새는 마치 호텔 볼룸에서 열리는 대형 파티에 참가하는 풀 드레스였다. 때와 장소와 목적에 맞게 지나침 없고 부족함 없이 옷을 입는다는 것이 얼마나 어려운가를 돌아보게 하는 순간이었다.

"6호에 사는 남승기입니다. 교수에, 화가에, 회장님에, 사장님까지 너무 고명하신 분들이라 감히 제가 낄 자리가 아니구나 하는 생각이 들었습니다. 그러나 개똥도 약에 쓴다고 저 같은 사람도 알아두시면 때론 좋으실 겁니다. 전, 작은 오퍼상을 하고 있다지만 그건 순전히 명함용이고, 사실은 청담동 S 나이트클럽이 제 것입니다. 매일 나가는 건 아니라도 낮과 밤을 거의 거꾸로 사는 형편이라 조용한 곳을 찾아 왔습니다. 이 사람은 아직 호적상 제 아내는 아니지만 제 아내임에는 틀림없습니다."

남승기는 허리를 깊이 굽힌 채 좌중을 돌아보았다. 서 교수의 얼굴에 설핏 불쾌감이 스쳐갔다.

"이 바닥 아이들은 겉만 멀쩡했지 속은 비었어요. 하지만 속이 빈만큼 순수하고 거짓이 없지요. 잘난 척 못하는 대신 못난 척도 못하고, 저 못난 것도 모릅니다. 보이는 대로, 느끼는 대로 말하고 행동합니다. 이거다 하고 내 보일 학위도 직업도 없지만 제 형제 제 부모 알기를 하늘처럼 받들지요. 이 사람 이름은 이미지입니다. 대학 2년 중퇴하고 신장 하나 아버지께 떼어드리고 남동생 공부시키겠다고 의사인 친구 소개로 저를 찾아왔기에 그 사연을 들은 후 이거 천생연분이구나 싶어 무작정 제 집에 들어앉혔습니다. 그 사연이 꼭 제 경우와 같더라고요. 저도 아버지 살리려고 신장을 하나 팔았거든요. 이 사람은 다행히 아버지와 신장이 맞아 신장기부가 가능했지만, 전 그런 행운조차 주어지지 않아 단 돈 2,000에 콩 하나 떼어 팔고 팥 하나 달고 삽니다. 이야기를 하다 보니 말이 거칠어지네요. 전 그 때 대학을 중퇴했지요. 공부보다 급한 것이 아버지 병원비와 가족들 입에 풀칠하는 것이었으니까요. 보시다시피 몸뚱이 하나 좋은 것을 밑천으로 이제까지 살아왔습니다. 돈요? 그건 있을 때는 내 것이지만 없을 때는 말짱 도루묵이지요. 전 동생들에게 이렇게 말했습니다. 돈은 내 것일 수 없다. 다만 머릿속에 든 지식이나 몸에 밴 기술만이 죽기 전에 도둑맞거나 빼앗길 리 없는 내 것이다. 이 둘 중 하나를 선택한다면 내가 무슨 짓을 해서든 뒷바라지를 해주마. 남동생은 지금 카이스트 교수로 있고, 작은 여동생은 의사입니다. 두 동생에게 전 아버지요 어머니입니다. 어머니는 십년 전 돌아가셨습니다. 저희 삼남매가 이만큼 자리 잡은 것을 보셨으면 좋으셨을 텐데, 아마 어머님의 복이 그게 다였나 봅니다."

남승기는 잠시 천정을 바라보았다. 그의 이야기를 듣고 있는 사람 모두 손을 모아 쥐고 한숨 아닌 심호흡을 토해냈다.

"평소에는 입에 술을 안대는 데, 어쩌다 이런 자리에 끼었나 생각하다 보니 오늘은 절제력이 약했나 봅니다. 이야기를 하다 보니 설움이 복받치네요. 대신 노래 한 곡 하겠습니다. 이렇게 귀하신 분들과 좋은 와인에 좋은 안주를 즐겼으니 그 값은 해야겠지요. 전 비틀스를 좋아합니다. 그래서 안경도 이 모양만 쓰지요. 그럼 비틀스의 그 유명한 예스터데이(Yesterday)를 한 곡 부르겠습니다."

그는 스마트 폰을 켜더니 예스터데이의 반주를 틀었다. 그의 음성도 감정도 애잔하고 슬펐다. 곁에 선 이미지는 손으로 눈물을 찍어냈고, 백수아는 아예 손수건으로 얼굴을 감싸 안았다. 김 화백은 천정으로 얼굴을 들어 올렸으나 뺨을 타고 흐르는 눈물은 막을 수가 없었다. 마치 호수 밑바닥까지 가라앉은 것 같은 울울한 분위기를 걷어내야 할 사람은 장 여사뿐이었다. 그러나 그녀 또한 마음도 목소리도 띄워 올리기가 쉽지 않았다.

그 시대를 살아간 모든 사람들이 겪어본 것이겠지만 경제적 고통이라면 그녀 또한 그 끝을 헤맨 적이 한 두 번이 아니었기 때문이다. 산 입에 거미줄 치랴, 사람은 태어날 때 다 저 먹을 것은 갖고 태어난다,

이 말이 진리일까. 그렇다면 목구멍이 포도청이란 말은 또 무엇인가. 말라버린 어미젖을 빨다 못해 짓씹듯 하던 아이는 울음보를 터트렸고 그 울음소리 또한 오래가지 못했다. 장 여사는 아이가 물고 있던 젖꼭지를 잘라내기라도 하려는 듯 깨물었다. 젖꼭지에서 피가 흘러나왔고 아이는 그것을 빨아먹었다. 서너 모금 할짝거리던 아이는 다시 울음보를 터트렸다. 울다 지쳐 피딱지와 함께 입술이 말라버린 아이는 두 팔을 힘없이 떨어뜨렸고, 장 여사 또한 아이를 부여안고 모로 쓰러져 버리고 말았다.

두 모자의 참혹한 모습을 발견한 것은 고무 공장에서 퇴근하던 길에 국수 한 봉지 사들고 돌아온 김 회장이었다. 엄마와 동생의 자는 모습을 바라보며 앉은뱅이책상 앞에 앉아 공부하던 큰 딸년은 아버지 손에서 국수 봉지를 받아 들고 처마 밑에 놓인 풍로에 불쏘시개를 넣고 숯덩이를 얹어 놓은 후 잡지표지 한 장을 부채삼아 바람을 불어 넣기에 바빴다. 작은 놈은 그름으로 색을 알아볼 수 없이 찌그러진 냄비에 물을 담아 풍로에 올렸다. 남매의 모습을 물끄러미 바라보던 김 회장의 눈이 방안의 어둠에 익숙할 즈음 막내와 아내가 자는 것이 아니라 기절하여 쓰러져 있는 것임을 알 수 있었다. 그 후에 이어진 비통한 울음은 평생 동안 그를 버텨준 힘이었다. 그 세월이 언제던가. 이미 수 십 년이 지났어도 김 회장은 그날의 그 참혹한 광경과 막막하던 심정을 잊을 수 없었다.

동생의 죽음과 부모의 고생에 보답하는 길은 오직 공부라는 듯 책상 앞을 떠날 줄 모르던 큰 딸은 대학 졸업과 함께 미국으로 건너가 교육학 박사를 받고 이미 40대 초반에 우리나라로 치면 차관 급이라는 미국무성 교육 분과 상임위원이 되었다. 큰딸 아이가 하버드에서 학위를 받던 날 딸의 곁에 서 있던 흑인 청년이 사윗감이라는 것을 알고 김 회장은 귀국을 종용하지 않았다. 어미젖을 빨다 배곯아 죽은 아들을 천국으로 보냈듯이 딸을 미국으로 보냈다고 믿기로 했다. 그나마 국내에서 대학을 졸업한 후 미국에서 MBA를 마치고 애비의 회사에 들어와 말단에서부터 일을 배운지 30년 만에 아들에게 사장 자리를 물려주고 회장이란 직함을 얻어 집에서 지난 세월을 회고하며 살고 있다. 사람에게는 아픔이 있는 만큼 기쁨도 있고, 불행했던 만큼 행복도 있는 것이라 위로하며 저 하늘나라에서 부모형제의 삶이 어떻게 이어지는가를 보고 있을 막내를 간간히 떠올리는 것으로 만족했다.

인간 탐구의 진경(眞境), 그 앞에서

―최일옥의『그날 엄마는 죽고 싶었다』와 '극'으로서의 단편소설

장경렬 (서울대 영문과 교수)

1. 최일옥의 소설 세계와 인간 탐구

　영국의 형이상학파 시인 존 단(John Donne)이『명상』(*Meditation*)의
시편에서 말했듯, 섬과 같이 외따로 존재하는 사람은 있을 수 없다. 다
시 말해, 타인과의 관계 맺음이나 타인의 시선에서 자유로울 수 있는
사람은 없다. 그와 같은 인간의 존재 조건과 관련하여, 미국의 철학자
데이비드 루이스(David Lewis)는『관습』(*Convention*, 1969)이라는 책에
서 다음과 같은 상황을 가정한 바 있다.

　우리 가운데 몇 사람이 파티에 초대받았다 하자. 그런 사람들 가운데 누군
가의 차림새가 어떤지에 대해서는 거의 아무도 신경을 쓰지 않는다. 하지만

다른 사람들의 차림새는 서로 비슷한데 자신의 차림새가 다르다면 그는 당황할 것이다. . . . 따라서 다른 사람들의 차림새가 어떠할 것인가에 대한 자신의 예상에 맞춰 각자는 옷을 입어야 한다. 예컨대, 다른 사람들이 정장을 할 것으로 예상되면 자신도 정장을 해야 하고, 다른 사람들이 우스꽝스러운 차림새를 할 것으로 예상되면 자신도 우스꽝스러운 차림새를 해야 한다.

이 같은 예시가 지나친 단순화라 판단되지 않는가. 하기야 남의 차림새를 놓고 "거의 아무도 신경을 쓰지 않는다"는 루이스의 진단은 수정되어야 할 수도 있다. 우리 사회의 많은 사람들이 자신의 차림새뿐만 아니라 남의 차림새에도 지나칠 정도로 신경을 쓴다는 점에서 그러하다. 이를 감안하여 루이스의 가정에 수정을 허용하는 경우, 그가 가정하는 상황은 오늘날 우리 사회에 그대로 적용될 수도 있으리라. 하지만 한 마디 덧붙일 것이 허락된다면 우리 사회에는 제 멋대로의 차림새를 고집하는 이들이나 아예 파티와 같은 사회 활동을 거부한 채 살아가는 이들도 있다. 그들은 타인의 시선을 의식하지 않는 사람들일까. 어찌 보면, 그들 역시 지나치게 타인의 시선을 의식하는 사람이거나 자신을 남들 앞에 내세우고 싶어 안달하는 사람들일 수도 있다. 또는 결코 벗어날 수 없는 타인의 시선에 헛되이 저항하는 사람들일 수도 있다.

최일옥의 신작 소설집 『그날 엄마는 죽고 싶었다』에 대한 논의의 자리에서 이처럼 지극히 평범한 인간사의 한 장면을 놓고 논란을 이어가는 이유는 무엇인가. 무엇보다 『그날 엄마는 죽고 싶었다』는 타인의 시선으로 인해 고통을 받거나 타인의 시선에서 자유롭지 못한 사람들,

타인의 시선에 자신을 노출하거나 벗어나려 하는 사람들 등등 다양한 인간상을 소재로 다룬 작품들의 모음집이기 때문이다.

최일옥의 이번 작품집이 '타인의 시선 속에 존재하는 나'에 대한 이야기 모음집이라는 점은 서술 방식에서도 확인된다. 어찌 보면, 이제까지 최일옥의 작품 세계가 여일하게 보여 주는 특징이기도 하지만, 이번 작품집 속의 열 편 작품 어디에서도 이른바 이야기의 무대와 시대적 상황에 대한 세부 묘사와 서술은 좀처럼 확인되지 않는다. 최일옥의 소설 세계는 무엇보다 우리 주변의 인간과 인간 사이의 관계 맺음에, 그리고 타인의 시선에서 자유롭지 못한 인간의 의식에 초점을 맞추고 있을 따름이다. 다시 말해, 최일옥의 소설 세계에서는 여느 작가들의 작품 세계에서라면 흔하디흔하게 확인되는 특성—즉, 이야기의 정경과 현장에 대한 세밀한 또는 생생한 묘사와 서술—이 확인되지 않는다. 이야기의 정경과 현장에 대한 묘사와 서술이 확인되는 경우에도 이는 지극히 사실적이고 건조한 차원의 것, 그러니까 최소한의 수준을 벗어나지 않는 것이 대부분이다. 이 때문에 작가 최일옥의 시선은 역사적 현실과 사회적 환경에 예민하게 반응하는 인간보다는 타인과의 관계 맺음에 예민하게 반응하는 인간을 향하고 있다는 인상을 준다. 결과적으로, 최일옥의 소설 세계는 마치 배경을 간명하게 또는 추상적으로 처리해 놓은 연극의 무대와 같은 것이 되고 있다. 최소한의 소도구를 동원하여 꾸며진 연극 무대가 그러하듯, 최일옥의 소설 세계에는 오로지 연기자의 대사와 몸짓이 있을 뿐이다. 즉, 그의 소설 세계에서 우리가 확인할 수 있는 것은 다만 인간과 인간 사이의 관계 맺음이고, 그러한 관계 맺음 속에서 확인되는 타인의 시선 속에 놓인 인간,

그리고 타인의 시선을 의식하는 인간에 관한 이야기다.

일부 비판적인 사람들이 보기에, 최일옥의 소설 세계는 인간과 사회 사이의 갈등을 외면한 채 특정한 계층의 인간들 사이의 지극히 사적인 관계 맺음에 집중하고 있는 것으로 비쳐질 수도 있다. 하지만 이같은 인상은 작가의 소설 세계에 대한 편향적인 이해에서 비롯된 것일 수 있다. 즉, 작가 최일옥의 소설적 관심사가 인간과 사회 사이의 리얼리즘적 갈등보다 인간과 인간 사이의 심리적 갈등을 향하고 있음을 간과하는 데서 비롯된 것일 수도 있다. 최일옥은 주변의 사회적 환경이 어떠어떠해서 한 인간이 어떠어떠한 인간이 되었다든가, 어떠어떠한 사회적 환경에서 살다보니 한 인간이 어떠어떠한 삶을 살아가게 되었다는 투의 결정론적 시각에 의거하여 소설을 창작하는 작가가 아니다. 최일옥의 소설 세계가 초점을 맞추고 있는 것은 인간과 인간 사이의 관계 맺음, 그리고 그 과정에 어쩔 수 없이 타인의 시선을 예민하게 의식할 수밖에 없는 인간의 내면 심리와 삶이다. 그런 의미에서 볼 때, 최일옥의 소설 세계는 마르크스주의자인 지외르지 루카치(Gyorgy Lukacs)가 비판한 바 있는 카프카나 조이스로 대표되는 모더니즘 시대의 소설 세계만큼이나 반(反)리얼리즘적이다. 하지만, 또 다른 마르크스주의자인 테오도르 아도르노(Theodor Adorno)가 지적한 바 있듯, 모더니즘 시대의 반리얼리즘적인 시대 정신을 성실하게 반영하고 있다는 점에서 볼 때 카프카나 조이스야말로 진정한 '리얼리스트'라 할 수도 있다. 최일옥의 소설 세계는 이 같은 맥락에서 이해되어야 할 것이다. 작가 최일옥은 우리 시대의 문제를 사회적 갈등을 넘어서서 심리적 갈등에서 찾고자 한다는 점에서 여전히 의미 있는 '리얼리스트'

다. 인간과 인간 사이의 사회적 갈등 못지 않게 심리적 갈등이 문제되는 것이 우리 사회이기 때문이다. 아니, 최일옥이 의도하는 것은 작가가 몸담고 있는 지금 여기의 우리 사회—그것도 극단적인 도시화가 진행된 오늘날의 우리 사회—에서 확인되는 '인간 희극'에 대한 보고서라 해야 할 것이다. 삶의 무대 위에서 확인되는 인간 희극, 그것이 바로 최일옥의 작품 세계를 설명하는 데 필요한 핵심 개념일 수 있다. 요컨대, 최일옥의 작품은 거의 예외 없이 소설인 동시에 극이라는 느낌을 강하게 준다.

자의적(恣意的)인 판단일 수 있으나, 최일옥의 『그날 엄마는 죽고 싶었다』에 수록된 총 열 편의 작품은 크게 다섯 유형으로 나눌 수 있다. 첫째, 무대 위 두 연기자 사이에 이루어지는 극적 대화의 형식이 두드러지게 감지되는 작품들을 하나의 유형으로 묶을 수 있는데, 「울게 하소서」와 「그날 엄마는 죽고 싶었다」가 이에 해당한다. 둘째, 한 사람의 연기자가 단독으로 무대 위에 올라와 토해내는 극적 독백의 형식으로 이루어진 작품들을 또 하나의 유형으로 정리할 수 있거니와, 이 유형에 속하는 작품으로 「낮술」과 「넥타이와 괄약근의 함수관계에 대한 고찰」을 들 수 있다. 셋째, 위의 두 유형 어느 쪽에도 속하지 않지만, 그럼에도 불구하고 극적 무대 연출의 요소가 강하게 감지되는 독특한 작품이 있다. 여기서 우리가 문제 삼고자 하는 작품은 자아 성찰적 요소를 담고 있는 「가장 고귀한 만남」이다. 넷째, 1인칭 화법이든 3인칭 화법이든 이른바 정공법적 서술 방식을 취하고 있는 작품들을 또 하나의 유형으로 분류할 수 있다. 남과의 갈등의 차원에서든 또는 남에 대한 배려의 차원에서든 한집안의 구성원들 사이라 해도 의식하지 않을 수 없는 타인의 시선에 관한 이야기를 담고 있는 「복원」과 「두꺼비 되던 날」 및 「어머니의 눈사람」과 같은 작품들을 이 유형으로 정리할 수 있을 것이다. 끝으로, 최일옥의 작품 세계에는 서로 대조적인 다양한 인간을 향해 제3자—또는 그런 위치에 있는 작가—가 시선을 던지는 형식으로 구성된 작품들이 있는데, 「스위트 빌리지」와 「남자의 둥지」가 이 범주에 속한다.

거듭 말하지만, 어떤 유형의 작품이든 최일옥의 작품 세계를 살펴보면 거의 예외 없이 인간과 인간 사이의 관계 맺음에, 그리고 이 과정에 타인의 시선을 의식할 수밖에 없는 인간이 느끼는 심리적 갈등과 저항에 초점이 맞춰져 있다. 또는 관계 맺음 자체에서 자유로워지고자 하는 인간의 시도에 초점이 맞춰지기도 한다. 나아가, 관계 맺음의 과정에 희미해지거나 잃어버린 자신의 정체성을 찾고자 하는 인간의 노력에 초점이 맞춰지기도 한다. 최일옥의 이러한 작품 세계에서 각별히 우리의 눈길을 끄는 것은 첫째, 둘째, 셋째 유형의 작품들이다. 이들은 우리 주변에서 쉽게 확인되지 않는 독특한 유형의 단편소설이라 할 수 있기 때문이다. '소설인 동시에 극'으로서의 문학의 가능성을 보여 주는 이들 작품을 읽는 데 우리에게 주어진 지면의 상당 부분을 할애하고자 한다.

2-1. 「울게 하소서」, 또는 극적 대화의 현장 하나

최일옥의 이번 작품집에서 특히 돋보이는 것은 이른바 무대 위 두 연기자 사이에 이어지는 극적 대화의 형식을 취한 작품들이다. 먼저 「울게 하소서」에서는 친구인 두 사람이 만나 대화를 이어간다. 물론 한

쪽의 "독백"과도 같은 이야기가 대화의 주된 부분을 차지하고 있긴 하나, 「울게 하소서」는 여전히 극적 대화의 형식으로 이루어진 작품이라 할 수 있다. 한편, 「그날 엄마는 죽고 싶었다」에서는 엄마가 딸에게 전화를 걸고 이로써 엄마와 딸 사이의 대화가 전화 통화로 이어진다. 이 두 작품에서는 또한 대화를 나누는 두 사람 가운데 어느 한쪽—「울게 하소서」의 경우에는 친구의 이야기를 들어주는 쪽, 「그날 엄마는 죽고 싶었다」의 경우에는 엄마 쪽—의 생각과 반응이 또 하나의 이야기가 되어 사이사이에 배치되어 있거니와, 이는 마치 연극의 극중 방백(傍白)과도 같은 역할을 한다.

「울게 하소서」의 작중 화자는 "상순"이라는 이름의 '나'다. '나'는 "문화센터"에서 "뜨개질 수업"을 담당하는 강사로서, 어느 날 강의실을 갔다가 "학생들의 화제"가 "온통 인기 스타 최진실의 죽음에 대한 이야기뿐"임을 감지한다. 그러한 강의실의 분위기에 이끌려 상순의 생각은 어느새 "거미회"를 향한다. "거미회"는 "자식을 자살이란 잔인한 이름으로 앞세운 어미 넷"이 "시름을, 슬픔을, 그리고 분노를 풀어내기 위해, 깊은 우물 속에 빠져 허우적대는 것 같은 자신의 상황을 잠시라도 잊기 위해" 모이다 보니 우연히 만들어져 "어느새 10년"이나 된 모임으로, 그 중심에는 상순의 친구인 주연이 있다.

이야기의 무대는 강의실에서 곧 그러한 모임이 만들어질 무렵으로 옮겨간다. "그 일이 터진 지 한 달이 조금 지난 후" 주연이 상순을 찾는다. 이야기 중간에 밝혀지지만, "그 일"은 상순의 딸인 민지가 유럽 여행 중 강간을 당하여 정신에 상처를 입고 삶 같지 않은 삶을 살다가 자살한 사건을 말한다. 그로 인해 깊은 상심에 잠겨 있는 상순을 주연이 찾은 것이다. 주연은 이제까지 비밀로 감춰져 있던 자신의 사연을 털어놓는다.

우리 정원이가 간 거 너 몰랐지. 너만 모르는 거 아냐. 우리 동창들 다 몰라. 네가 이런 큰 변을 당했다는 말을 듣고도 선뜻 달려올 수가 없더라. 난 내 기억들이 들쑤셔지는 것만 같아 무서웠어. 무슨 말이 위로가 되겠니. 사람들은 어미 가슴에 빼낼 수 없는 대못을 박아 놓고 간 아이는 빨리 잊는 게 상책이라고 말하지. 산 사람은 살아야 한다고…. 말이야 쉽지. 헌데 그게 말이 되니? 간 아이가 누군데? 다른 사람 아닌 내 배 앓아 난, 바로 내 자식인데. 물론 어미 가슴에 대못을 친 그 아이가 밉고 원망스럽지. 하지만, 세상사람 모두가 스스로 목숨을 끊은 그 아이를 나무라고 또 잊을 수 있어도 어미만은…, 어미만은 잊을 수 없어. 시간이 흐를수록 아이의 모습이 가슴 속에서 점점 자라나는 것 같다고 할까….

이어지는 주연의 이야기를 통해 확인되듯, 그녀의 딸인 정원 역시 자살을 했던 것이다. 그것도 결혼하고 난 다음 얼마 안 되어서. 이처럼 남들에게 말할 수 없는 사연을 공유한 두 사람이 만나 이어가는 대화가 이 소설의 요체(要諦)를 이룬다. 어떤 의미에서 보면, 이처럼 무언가 사연을 지닌 사람이 비슷한 사연을 지닌 사람과 만나 서로 이야기를 나누고 서로에게 기대는 동시에 서로를 이끌어가도록 예정되어 있는 것이 인간의 삶일 수 있다. 이를 루이스가 가정한 상황에 빗대어 말하자면, 삶의 현장이라는 파티 자리에 초대된 사람들이 서로의 차림새가 같은 것을 보고 다가가 어울리는 것이 인간의 삶이라 할 수도 있다. "거미회"는 바로 그런 모임이 두 사람에서 네 사람으로 늘어난 것일

뿐, 근본적으로 성격이 다른 것이 아니다.

상순에게 건네는 이야기를 통해 그 동안 비밀로 감춰져 있던 주연의 사연이 밝혀지는데, 그 과정에 상순의 사연 역시 밝혀진다. 물론 상순이 자신의 생각과 숨은 이야기를 주연에게 건네는 것은 아니다. 일인 칭 화자인 상순은 다만 독자를 향해 마치 연극의 방백과도 같이 자신의 속내 생각과 사연을 말할 뿐이다. 만일 주연이 상순에게 자신의 비밀을 말할 때마다 일일이 이에 대응하여 상순 역시 자신의 비밀을 주연에게 말하는 식으로 소설이 구성되었더라면, 작품은 아마도 극적 긴장감이 배제된 두 사람 사이의 맥 빠진 대화가 되었을 수도 있으리라. 폭포처럼 자신의 속내를 토로하는 측과 이에 공감하면서도 자신의 속내를 털어놓지 못한 채 상대의 말에 귀 기울이며 다만 마음속으로 자신의 사연을 떠올리며 생각을 이어가는 측이 마주앉아 있는 구도로 작품을 창작함으로써, 작가는 소설의 극적 효과를 그만큼 더 강렬한 것으로 만들 수 있었던 것이리라. 「울게 하소서」의 이야기 전개가 마치 눈앞에 펼쳐진 연극의 장면을 보듯 생생하게 제시되어 있는 경우야 어디서도 확인되지만 그 가운데 특히 우리의 눈길을 끄는 것은 다음과 같은 장면이다.

"정원아. 말해. 왜 그래야만 했는지 말해. 그 이유를 안다고 너나 나나 달라질 게 없겠지만, 내가 이렇게 답답해하지는 않을 것 아니니. 엄마한테만 말해. 응? 말해. 그러면 이 답답함을 풀어내기 위해 엉엉 울 수 있을 것만 같아. 정원아, 말해 봐."

주연은 마치 눈앞에 있는 누군가에게 말을 건네듯 나지막이 중얼거렸다.

나는 주연의 다음 이야기를 기다리고 있었다.

"가슴의 응어리라는 게 말이야, 꼭 풍선에 바람이 가득 들어있는 것과 같더라. 누군가 바늘 끝으로 조그만 구멍 하나만 내 주든지, 아니면 옭아맨 주둥이를 풀어주면 바람이 픽 하니 빠지지 않니? 그 피익 하고 빠져나가는 소리, 그게 바로 울음이야. 그런데 난 울 수가 없어. 아니 울려고 아무리 노력해도 소리가 안나. 엉엉 마구 통곡을 할 수 있으면 좋겠어. 가슴에 가득 찬 설움을 풀어내려면 그만큼 큰 소리가 필요한가 봐. 아무리 시간이 흘러도 영 풀리질 않아. 너도 그렇지? 난 알아. 차라리 실신해 늘어질망정 소리를 내 울 수가 없다는 거. 제 고통이 버거워 제 목숨 끊은 저야 편할지 몰라도, 살아 있는 너나 나는 어쩌란 말이니. 옛말에 자식은 죽으면 가슴에 묻는다고 해도 이렇게 큰 무덤이 되어 온 몸과 가슴을 눌러대는 고통을 누가 알겠니?"

우리는 누가 먼저랄 것도 없이 서로를 와락 부여안았다. 그렇게라도 하면 울음이 터져 나올지 알았다. 그러나 우리는 서로의 가슴에 몸을 의지한 채 서로의 등줄기만 쓸어내려줄 뿐이었다.

「울게 하소서」의 제목은 위의 인용이 암시하듯 '울고 싶지만 울음이 터져 나오지 않을 정도로 응어리진 마음을 풀 수 없는 사람'이 기원하는 바가 무엇인지를 말해 준다. 한편, 소설의 앞부분에 나온 "거미회"라는 말이 의미하는 바는 주연의 다음과 같은 말을 통해 확인할 수 있거니와, 자식을 앞세운 어미의 마음이 어떤 것인가를 생생하게 전해 준다는 점에서 이 말은 가히 시적 비장미(悲壯美)까지 갖추고 있다 해야 할 것이다. "거미란 놈은 제 어밀 먹어치운다고 하더라. 우리 정원이나 네 민지나 다 거미야. 우리를, 이 어밀 먹어버린 거지."

2-2. 「그날 엄마는 죽고 싶었다」, 또는 극적 대화의 현장 둘

「그날 엄마는 죽고 싶었다」는 노년기에 접어든 부부의 삶을 소재로 한 작품으로, 퇴직 후 집안에서만 뒹굴던 남편이 동창회 모임을 이유로 "2박3일"의 여행을 떠난다. 남편 시중이라는 짐에서 벗어난 민지은 여사는 홀가분한 마음으로 자유를 만끽한다. 그런데 귀가 예정 날짜가 되었을 때 외국서 온 친구들 때문에 하루 더 있다가 집에 갈 것이라는 남편의 전화를 받고, 민 여사는 하루 더 자유를 만끽할 수 있다는 생각에 즐거워한다. 다음날 남편을 기다리던 민 여사는 "정오가 지나도" 남편에게 연락이 없자 간단하게 점심 식사를 한 다음 "커피 한 잔을 만들어 들고 베란다에 나가 앉"는다. 이윽고 "두 손 안에 잡혀 있던 커피 잔이 싸늘하게 식어가는 것조차 느끼지 못한 채 파란 하늘과 듬성듬성 떠 있는 흰 구름을 망연자실 바라보던 민 여사는 이제 그만 이 생활을 접고 싶다는 생각에 휘둘리기 시작"한다. "생활을 접고 싶다는 생각"은 급기야 "죽고 싶다는 생각"으로 발전한다. 이윽고 "죽어버리자"라는 결심에 이른 민 여사는 문득 "혼기를 놓치고 직장 가까운 곳에 집을 얻어 나가 혼자 사는 딸아이의 장래"가 궁금해진다. 이어서 딸아이가 "엄마의 부재 혹은 또는 상실을 어떻게 받아들일까"도 궁금해진다. 이어지는 이야기는 주로 민 여사와 민 여사의 딸아이 사이의 전화 대화로 이루어져 있는데, 기나긴 대화 끝에 민 여사는 마침내 새롭게 자신의 "존재 이유"를 확인한다. "나는 나야. 내 일상도 바로 다른 사람 아닌 나를 위한 거야"라는 깨달음과 함께 민 여사는 며칠 동안의 나른한 일상을 뒤로 하고 삶의 활기를 찾는다.

　우리는 「그날 엄마는 죽고 싶었다」를 극적 대화 형식의 작품으로 규정한 바 있는데, 이와 관련하여 이 작품의 상당 부분을 이루고 있는 것이 민 여사와 민 여사의 딸아이 사이의 생생한 대화임을 주목해야 할 것이다. 물론 얼굴과 얼굴을 마주하고 하는 것이 아니라 전화기를 통해 이어지는 대화이긴 하지만, 작가의 적절한 개입을 통해 때로 언짢아하거나 서운해 하기도 하고 때로 당황하거나 "눈물과 콧물이 범벅"이 되기도 하는 엄마를, 그리고 엄마와 마찬가지로 당황하기도 하지만 또박또박한 말로 엄마를 놀리듯 자기 의견을 피력하기도 하고 때로 "울기가 어려가"는 목소리를 주체하지 못하는 딸아이의 모습을 우리는 생생하게 마음속에 그릴 수 있다. 말하자면, 두 사람 사이의 대화는 무대 위의 극중 대사와도 같이 생생하고 자연스럽게 전개된다. 뿐만 아니라, 대화 도중 이루어지는 엄마의 존재 이유에 대한 민 여사 자신의 새삼스러운 자각과 딸아이의 역시 새삼스러운 확인 역시 극중 대사만큼이나 자연스럽다.

　사실 남편이 없는 집에서 한가로운 시간을 보내다 갑작스럽게 "이제 그만 이 생활을 접고 싶다는 생각"에 휘둘린다는 이야기의 설정 역시 자연스럽다. 사람마다 이러저러한 일에 치여 일상의 삶을 살아갈 때는 의식 안으로 비집고 들어오지 못하던 상념들이 있게 마련이고, 그러한 상념들은 한가한 시간을 틈타 비로소 우리의 의식 지평에 떠오르게 마련 아닌가. 어떤 의미에서 보면, 한가한 때란 경험의 현실을 벗어나 마음이 비어 있는 때다. 역설적으로 들릴지 모르지만, '정신없이 바쁠 때'란 우리의 마음이 무언가를 이루고자 하는 욕망으로 가득 채워져 있는 때다. 또는 뜻한 바를 이루어야 한다는 의무감이나 강박관념으로 인해 다른 일에 마음을 쓸 수 없는 때이기도 하다. 말하자면, '정신없이'라는 말은 말 그대로 정신이 없음을 뜻하는 것이 아니라 정신의 여유가 없음을 뜻한다. 하지만 욕망에 의해서든 강박관념에 의해서든 이루고자 하던 바를 이루었을 때 사람들은 성취감과 함께 공허감을 느끼게 마련이다. 바로 이 공허감이 우리의 마음을 찾아올 때란 한가한 때이자 '마음이 비어 있는 때'다. 이처럼 마음이 비어 있을 때 억압 상태에 있던 상념들이 우리의 마음을 비집고 들어오며, 마음이 비어 있기 때문에 그런 상념들이 의미하는 바는 더욱 더 선명하게 모습을 드러낸다.

「그날 엄마는 죽고 싶었다」와 관련하여 우리가 또 하나 주목해야 할 것은 이 작품을 통해 작가가 다루고 있는 문제가 단순히 인간(구체적으로는 "엄마")의 존재 이유 또는 삶의 의미에 대한 갑작스러운 회의 및 깨달음만은 아니라는 점이다. 무엇보다 이 작품이 다루고 있는 또 하나의 문제는 노년의 삶이다. 여기저기서 너무 자주 들먹이기 때문에 이미 상투적인 것이 되었지만, 최근 고령 인구의 증가로 인해 우리 사회에서는 노년의 삶이 중요한 화두가 된 지 오래다. 하지만 대개의 경우 노년의 삶에 대한 일반의 논의는 건강 보호나 치매 예방 또는 여가 활용 등의 외면적 문제에만 국한될 뿐, 노년의 삶을 살아가는 사람들의 내면 풍경이나 심리에 대해서는 별다른 관심을 보이지 않는다. 그런 관점에서 볼 때, 「그날 엄마는 죽고 싶었다」는 소설의 형식을 빌려 이 내면의 문제를 탐구한 작품이기도 하다.

민 여사의 남편은 "고교 졸업 50주년"을 맞았다는 점에서 60대 후반으로 추정할 수 있다. 말하자면, 노년의 삶을 살고 있다. 그런 그의 삶은 집안에 틀어박혀 텔레비전에 눈길을 주는 범위 밖을 벗어나지 않는다. 그런 남편의 모습에 대한 민 여사의 관찰은 더할 수 없이 예민한데, 먹이를 잡아 뜯어먹는 사자의 모습에 "회심의 미소"를 짓는 남편을 보며 민 여서는 "그의 가슴에도 말 못할 분노가 가득"함을 감지한다. 도대체 그러한 "분노"의 원인은 무엇일까. 뿐만 아니라, 남편은 자신이 응원하는 축구팀의 실점에 "벌떡 몸을 일으켜 세우며" 욕설을 뱉거나 "우리나라 여자 골프선수가 LPGA에서 우승하면" "껑충 뛰어 일어나 환호"하는 등, 텔레비전에 눈길을 고정하는 것 이외의 일과 관련해서는 민 여사의 제안에도 불구하고 만사를 귀찮아한다. 젊었을 때의 모습과 다른 남편의 모습을 보며 민 여사는 "그 사람의 영혼은 어디로 사라진 것일까"라는 의문에 젖기도 한다.

민 여사를 따라 다시 묻자. "그 사람의 영혼은 어디로 사라진 것일까." 추측건대, 민 여사의 남편이 영혼이 사라진 것과 같은 모습으로 살아가는 것은 이제 직장 생활이라는 구속에서 벗어나 자기 본연의 모습으로 돌아가고자 하는 인간의 자기표현은 아닐지? 루이스가 가정한 상황에 빗대어 말하자면, 남의 차림새와 자신의 차림새 또는 남이 자신에게 기대하는 차림새에 신경을 써야 했던 장소인 직장이라는 '파티 자리'에서 벗어나 자유로워졌음을 암시하는 것은 아닐지? 민 여사의 남편이 분노든 또는 귀찮아함이든 감정을 자유롭게 표현하고 있음 역시 파티 자리를 떠나 홀가분해 하는 인간의 모습을 암시하는 것은 아닐지?

최일옥의 「그날 엄마는 죽고 싶었다」가 제기하는 문제 가운데 또 하나 주목해야 할 것이 있다면, 이는 인간의 존재 양식과 관련된 것이다.

민 여사는 딸아이에게 자신이 "고작 친정과 같은 의미일 뿐"임을 깨닫고는 이렇게 말한다. "난, 보통명사 엄마가 아니라 민지은이라는 고유명사인 엄마의 상실을 말하는 거야. 그냥 엄마라는 존재가 아니라, 나, 이, 민 지 은 말이야." 어찌 보면, 자식과 남편을 위해 자신의 모든 것을 희생하는 우리 사회의 수많은 엄마들은 보통명사로 삶을 살아가는 존재인지도 모른다. 그런 엄마들이 고유명사로서의 자신의 존재를 확인하고자 할 때 하는 일이 무엇인가. 작가는 딸아이의 입을 빌려 "자아상실이니 자아실현이니, 뭐니 하는 핑계를 대며 자기개발을 하겠다고 밖으로 나가 설"치는 엄마들이 있음을 말한다. 딸아이에 의하면, 그런 엄마들과 달리 민 여사는 "누가 뭐라 해도 엄마, 주부, 아내라는 직분을 백 프로 완수하겠다는 자아"가 "강"한 사람, "나만은 굳건히 아이들과 남편을 위해 살겠다는 사명의식 강한" 사람이다. 그런 민 여사가 보통명사가 아닌 고유명사로서의 자아를 내세울 때 딸아이의 반응은 어떠한가. 민 여사는 딸아이에게 엄마는 "고유명사인 엄마 민지은"이지 보통명사인 엄마가 아님을 말한다. 하지만 "엄마가 민지은이 아니더라도 엄마라는 이름을 사랑"함을 말하는 동시에, "엄마라는 보통명사가 있고 난 후 민지은이라는 고유명사가 있는" 것이 아닌가라고 반문한다.

　어찌 보면, 딸아이는 이 같은 말을 통해 인간의 존재 양식과 관련하여 무엇보다 중요한 것은 사람과 사람 사이의 '관계'임을 힘주어 말하고 있다 할 수 있다. 즉, '관계'가 정립된 후 비로소 우리는 '상대'에게 고유명사로 존재하게 됨을, '관계'가 정립되기 이전에는 누구도 정체성을 지닌 고유명사로 존재할 수 없음을 딸아이는 말하고 있는 것이리라. 달리 말해, 존 단의 말처럼 인간이란 무인지대에 섬과 같이 홀로 살아가는 존재가 아니라 '관계' 속에서 비로소 그 의미를 갖는 존재임을 일깨워 주는 것이 딸아이의 입을 통해 작가가 말하는 인간의 존재 양식일 것이다. 다시 루이스가 가정한 상황에 빗어대 말하자면, 일단 삶이라는 파티 자리에 들어선 인간은 누군가와 관계를 맺지 않을 수 없으며, 이 때문에 자신의 차림새를 의식하고 이에 신경을 쓰지 않을 수 없다. 또는 타인에게 자신이 어떤 존재인지를 의식하고 신경을 쓰지 않을 수 없다. 민 여사가 딸의 말대로 "민지은 그 사람은 고유명사로서도 보통명사로서도 [딸아이와 같은 누군가에게] 온리 원(only one)"임을 거듭해서 되뇜은 이런 상황을 말해 준다. 그리고 이때의 '누군가'는 딸아이나 남편 또는 그 외의 누구일 수도 있지만 이와 동시에 '자기 자신'일 수도 있음을 깨닫게 되었음을 암시하는 말이 앞서 주목한 바 있는 "나는 나야. 내 일상도 바로 다른 사람 아닌 나를 위한 거야"라는 깨달음일 것이다.

3-1. 「낮술」, 또는 극적 독백의 현장 하나

'극적 독백'(dramatic monologue)이란 극작가나 시인 또는 작가가 아닌 화자가 등장하여 작품의 시작에서 끝까지 시종일관 독백의 형태로 누군가를 향해 말을 이어가는 문학 양식을 지칭하는 표현이다. 물론 화자의 말에 귀 기울이는 사람(또는 사람들)은 작품에 등장하지 않는다. 하지만 독자는 화자의 말을 통해 누가 그의 말에 귀 기울이고 있는지를 추론할 수 있게 마련이다. 독자는 또한 화자의 말을 통해 그가 전하는 메시지뿐만 아니라 어떤 기질과 성격의 사람인지 알게 된다. 시 분야에서 이를 대표하는 예로는 영국의 빅토리아 시대 시인 로

버트 브라우닝(Robert Browning)의 「나의 전처 공작부인」("My Last Duchess")을, 극 분야의 예로는 새뮤얼 베케트(Samuel Beckett)의 『크랩의 마지막 테이프』(*Krapp's Last Tape*)를 들 수 있다. 한편, 소설 분야에서는 메리 셸리(Mary Shelley)의 『프랑켄슈타인』(*Frankenstein*)이나 알베르 까뮈(Albert Camus)의 『전락』(*La Chute*)을 대표적인 예로 꼽을 수 있을 것이다.

우리나라의 경우, 연극 분야에서는 이 같은 극적 독백이 시도된 예가 더러 있지만, 시나 소설 분야에서는 이런 형태의 작품은 흔치 않다. 그런 의미에서, 최일옥의 「낮술」과 「넥타이와 괄약근의 함수관계에 대한 고찰」과 같은 작품은 이 분야에서 우리나라 소설 문학을 대표하는 예로 오래 기억되어야 할 것이다. 아무튼, 「낮술」과 「넥타이와 괄약근의 함수관계에 대한 고찰」과 같이 극적 독백의 형태로 이루어진 작품을 읽는 독자란, 「울게 하소서」와 「그날 엄마는 죽고 싶었다」와 같이 극적 대화가 지배하는 작품을 읽는 독자와 마찬가지로, 이야기가 이루어지고 있는 현장 곁에서 '엿듣는' 위치에 있는 사람이라 해야 할 것이다. 하지만 극적 대화로 이루어진 작품들과 달리 극적 독백은 보이지 않는 상대를 향하고 있다는 점에서 독자는 곧 극적 독백의 대상과 동일한 위치에 있다는 느낌을 갖기도 한다. 즉, 「낮술」이나 「넥타이와 괄약근의 함수관계에 대한 고찰」과 같은 작품을 읽어가는 과정에 독자는 자신을 극중 연기자와 대면하고 있는 듯한 자리에 쉽게 위치시킬 수 있다. 그런 관점에서 볼 때, 극적 대화의 경우 독자의 위치가 대화를 나누는 두 사람의 '곁'이라면, 극적 독백의 경우 독자의 위치는 현장의 '앞'이라 할 수도 있다. 이제 독자의 '앞'에 펼쳐지고 있는 생생한 극적 독백의 현장으로 눈길을 돌리기로 하자.

「낮술」에는 이제 회사의 "사장"에 이어 "고문이라는 그럴 듯한 직함"으로 "2년이란 세월을 덤"으로 이어가던 끝에 직장 생활을 접고 "백수가 되어 집에 들어앉[자]" 있는 남자가 등장하여 전화기를 통해 상대에게 이러저러한 말을 건넨다. 이때의 대화 상대는 비록 작품 속에 등장하지 않지만, 남자의 말에 담긴 정보를 통해 우리는 그가 누구인지 확인할 수 있다. 말을 건네는 상대는 아내의 "친구"로서, "집 큰일에 여러모로 마음을 써" 줄 뿐만 아니라 아내가 "영세"를 받을 때 "대모"의 역할을 한 "30년 근속 퇴직 선생님"인 "미숙 씨"라는 여자다. 그런 여자가 전화를 한 것이고, 혼자 집에 있던 남자가 그녀의 전화를 받은 것이다. 여자가 전화를 한 것은 남자의 어머니가 돌아가신 후 "삼우제"를 잘 지냈는지 궁금했기 때문이다. 그녀를 상대로 하여 낮술에 취한 남자는 이러저러한 이야기를 한다. 남자의 말은 이렇게 이어진다. "허, 참. 제가 너무 말이 많았죠? 제가 이렇게 정신이 없습니다. 그래 어쩐 일이십니까. 삼우요? 네. 네. 어제 아주 잘 지냈습니다. 서운하죠. 암 서운하구말구요. 서운하지 않다고 하면 전 천벌 받습니다." 우연히 전화를 걸어 온 여자를 상대로 하여 남자는 결혼식을 하루 앞둔 딸과 그 때문에 분주한 자기 아내 이야기에서 시작하여 아내와 자식에게 제대로 신경을 쓸 수 없을 만큼 정신없이 일에 몰두하여 직장 생활을 해 와야 했던 자신의 삶 이야기로, 그리고 무엇보다 얼마 전에 돌아가신 어머니 이야기로, "화냥질하고 도둑질 빼고 안 해 본 거 없다"라는 말을 "입버릇처럼" 할 정도로 신산한 삶의 여정을 걸어왔던 어머니와 함께 살아 온 자신의 과거 이야기로, 끝도 없이 이어간다. 그의 이야기가 이처럼 끝도 없이 이어질 수 있음은 그가 혼자 집에 앉아 "낮술"을 하고 있기 때문이다. 소설 속에서 남자는 이렇게 말한다. "제가 좀 횡설수설 하죠? 네. 네. 혼자 한 잔 하고 있었습니다." 하지만 언뜻 보기에 "횡설수설" 같아 보이는 그의 이야기—정확하게 말해, 남자가 이어가고 있는 것으로 소설 속에 제시되어 있는 이야기—는 결코 횡설수설이 아니다. 겉으로는 횡설수설 같아 보이나 더할 수 없이 짜임새를 갖춘 것이 남자의 이야기로, 이를 극적 독백체로 살려 내는 작가의 역량은 그야말로 만만한 것이 아니다.

아무튼, 자신을 "유나 에비"라 지칭하는 남자가 낮술에 취한 채 "미숙 씨"라는 여자에게 끝도 없이 자신의 이야기를 늘어놓게 된 동기는 어디에 있는 것일까. 어찌 보면, 이를 감지하는 가운데 우리는 「낮술」이라는 작품의 핵심을 이를 수 있다. 무엇보다 우리가 주목해야 할 것은 남자가 자신의 어머니와 관련하여 죄의식에 젖어 있다는 점이다. "전 어머니 이야기 빼면 할 말이 없는 놈인지도 모릅니다. 전 죄인이거든요. 하긴 누구나 부모님 보내고 나면 다 죄인이로소이다 하며 통곡을 하데요. 하지만 전 다릅니다. 전 정말 나쁜 놈이에요. 어머니께 인생 같은 건 없다고 생각한 놈이니까요." 남자가 이처럼 깊은 죄의식에 빠져 있는 이유는 무엇일까. 물론 남자의 죄의식은 살아생전 어머니를 잘 돌보아드리지 못한 데서 느끼는 것이기도 하지만 혹시 어머니의 장례식과 딸의 결혼식이 겹쳐 일어날까 봐 걱정하는 마음이 없지 않아 있었던 데서 느끼는 것이기도 하다. 어찌 죄스럽지 않을 수 있겠는가. "당신이 그렇게 좋아하고 믿으시던 이 못난 맏자식이 백수가 되어 집에 들어앉았는데, 좀 더 사시면서 제 수발을 맘껏 받고 돌아가셨으면 얼마나 좋습니까. 그런데 딸년 날 받아놨다고 어서 돌아가셔야 한다고 학수고대했으니, 제가 죄인이지요. 암, 죄인이고말고요."

이로 인한 죄의식이 남자에게 낮술에 빠져들게 한 것이리라. 하지만 남자의 이야기를 들어 보면, 그가 어머니와 관련하여 느끼고 있는 죄의식은 무언가 좀 더 근본적인 사연에서 비롯된 것이다. 이어지는 남자의 이야기에서 확인할 수 있듯, "부산으로 피난 갔다 서울로 환도해서" 어머니가 "우리 사 남매 부여안고 살기 시작한" 때 그녀의 나이는 "서른둘"이었다. 그리고 이번에 시집을 가는 남자의 딸의 나이도 "서른둘"이다. 바로 이 "서른둘"의 나이에 과부가 된 남자의 어머니에게 그의 외삼촌은 "재혼"을 권유한다. "우연히 외삼촌께서 어머니를 설득하는 이야기를 듣게 된" 남자는 "그날부터 밥 한 수저, 물 한 모금 입에 대지 않고 엄마에게 시집가지 말라고 떼를" 쓴다. 남자의 이야기는 이렇게 이어진다.

그렇게 물도 안 먹고 학교에도 안가고 오직 시집가지 마, 시집가지 마, 하고 우는, 당신 말씀처럼 하늘같은 맏아들을 보며 제 어머니께서는 무슨 생각을 하셨을까요. 아마도, 그래 내 너를 믿고 사마, 하셨겠지요. 헌데 전 그 때 무슨 생각을 했는지 아무 기억도 없습니다. 어머니께서 저희들을 어찌 키워야 하는지, 또 제 짐이 얼마나 무거운지, 그런저런 생각 같은 건 아예 할 수 없었지요. 다만 어머니가 시집을 간다는 그 말, 그 사실이 그렇게 싫었습니다. 아니 어머니를 빼앗기는 심정이었을 거라 상상할 수 있습니다. 영화나 드라마를 보면 다들 그렇게 말 하니까요. 정말 저도 그렇게 생각했을 겁니다.

그런 아들에게 어머니는 오직 "넌 공부만 해라"고 말씀했던 것으로 남자는 기억한다. 그리고 남자는 "그 약속"을 지켜 공부만 한다. "마치 공부를 해야만 어머니가 시집을 안 가실 것처럼." 하지만 그처럼 남자가 공부에 열중하는 것 자체가 어머니의 재혼과 무슨 관계가 있단 말인가. 깨달음은 남자에게 너무 늦게 찾아온다.

제가 공부하는 거 하고 어머니 시집가는 게 어떻게 같을 수 있습니까. 하지만 전 이날 이때까지 단 한 번도 어머니가 재혼을 해야 했다고 생각해 본 적이 없습니다. 물론 제가 장가를 가고 제 동생들이 모두 제짝을 만나 결혼을 했는데도 말입니다. 제가 몇 살에 결혼했는지 아십니까. 서른이요, 서른. 정말 미친 놈 아닙니까. 제가 서른에 장가 갈 때 어머니 나이 몇이셨겠습니까. 그런데도 어머니의 재혼을 생각해 보지 않았다니 말이 됩니까.

이 같은 때늦은 깨달음에 이르렀을 때 어찌 남자가 낮술을 마시며 후회의 마음에 사로잡히지 않을 수 있겠는가. 아마도 「낮술」에서 압권을 이루는 부분은 이 같은 깨달음과 함께 후회에 젖어 있는 아들의 마음을 생생하게 전하는 다음의 대목일 것이다.

어머니는 그 외로움을 어찌 달래셨을까요. 전 어머니의, 그 젊디젊은 어머니의 외로움을 말하고 싶은 겁니다. 서른에 장가 든 저나, 내일 서른둘에 시집가는 유나나, 다 혼자라는 외로움이 싫고 누군가 사랑했기 때문에 결혼하는 거 아닙니까. 그런데 전, 단 한 번도 어머니의 외로움을 생각해 본 적이 없었다는 거 아닙니까. 어머니란 이름이 붙은 사람한테는, 엄마라 불리는 여자한테는, 외로움이라는 게 아예 없는 줄 알았어요. 자식 줄줄이 있고, 그 자식들 하나같이 반에서 일등은 물론이며 돌려가며 전교 일등이라고 조회시간마다 앞에 나가 박수 받고 상장 들고 오는 놈들 있는데 외로울 게 뭐 있습니까. 그저 공부해라 공부, 공부가 살길이다, 하시던 어머니 말씀 따라 공부 열심히 하는 자식들이 넷씩이나 있는데 말입니다.

여기서 우리는 다시 루이스가 가정한 상황을 떠올리지 않을 수 없는데, 파티 자리에는 항상 모든 것을 자기중심적으로 생각하는 사람도 있게 마련이다. 삶의 파티 현장에서 남에 대한 배려 없이 모든 것을 자기중심적으로 이해하고 처리하려 하는 사람은 단순히 차림새에 신경을 쓰지 않는 사람보다 더 사회적으로 난감한 존재일 수 있다. 아니, 어찌 보면, 남자가 어머니의 재혼을 그토록 싫어했던 것은 이기심 때문만이 아니라 "영화나 드라마"가 강요하는 관습 때문이었는지도 모른다. '관습'이라니? 지금이야 사회가 많이 바뀌었지만, 한때 우리 사회를 지배하던 것이 '수절과부'라는 미덕이 아니었던가. "영화나 드라마"가 남편을 잃은 여자의 재혼이라는 소재를 다룰 때, 이를 아이들의 입장에서 "어머니를 빼앗기는" 것으로 포장하고 있지만 그 자체가 여자의 재혼을 곱지 않은 시선으로 바라보던 시대의 관습을 반영하는 것은 아니었는지? 어찌 보면, 재혼이란 '튀는 차림새'로 삶의 파티 현장에 나오는 것으로 여겼던 과거 시대의 관습에 대한 작가의 비판적 시선을 담고 있는 것이 「낮술」이라는 작품일 수도 있다. 남자가 "어머니께서 그 고되고 긴 소풍 길에 낮술 한잔 하시려는 걸 그렇게 말린 나쁜 놈"이라 자신을 책망하고 있을 때, 이는 단순히 한 인간의 개인적 소회를 드러내는 것만이 아니라 시대의 관습에 대한 비판의 시선을 암시하는 것으로 볼 수도 있으리라.

　형식적 측면에서 볼 때, 「낮술」이라는 극적 독백 형식의 작품에서 주목해야 할 점은 독백을 이어가는 남자가 갈수록 이야기 상대의 존재를 더욱 깊게 의식한다는 점일 것이다. 어머니 이야기가 깊이를 더해감에 따라 남자는 "이 전화 끊지" 말고 "조금만 기다"려 달라거나 "간간히 숨소리만 내셔도" 된다고 상대에게 말한다. "빈 전화기 들고 주절거리는 게 아니라는 건만 알면 되니까요"라는 남자의 말은 어머니를 떠나보내고 이제 곧 딸마저 떠나보낼 처지에 놓인 남자가 감당하기 어려운 외로움을 암시하는 것일 수도 있으리라. 하지만 이는 또한 독자를 향해 작가가 전하는 말로 들리기도 한다. 작가란 본질적으로 자신의 눈으로 확인할 수 없는 독자를 향해, 보이지 않는 독자를 향해 외롭게 극적 독백을 이어가는 존재일 수도 있지 않은가.

3-2. 「넥타이와 괄약근의 함수관계에 대한 고찰」 또는 극적 독백의 현장 둘

　「넥타이와 괄약근의 함수관계에 대한 고찰」은 또 한 편의 뛰어난 극적 독백 형식의 작품이다. 이 소설에서는 "평생을 주부로 산 사람"이자 "약간의 먹물이 든 늙은이"로 자신을 소개하는 여자가 홀로 무대에 등장하여 역시 '누군가'에게 말을 건넨다. 물론 이 경우에도 그녀의 말에 귀 기울이는 상대는 모습을 드러내고 있지 않지만, 그녀의 말에 담긴 정보를 통해 우리는 상대가 누구인지를 추정할 수 있다. 이 작품의 경우, 상대는 "경험에서 나온 이야기"에 "맞장구"를 치던 사람의 "추천"을 받아 "강사"의 자격으로 나선 "이광자"라는 이름의 여자 앞에 모여 있는 사람들, 그것도 여자와 같은 "연갑"의 사람들이다. 추측건대, 그들은 어떤 단체나 모임의 주선으로 열린 이른바 교양 강좌의 청중일 것이다.

"넥타이와 괄약근의 함수관계에 대한 고찰"이라는 작품 제목 자체가 해학적이다. 서로 어울리지 않는 세 어휘의 조합에다가 "고찰"이라는 현학적인 어휘가 덧붙여져 있지 않은가. 이처럼 제목이 해학적인 것은 여자의 강의가 심각하고 무거운 방향으로 진행되지 않을 것임을 암시한다. 어찌 보면, 강사로 등장하는 여자 역시 능변의 희극 배우와도 같다. 물론 능변의 해학적인 이야기로 청중을 휘어잡는 능력이야 대중 강연의 강사라면 필수적으로 갖춰야 할 요건이다. 실제로 여자의 강연 내용에는 청중을 웃길 만한 해학적 요소가 풍부하다. 하지만 여자의 입을 통해 작가가 전하는 메시지는 결코 가벼운 것이 아니며, 메시지의 설득력 역시 깊은 울림을 담고 있다. 해학적 언어를 통해 결코 가볍지 않은 메시지를 효과적으로 전달하고 있다는 점에서 「넥타이와 괄약근의 함수관계에 대한 고찰」은 작가의 역량이 유감없이 발휘된 또 한 편의 탁월한 작품이라 하지 않을 수 없다.

본격적인 강의에 앞서 여자가 먼저 문제 삼는 것은 "나이"와 "교양"의 관계다.

제가 이 괄약근에 대해 남 다른 공부를 한 것은 아닙니다. 다만 나이가 들어 가며 스스로 이 괄약근이 꽉 조여지지 않고 헐렁해졌다는 것을 깨달았을 뿐입니다. 그러나 제 괄약근 수축이 시원치 않아 요실금까지 발전하지는 않았다는 것을 분명히 밝혀두겠습니다. 왜 웃으십니까. 이야기가 너무 교양 없고 저질로 흘러가는 듯 보입니까? 맞아요. 나이를 먹으니 좋은 점이 바로 이 교양이라는 것을 훌떡 벗어내도 그리 결례가 되지 않는다는 점입니다. 듣는 이나 보는 이나 다 늙은이가 그렇지 뭐, 하며 그냥 그러려니 해 버리니까요. 전 그래서 늙는 게 편하고 좋아요.

"나이를 먹으니 좋은 점이 바로 이 교양이라는 것을 훌떡 벗어내도 그리 결례가 되지 않는다"는 말은 인간이 살아가는 사회의 한 단면을 잘 보여 준다. 루이스가 가정한 상황에 빗대어 말하자면, 노인의 경우 파티 자리에서 어떤 차림새를 하고 있더라도 이를 크게 문제 삼을 사람이 없음을 뜻한다. 이는 물론 노인에 대한 존경의 마음 때문이 아니라 나이를 먹어 '나사가 빠지거나 헐거워졌다'는 판단 때문일 것이다. 당사자인 노인 역시 자신의 차림새에 신경을 쓰지 않기는 마찬가지인데, 이 또한 다른 사람들의 시선을 의식하지 않을 만큼 '뻔뻔해진 것'으로 이해되기도 한다.

"이제 정말 본론으로 돌아가"겠다 말한 다음, 여자는 먼저 자신의 남편이 어떤 사람인지를 소개한다. 그녀의 남편은 "대학 졸업 후 ROTC 장교로 군 복무를 마치고 대기업에 취직"한 다음 "운이 좋았는지, 적응력이 좋았는지, 아니면 윗사람에게 잘 보이는 능력이 있었는지, 남들이 승진할 때 승진하여 과장 차장 부장 이사 상무 전무를 지나 대표이사 사장을 거쳐 퇴직을 하고 1년 간 고문이라는 전관예후의 대접까지 받고 지난해에 예순 여덟 나이로 퇴직"한 사람이다. "지금 나이가 예순 아홉"인 자신의 남편에게 문제가 있다면, "회사를 떠난 후 그 많은 넥타이와 양복을 두고도 정장을 전혀 안 한다는 데" 있다는 것이 여자의 판단이다. 그리고 "넥타이와 양복을 벗어버리기 시작하더니 참 난감하고 민망한 증세가 나오기 시작"했다는 것이 여자의 판단이기도 하다. 여자는 남편의 온갖 난감하고 민망한 증세 가운데 특히 참을 수 없는 것으로 "방귀"를 꼽는다. 말하자면, "괄약근"에 대한 통제를 포기한 이가 자기 남편이라는 것이 여자의 진단이다. 이어지는 여자의 '남편 흉보기'에서 한 대목만 뽑아 보자.

> 그가 잠만 자든, 텔레비전만 보든, 옷이며 머리 모양이 어떻든, 제게 직접적인 피해를 입히지 않으니까요. 헌데 이 방귀만은 못 참겠더라고요. 앉아서 뀌는 건 그렇다 쳐도 어떻게 걸으면서까지 방귀를 뀝니까. 집 인근 마트에 함께 가 물건을 이것저것 고르는 데 거기서도 뿡뿡 뀌어댄다는 거 아닙니까. 야채 코너에서 생선좌판 있는 데로 이동할 때도, 또 거기서 정육점 앞으로 갈 때도 그이는 움직이는 대로 뿡뿡거립니다. 냄새요? 그건 차마 예서 입에 올릴 수가 없군요.

도대체 자신의 남편이 그처럼 변한 이유는 무엇일까. 여자는 "눈물을 글썽"이며 이렇게 말했다 한다. "이게 병이 아니면 어떻게 그렇게 단정하고 예의바르던 사람이 이렇게 변할 수가 있어? 아니면 당신, 일부러 그러는 거야? 내가 싫어하는지 알면서도 그런다면 내가 싫어서 그런다고 생각할 수밖에 없어. 그럼 우리 따로 살까?" 과연 이에 대한 남편의 답은 어떤 것이었을까.

난 나를 찾고 싶어. 내 원래의 모습이 어떠했는지, 사회생활 하기 전의 내 성격이 어땠는지 난 다 잊어버렸어. 기억이 안나. 아침에 넥타이를 매고 집을 나서는 순간 난 회사라는 조직의 일원일 뿐이었어. 언제 어디서 누가 보아도 단정하고 매너 좋고 유식하며 능력 있는 그런 사람으로 살아야 했으니까. 난, 당신이 상스럽다는 그런 짓을 다 해볼 거야. 헝클어질 만큼 헝클어지고 망가질 만큼 망가지다 보면 내가 스스로 알아채겠지.

"넥타이라는 게 내 목을 조이고 있는 동안 [괄약근을 비롯한] 내 모든 기관도 그만큼 조여 있었[다]"로 요약될 수 있는 남편의 고백이 의미하는 바는 무엇일까. 이 지점에서 우리는 다시금 루이스가 가정한 상황을 떠올리지 않을 수 없는데, 어찌 보면 여자의 남편은 "다른 사람들이 정장을 할 것으로 예상되면 자신도 정장을 해야 하고, 다른 사람들이 우스꽝스러운 차림새를 할 것으로 예상되면 자신도 우스꽝스러운 차림새를 해야"만 했던 과거의 자신을 거부하는 것일 수 있다. 사실 루이스가 제시한 상황에서처럼 누군가의 "차림새가 어떤지에 대해서는 거의 아무도 신경을 쓰지 않는다"면, 회사에서 그는 넥타이로 목을 조인 채 살아갈 필요가 없었을 것이다. 하지만 "그 유명한 빌 게이츠도, 스티브 잡스도 모두 넥타이를 매지 않"는 곳과는 달리 그렇게 하는 경우 "인사발령"에서까지 불이익을 당할 수도 있는 곳이 곧 우리 사회가 아닌가. 「넥타이와 괄약근의 함수관계에 대한 고찰」은 바로 이 같은 사회 현실에 대한 비판적 보고서로서의 의미를 갖기도 한다.

4. 「가장 고귀한 만남」, 또는 자아 성찰의 현장

극적 상황의 재연이라는 점에서 보면, 「가장 고귀한 만남」은 앞서 검토한 네 편의 작품들과 동일한 유형의 작품으로 분류될 수도 있다. 하지만 이는 극적 대화 형식의 작품으로도, 극적 독백 형식의 작품으로도 분류될 수 없다. 우선 어느 한쪽이 상대에게 일방적으로 말을 건넨다는 점에서 이 작품은 극적 대화의 유형에 속하는 작품이 아니다. 하지만 극적 독백의 유형에 속하는 작품으로 규정될 수도 없는데, 상대의 말에 귀 기울이는 사람의 생각과 반응이 극중 방백처럼 사이사이에 제시되어 있기 때문이다. 즉, 말을 건네는 쪽과 그 말에 귀 기울이는 쪽이 무대 위에 함께 존재하기 때문이다. 상대의 말에 귀 기울이는 이의 생각과 반응이 극적 독백을 이어가는 사람의 말을 통해 다만 '암시적으로' 드러나는 것이 극적 독백 형식의 작품이라는 관점에서 볼 때, 「가장 고귀한 만남」은 극적 독백 형식의 작품과 차이가 있다.

작가 최일옥이 「가장 고귀한 만남」을 이처럼 특이한 유형의 작품으로 만든 이유는 무엇일까. 무엇보다 이 작품은 "만남"에 관한 이야기이지만, 이때의 만남은 여느 인간과 인간 사이의 만남이라고 보기 어렵기 때문이리라. 그렇다면 누구와 누구 사이의 만남인가. 이에 대한 답을 위해 우리는 먼저 이 작품의 내용을 검토해야 할 것이다. 「가장 고귀한 만남」에는 "6개월"의 시한부 삶을 사는 '내'가 등장한다. 그런 '나'는 "주재원으로 근무하는 남편을 따라가서 살던 곳"으로 가서 휴양 생활을 한다. 그런 가운데 "마사지 집"을 찾았다가 그곳에서 "케이"라는 이름의 "마사지해 주었던 여인"을 알게 된다. 그리고 '나'는 케이를 다시 찾아가 만난다. 곧 이어 '나'는 "케이"의 말에 일방적으로 귀 기울인다. "케이가 말한다. 나는 듣는다." '나'는 케이의 말에 귀 기울이는 동안 마음속으로 이러저러한 생각을 이어간다. 이처럼 작품의 구조는 간단하다.

하지만 작품을 읽다 보면 케이가 하는 말은 마사지를 직업으로 하는 여인의 말로는 어울리지 않음을 누구나 감지하지 않을 수 없다. 여인의 말은 지나치게 관념적이고 사변적이기 때문이다. 하기야 "그녀는 유창한 영어"로 말하지만 "그녀의 모든 말을 알아들을 수 있다는 것이 신기하다"는 '나'의 진술 또한 이야기의 상황이 일상적인 것이 아님을 암시한다. 도대체 케이는 누구이고, 이 같은 비일상적인 만남이 이루어지는 것은 어떤 상황에선가. 작품의 끝 부분에 암시되어 있듯, 그녀는 상상 속의 '나' 또는 '제2의 나'(alter ege)다.

작고 가벼운 깃털 같은 내가 '나'를 본다. '나'는 백자 항아리 속에 담겨있다. 가무잡잡한 피부에 유난히 눈이 큰 얼굴. 아버지를 닮아 몸집이 크고 건강하며 어머니의 눈을 닮은 나. 긴 병치레 탓에 눈자위는 검게 죽어있고 몸집은 어린아이같이 조그맣게 오그라들었다. 그러나 '나'는 어디에도 없다. 어머니를 닮아 무엇이든 열심히 해야 하고, 시작한 일은 끝장을 보아야 하는 나. 그렇다고 침착하거나 차분한 성격도 아닌 나. 아버지를 닮아 성급하고 세상사에 관심이 많아 늘 분주하고 하나를 보면 둘을 알아야 하는 나. 이렇게 상반된 두 성격이 한 사람 안에 존재하니 늘 불안하고 자신이 없던 나. 그러나 그곳에 그런 '나'는 없었다. 남편의 체온이 전해온다. 거친 숨결 탓에 그의 가슴이 출렁거린다. 항아리에 붙어 있는 종이쪽지에 검은색으로 굵게 쓰여 있는 KAY라는 글씨가 도드라져 보인다. Kim Ah Yune. 김아윤. 사람들은 나를 그렇게 불렀다.

요컨대, '나'와 '나' 사이의 만남에 관한 이야기를 다룬 작품이 「가장 고귀한 만남」일 수 있다. 어찌 보면, 만남이 이루어지는 것은 꿈속의 상황일 수도 있다. 즉, 꿈밖의 현실에서 만났던 케이가 또 하나의 '내'가 되어 '나'의 꿈속에 나타나 '나'에게 말을 건네는 것일 수 있다. 꿈속에서라면 현실에서와 달리 언어가 문제되지 않을 수 있으리라. 즉, "그녀는 유창한 영어"로 말하지만 "그녀의 모든 말을 알아들을 수" 있었던 것은 꿈속이었기 때문인지도 모른다. 하지만 만남이 이어지는 상황은 그처럼 단순한 것이 아닐 수도 있는데, 얼마간의 시간이 흐른 다음 문득 '내' 시야에 "도우미 이 씨"—즉, "내 곁에 앉아 내 손을 잡은 채 고개를 접고 졸고 있"는 사람—의 모습이 비치는 것은 꿈속의 상황일 수도 있고 꿈밖의 상황일 수도 있기 때문이다. 과연 '나'는 여전히 꿈속에 있는 것일까, 아니면 꿈에서 깨어난 것일까. 이 같은 물음을 던지지 않을 수 없는 것은 다음의 진술 때문이다.

고갯방아를 찧던 이 씨가 화들짝 놀라 눈을 뜬다. 두 팔을 허공으로 뻗어 올리며 입이 찢어져라 하품을 한다. 그리고 일어나려 허리를 편다. 그녀가 잡고 있던 내 손이 그녀의 무릎 위로 떨어져 내린다. 나는 그녀의 가슴팍에 머리를 묻는다. 나는 여전히 작고 가벼운 깃털 같다. 이 씨가 내 가느다란 몸뚱이를 부여안는다. 뺨을 비벼대며 신음한다. 그리고 마침내 어깨를 들썩이며 오열한다. 작고 가벼운 깃털 같은 나는 그녀의 체온을 느낄 수 없다. 그녀가 호주머니를 뒤적여 전화기를 찾아 들고 말을 한다. 그것은 말이 아니라 외마디와 다름없다. 그녀의 몸이 와들와들 떨린다.

말하자면, 죽음에 이른 '내'가 '나'를, 그리고 '나'의 죽음을 알아차리고 전화를 하면서 몸을 와들와들 떠는 "도우미 이 씨"를 응시하고 있는 셈이다. 결국 꿈속의 상황처럼 보이는 것은 이미 죽음에 이른 상황을 암시하는 것일 수도 있다.

문제는 꿈속의 상황 또는 죽음에 이른 상황이든, 또는 꿈에서 죽음으로 바뀌는 상황이든, 비현실적인 상황에서 '내'가 만난 케이라는 이름의 또 다른 '내'가 '나'에게 건네는 이야기의 핵심은 무엇인가에 있다. 우리는 이를 케이의 다음과 같은 말에서 확인할 수 있다.

타인의 잣대에서 나를 지키려면 누구도 침해할 수 없는 '나'가 견고해야 합니다. 이제까지 '나'라고 믿었던 그 허물을 벗어내야 견고한 '나'를 만날 수 있습니다. 스스로 믿었던 '나'는 '나'가 아니니까요. 그것은 허상입니다. 남들이 규정한 '나'일뿐이지요. 참 나를 찾으려면 그 허상을 벗어버려야 해요. '나'라 불리는 모든 것을 버리세요.

케이는 자신을 버리기 위해 말과 생각과 판단을 버렸습니다. 그러고 나니 케이 자신을 사랑하게 되었습니다. 맘에 들지 않는 이 얼굴 몸뚱이에서부터 시작해 좋고 싫고를 판단하던 그 많고 많은 기준, 그 기준에 얽매인 체면, 강요받은 예의와 도덕, 그런 것들을 훌훌 벗어 던지고 나니 비로소 케이가 보이더라고요. 얼굴과 몸뚱이를 조이고 있던 가면, 그 철가면이 벗겨지고 나니 때맞추어 웃어야 하고 울어야 하며, 하고 싶지 않은 일도 해야 하고, 강요받은 일을 하느라 온 몸과 신경이 곤두 서 있던 지친 육신이 날개를 단 듯 가벼워졌습니다.

케이에 의하면, "'나'라 불리는 모든 것을 버"릴 때, 일테면 "얼굴 몸뚱이에서부터 시작해 좋고 싫고를 판단하던 그 많고 많은 기준, 그 기준에 얽매인 체면, 강요받은 예의와 도덕, 그런 것들을 훌훌 벗어 던"질 때, 우리는 비로소 "참 나"를 찾을 수 있다. 하지만 인간에게 어떻게 그런 일이 가능할 수 있겠는가. 다시 말해, 인간과의 관계 맺음과 타인의 시선에서 벗어나 완벽한 자유를 누리는 것이 인간에게 과연 가능하기나 한 일일까. 확실하게 단정적으로 밝히고 있지는 않지만, 작가는 소설 속의 '나'를 통해 그러한 일이 죽음을 통해 비로소 가능한 것임을 암시한다. 이제 "참 나"를 찾아 "작고 가벼운 깃털" 같아진 '나'란 곧 죽음에 이른 '나'를 말하는 것 아닐까.

　바로 이런 관점에서, '나'의 죽음―또는 무화(無化)―에 관한 이야기인 「가장 고귀한 만남」도 인간과 인간 사이의 관계 맺음과 타인의 시선에 관한 소설이라 할 수 있다. 루이스가 가정한 상황에 빗대어 말하자면, 삶의 현장이라는 파티 자리에서 벗어나 자유로워지는 것이 곧 죽음일 수 있다. 작품 속의 '나'는 '나 자신'을 "아버지를 닮아 몸집이 크고 건강하며 어머니의 눈을 닮은 나"로, "어머니를 닮아 무엇이든 열심히 해야 하고, 시작한 일은 끝장을 보아야 하는 나"로, "그렇다고 침착하거나 차분한 성격도 아닌 나"로, "아버지를 닮아 성급하고 세상사에 관심이 많아 늘 분주하고 하나를 보면 둘을 알아야 하는 나"로, "이렇게 상반된 두 성격이 한 사람 안에 존재하니 늘 불안하고 자신이 없던 나"로 묘사하고 있거니와, 이제 죽음에 이른 '나'는 비로소 '나'의 눈과 타인의 눈에 비친 이 같은 '나'로부터 자유로워진 것 아닐까. 아무튼, 「가장 고귀한 만남」은 '나'와 '나' 사이의 만남이라는 점에서 타인의 범주 안에는 '나'까지 포함될 수 있음을 암시하는 동시에 그러한 '나'의 시선에서 결코 자유로울 수 없는 존재가 '나'임을 암시하고 있거니와, "만남"이라는 말 자체가 '내'가 '나'를 포함한 누군가 타인의 시선 안에 존재하고 '나'를 포함한 누군가가 '나'의 시선 안에 존재하게 되었음을 의미하는 말일 수 있으리라.

5. 삶과 이야기의 현장, 그 안과 밖에서

앞서 밝힌 바 있듯, 1인칭 화법의 「복원」과 「어머니의 눈사람」 및 3인칭 화법의 「두꺼비 되던 날」은 모두 한집안 내 구성원들 사이의 관계를 다룬 작품이다.

먼저 「복원」은 "우리나라 현대 음악의 아버지로 불리는 영음 함택수 선생"의 손녀인 함서예의 성장기 삶을 다룬 작품으로, 그녀는 "아버지가 무척이나 사랑하셨던 여인"의 소생인 자신을 데려다 친딸처럼 길러 준 어머니 및 자신을 "어여삐 여기시는" 할아버지를 제외한 모든 집안 사람들의 눈치와 업신여김 속에서 성장한다. 여러 가지 소설 속의 에피소드가 전하듯, "미운 오리 새끼"와도 같던 함서예는 타인의 따가운 시선 속에 노출되어 있는 자신의 모습을 깊이 의식하며 삶을 살아야 했다.

한편, 「어머니의 눈사람」은 "위암 말기"로 인한 수술 끝에 "수술 전에 비해 급작스럽게 체중의 삼분의 일이나 날려버린" 상태에서 이제 치매에 걸려 정상이 아닌 어머니를 뵈러 가는 '나'의 이야기를 담은 작품이다. 이 이야기 속의 화자인 김창희 역시 "친 어미가 누군지도 모르는 박복한" 처지이지만, 그녀에게도 자신을 친딸처럼 길러 준 어머니가 있다. 자신의 변한 모습을 차마 어머니에게 보여줄 수 없다는 생각으로 괴로워하는 김창희의 모습에서 우리는 남에 대한 배려의 차원에서든 또는 자존심의 차원에서든 타인의 시선을 깊이 의식하는 또 하나의 인간을 확인할 수 있으리라.

끝으로, 「두꺼비 되던 날」은 "카페며 이태리 식당, 옷가게 등이 함께 자리한 북촌 화랑 골목"에서 "갤러리"를 운영하고 있는 서영이 불황으로 인해 겪는 정신적 고통을 다룬 작품이다. 정신적 고통으로 인해 서영은 "불면증"과 "두통"에 시달리기도 하지만, "집을 지켜주는 지신"의 "현신"과도 같은 "주먹만 한 황금빛 두꺼비"가 갤러리의 "중정"을 지키고 있다는 데서 "위로"를 받기도 한다. 그 두꺼비는 큰동서의 차에 깔려 죽음에 이르는데, 이는 서영의 운이 다했음을 암시하는 것이리라. 아무튼, "어미 속 박박 썩이는 개차반이 아들 하나 둔 과부, 집세 받아먹고 살다 복부인으로 돌아 돈 좀 벌었다고 외제차 몰고 다니며 거들먹거리는 졸부"인 집주인과 서영 사이의 대면 자리가 암시하듯, 또는 "맏이로써 시부모 모시고 돌보며 살아야 하는 직분을 파도를 떠안아 부서버리는 방파제처럼 기를 쓰고 저항하던 이 대감댁 큰며느리"인 "큰동서"와 서영의 편치 않은 만남과 대화의 자리가 암시하듯, 「두꺼비 되던 날」은 기본적으로 인간과 인간 사이의 관계 맺음에서 오는 긴장과 고통을 다룬 작품이다. 또는 타인의 시선에 노출된 채 자신의 고통을 감추고 삶을 살아가야 하는 인간의 이야기라 할 수도 있다.

이렇듯, 세 작품은 모두 자의적으로든 타의적으로든 인간과 인간 사이의 관계 맺음을 피할 수 없는 사람들에 대한 더할 수 없이 예민하고 섬세한 필치의 작품들이다. 어찌 보면, 세 작품은 작가가 삶의 현장

'안쪽'으로 들어가 인간과 인간 사이의 관계를 조명하는 작품으로서의 의미를 갖는다 할 수도 있겠다.

「스위트 빌리지」와 「남자의 둥지」는 내용뿐만 아니라 작품 구성의 면에서도 주목할 만한 작품인데, 두 작품 어느 곳에서도 작가 자신의 직접적인 숨결이 감지되지 않는다. 다시 말해, 두 작품에서 모두 작가는 3자의 위치에서 인간과 인간 사이의 관계 맺음을 향해 전지적(全知的)이고 객관적인 눈길을 던지고 있을 뿐이다. 물론 앞서 검토한 3인칭 소설 「두꺼비 되던 날」도 전지적 작가의 입장에서 창작된 작품이기는 하지만, 이 작품에서 우리는 작가의 감정이 소설의 주인공 서영에게 이입이 되어 있다는 인상을 지울 수 없다. 하지만 「스위트 빌리지」와 「남자의 둥지」에서는 작가의 그런 시선이 감지되지 않는다. 어느 쪽도 편들지 않은 채 냉정하게 삶의 현장을 바라보는 작가의 시선만이 감지될 뿐이다. 그런 점에서 볼 때, 두 소설은 삶의 현장 '바깥쪽'에서 안쪽을 향한 작가의 시선을 통해 창작된 작품이라 할 수도 있다. 아울러, 다성적(多聲的, polyphonic)인 목소리 또는 다원적(多元的, pluralistic)인 시각에서 창작된 작품이라 할 수도 있겠다.

먼저 「스위트 빌리지」는 다섯 쌍의 남녀가 주고받는 대화로 구성되어 있다. 물론 대화만으로 구성된 작품은 아니지만, 그들이 나누는 대화만으로도 각자의 개성과 성격을 있는 그대로 생생하게 확인할 수 있을 만큼 연극적으로 탁월하게 구성된 작품이기도 하다. 어찌 보면, 그들이 파티 자리에서 하는 말들만 따로 뽑아 작품을 재구성할 수 있을 것으로 판단될 정도다. 이야기는 "서울 인근 신도시 서 판교"에 "아름답게 자리"한 "6세대"의 주택 단지에 대한 소개로 시작된다. 이어지는 이야기에 따르면, 이 주택 단지의 구성원 가운데 "가장 연장자인 3호 집 김 회장"이 단지 내의 사람들에게 "간단한 와인 파티를 열겠다는 초청장을 돌"린다. 이에 "4호 거주자 민성삼 내외"를 제외한 모든 사람이 파티에 참석하는데, 부부 모두가 교수인 "2호" 거주자 박석기 박사 내외, "부부 모두 화가"인 "5호" 거주자 김호 내외, 김 회장과 "오랜 친분이 있"는 "1호" 거주자 심덕현 사장 내외, "청담동 S 나이트클럽"의 소유자이자 "촉새처럼 분위기를 깨고 끼어들"기 잘하는 부인을 둔 "6호" 거주자 남승기 내외가 차례로 자신들을 소개하고, 그 사이사이에 사람들은 대화를 이어간다.

　한편, 「남자의 둥지」는 "이 남자"와 "저 남자"와 "그 남자"의 삶에 대한 일종의 보고서라 할 수 있다. 세 토막으로 된 보고서의 대상이 되고 있는 남자들은 모두 경위야 다르지만 혼자 살아가는 이들이다. "저 남자"는 아내를 "위암"으로 잃고 어머니마저 잃은 사람으로, "아버지와의 동거"를 생각해 보지만 그것은 곧 "음악소리를 잃게 되는 것"을 의미하기 때문에 망설인다. 하지만 "이 남자가 아버지와 함께 살아야 한다는 생각에 진저리를 치는 가장 큰 이유는 두 홀아비의 동거라는 사실이다." "이 남자"의 아버지는 그에게 "홀아비" 상태에서 벗어날 것을 은연중에 권하지만, "혼자인 것이 더없이 좋다"고 생각하는 "이 남자"의 삶은 현재의 상태로 계속 이어질 것이다. 이를 암시함으로써 "이 남자"의 삶에 대한 보고서는 완결된다. 이어서 "저 남자"는 "이혼이라는 줄다리기 끝"에 "누가 뭐라 해도 저 남자의 첫 여인이며 연인"이었던 여자를 "두 번째 아내"로 맞는다. 하지만 "두 번째 아내"는 3년 동안의 결혼 생활을 뒤로 하고 "휘청거리는 회사를 모두 정리하고 인도

네시아로 떠나는 아들을 따라 말 한 마디, 쪽지 한 장 남기지 않고 비행기를" 탄다. 그리하여 "갈 곳이 없"어진 저 남자는 "칠십 노모"의 집을 찾아가 몸을 의지한다. 마지막으로 "그 남자"에 대한 보고서는 "어머니 친구의 사위의 친구가 운영한다는 경기도 용인시 처인구 양지에 위치한 유명 리조트"의 "경비"로 일하는 남자를 소개하는 것으로 시작된다. 이야기에 의하면, 그는 "이민을 가자고 성화"를 하는 아내를 처갓집이 있는 캐나다 밴쿠버에 두고 혼자 돌아와 "기러기 아빠"로 지내는 사람이다. 그는 "퇴직 후"에 얻는 경비 일자리로 생활을 이어가다가 그곳 "자제부장 자리"를 맡게 되고, 이로 인해 생긴 부수입으로 "양지 땅에 위치한 30평짜리 아파트"까지 얻는다. "거래처 사장들"의 배려로 "부러울 것이 없"는 생활을 하게 된 "그 남자"는 심지어 "여사장인 임 사장"과 은밀한 관계에 빠져들기도 한다.

이상과 같은 내용을 담고 있는 작품인 「스위트 빌리지」와 「남자의 둥지」는 각각 관계 맺음을 위해 파티 자리를 찾은 사람들의 이야기 및 관계 맺음에서 실패하고 파티 자리에서 빠져나오려 하는 사람들의 이야기라 할 수 있다. 물론 「남자의 둥지」에서 "그 남자"는 새로운 관계 맺음을 향해 나아가긴 하지만, 이는 결코 정상적인 것이 아니라는 점에서 의미 있는 관계 맺음이 될 수 있을 것처럼 보이지 않는다.

6. 논의를 마무리하며

이제 우리의 길고긴 작품 읽기를 끝맺어야 할 때가 되었다. 이 자리에서 우리는 다시 루이스가 상정한 가상의 상황으로 되돌아가지 않을 수 없는데, 루이스가 말하는 "차림새"란 단순히 외형적인 의미의 차림새만을 지칭하는 것이 아닐 수도 있다. 어찌 보면, 내면의 차림새—예컨대, 말, 생각, 견해, 성품, 개성 등등—도 사회생활에서는 결정적인 역할을 하거니와, 바로 이 때문에 인간과 인간 사이의 관계 맺음은 그만큼 더 쉽지 않은 과제일 수 있다. 사실 인간의 사회생활 속에서 이루어지는 모든 관계 맺음은 끊임없이 서로에게 자신의 내외면적 차림새를 맞추는 일일 수 있고, 그것이 불가능할 때 어떠한 관계 맺음도 파탄으로 끝날 수 있다. 여기서 우리는 루이스가 앞서 언급한 책에서 상정한 또 하나의 상황을 거론할 수도 있을 것이다.

당신과 내가 함께 배의 노를 젓고 있다 가정해 보자. 만일 우리가 보조를 맞춰 배를 젓는다면 배는 부드럽게 나아갈 것이다. 그렇지 않으면 배는 천천히 움직이거나 엉뚱한 방향으로 움직일 수도 있다. . . . 우리는 항상 배를 빠르게 또는 느리게 저어갈 것을 선택하는데, 우리가 보조를 맞춰 배를 젓는 한에는 어떤 속도로 배를 젓는가는 우리 어느 쪽에도 거의 문제가 되지 않는다. 따라서 각자는 상대가 유지할 것으로 기대되는 속도에 맞추기 위해 끊임없이 자신의 속도를 조절한다.

타인과 "보조"를 맞추는 일, 이는 진실로 쉬우면서 어렵고 어려우면서도 쉬운 우리 모두에게 주어진 삶의 과제다. 이번 최일옥의 작품집 『그날 엄마는 죽고 싶었다』는 이 같은 과제를 앞에 둔 다양한 인간상을 보여 준다. 그리고 작가는 이를 통해 우리들 인간에 대한 깊이 있는 탐구와 이해를 모색한다. 이와 관련하여 작가 최일옥이 펼쳐 보이는 다면적인 동시에 극적이고 극적인 동시에 예민하고 깊은 문학 세계를 향해, 작가 최일옥 특유의 문학 세계를 향해 모든 독자가 적극적인 관심과 이해의 눈길을 보내기 바랄 따름이다.

그날 엄마는 죽고 싶었다

초판1쇄 인쇄일   2014년 7월 23일
초판1쇄 발행일   2014년 7월 30일

지은이   최일옥
펴낸이   하태복
펴낸곳   이가서
주 소   서울특별시 영등포구 양평동 2가 37-2 4F
전 화   02-336-3503
팩 스   02-336-3009
이메일   leegaseo1@naver.com
등 록   제10-2539호

ISBN   978-89-5864-309-8 03810

· 가격은 뒤표지에 있습니다.
· 잘못된 책은 바꾸어 드립니다.